ПЕРВАЯ СРЕДИ ЛУЧШИХ

ТАТЬЯНА УСТИНОВА

ПЕРВАЯ СРЕДИ ЛУЧШИХ!

ТАТЬЯНА УСТИНОВА

ОТЕЛЬ ПОСЛЕДНЕЙ НАДЕЖДЫ

МОСКВА

2006

УДК 82-3
ББК 84(2Рос-Рус)6-4
У 80

Оформление серии Д. Сазонова

Устинова Т. В.

У 80   Отель последней надежды: Роман / Татьяна Устинова. — М.: Эксмо, 2006. — 352 с. — (Первая среди лучших).

ISBN 5-699-18589-5

«Я тебя разлюбил, — сказал муж и посмотрел в сторону. — Ничего не поделаешь! Я же предупреждал тебя, что я человек сложный!..» Вот так в одно-единственное мгновенье все рухнуло... Теперь нужно будет учиться жить заново, жить одной, жить без него... Только любимая работа помогала забыть этот кошмар и не сойти с ума. А отель, где Надежда возглавляла службу портье, готовился к визиту ни много ни мало... американского президента. Введены строжайшие меры безопасности. Всех сотрудников тщательно проверяют. Однако Дэн Уолш, глава службы безопасности президента, с ужасом понимает: Надежда Звонарева, которая — вот дьявол! — ему так сильно нравится, очень подозрительно себя ведет. И ее нужно проверить в первую очередь...

УДК 82-3
ББК 84(2Рос-Рус)6-4

Будь таким, какой ты есть.
Или же будь таким, каким ты кажешься.

Джелаладдин Руми

— Я тебя разлюбил, — сказал муж и посмотрел в сторону. — Ничего не поделаешь! Я же предупреждал тебя, что я человек сложный!..

— Когда предупреждал? — спросила Надежда.

В голове было пусто, на душе тоже пусто. Так пусто, что она цеплялась к словам, придумывала вопросы, чтобы не сидеть в пустоте.

— Еще давно! — энергично произнес муж и сморщился. Ему тягостна была сцена прощания, и хотелось, чтобы она поскорее закончилась. Желательно без потерь. — Помнишь, я говорил тебе, что со мной очень сложно, я быстро устаю от жизни с одним человеком, начинаю скучать... Помнишь?

Надежда пожала плечами. Возможно, он и говорил, но она ничего такого не помнила, конечно.

А может, и не слышала вовсе. Она была в него влюблена, а когда человек влюблен, его трудно напугать тем, что объект его вселенской, неземной, единственной в мире любви «быстро устает» или «начинает скучать»!..

Какая разница, начинает или нет! Уж со мной-то точно не заскучает! Ведь такой вселенской, неземной, единственной в мире любви не было ни у кого с момента сотворения мира!

Они помолчали, сидя по разные стороны дивана и глядя друг на друга.

Он же мой, думала Надежда. Он мой, вон и царапина на руке моя — он ободрался, когда на прошлой неделе я его попросила на участке у мамы наломать сире-

5

ни. Он наломал, но поцарапался, и мы вместе заклеивали руку пластырем, чтобы было не так заметно. И кружка, из которой он пьет чай, тоже моя. Белая кружка с красным сердцем и надписью «Я люблю Калифорнию», которую я привезла из этой самой Калифорнии, он кружку обожает!.. И рубашка моя — я ее покупала к лету на распродаже и страшно гордилась собой, что удалось так ловко сэкономить, почти вдвое!.. И глаза, в которые я люблю смотреть, очень темные, черные почти, ни у кого на свете я больше не видела таких темных глаз, и длинные ресницы, и смешная ямочка на одной щеке — все мое!

Или... уже не мое?

— Ты... кого-нибудь встретил? — вдруг спросила Надежда.

Нельзя так спрашивать, она прекрасно это знает, и во всех книгах по психологии написано, что нельзя спрашивать мужчину о его личной жизни и нельзя задерживать его, когда он уходит. Нельзя, потому что можно утратить чувство собственного достоинства. Кажется, согласно этим книгам, можно спросить о его планах относительно раздела имущества. Можно, но немыслимо, потому что раздел имущества — это конец, точка, финишная ленточка, забежав за которую ничего не остается, только упасть замертво.

И еще гордость, да, да!.. У меня же есть гордость.

Но что с ней делать, когда он бросает меня и вотвот бросит навсегда?!.

— Да никого я не встретил! — сказал он с досадой. Видимо, не следует спрашивать мужчину о его личной жизни. Также нельзя препятствовать ему, когда он вознамерился уйти, ибо все равно уйдет, но гордость может пострадать...

— А если не встретил, то почему ты уходишь?.. —

произнесла Надежда страшным шепотом и прижала кулаки к сухим глазам. — Зачем?!

— Ну вот, — пробормотал муж. — Началось.

— Нет, нет, нет, — забормотала Надежда, отняла руки от глаз и поморгала, чтобы он видел, что она не плачет, и посмотрела умоляющим собачьим взглядом.

— Не бросай меня, а?.. Ну пожалуйста!.. Ну, разлюбил, так хоть пожалей меня, вот прямо сейчас возьми и пожалей, как жалел всегда, если я температурила или ушибала палец!.. Ты брал меня за руку, целовал в ладонь, шептал какие-то глупые слова, и становилось не больно и не страшно. А сейчас ты раздражаешься оттого, что мне больно из-за тебя, и тебе хочется на свободу, и совсем не хочется страдать, и уж тем более разделять мои страдания!..

Я же вижу. Я столько лет тебя знаю!..

— Мне скучно, — сказал он решительно. Он все время говорил решительно, наверное, потому, что долго готовился к разговору. — Тебя никогда нет дома, а я должен тебя ждать! Мне неинтересно с твоей тусовкой, а больше ты никуда не ходишь, потому что ты все время на своей гребаной работе!

— Давай ходить! — пылко и страстно крикнула Надежда. — Давай, я согласна!

— Поздно, — сказал муж. — Я тебя все-таки разлюбил, Надь. Ты понимаешь?

И тут она поняла.

Он никогда в жизни не называл ее Надей. Только Надюха или Надежда. Надя — персонаж из другой жизни, в которую они сейчас, должно быть, только вступали.

— Ты меня разлюбил... совсем? — жалобно спросила она. Слезы подступили к последнему рубежу обороны, и никак нельзя было допустить, чтобы они прорвали плотину и затопили все вокруг. — Или еще все-таки не совсем?.. Если еще не совсем, давай... ну хоть до Нового года назначим срок, а? Ты... отдохнешь от меня, а там посмотрим...

— Да ничего мы не посмотрим, Надь! Все же и так ясно.

— Ясно, — повторила Надежда. — Ясно. И до Нового года ты не...

— Да зачем нам сроки?! Все рано ничего не изменится!

— Ты уверен?

Он перестал отводить глаза в сторону и кивнул.

— Ясно, — еще раз повторила Надежда. — Ну хорошо, что ты это сейчас сказал, а не когда я бы встретила тебя на улице с прекрасной и юной девушкой.

— Вот ты не веришь, а у меня на самом деле никого!..

— Я знаю, — сказала она. — Ты честный парень.

Наверное, нужно встать и уйти. Не собираясь, не рыдая, не спрашивая, куда пойдет он, где станет жить, и — самое главное! — с кем! Наверное, следует сохранять остатки гордости, хотя непонятно, кому они нужны: его нет, а остатки зачем?!.

Но она все-таки заплакала, и плакала недолго.

Когда она завтра вернется после работы домой, уже ничего не будет прежним.

Уже ничего и никогда не будет таким, как раньше, — простым, ясным, веселым и теплым. Даже если он одумается и вернется, она больше никогда не поверит ему до конца, и станет постоянно ждать подвоха, и высматривать в его темных глазах что-то такое, что уже когда-то было и из-за чего он так жестоко поступил с ней, а он будет думать, что, пока его не было, она жила с другим или сразу с несколькими другими, а в книгах по психологии пишут, что мужчинам особенно невыносима мысль «про других»!

Она сейчас уйдет, а завтра все изменится, окончательно и бесповоротно, как будто великан наступил на домик лилипута — в порошок не растер, но примял изрядно, и теперь все там, в домике, примятые, странные, не осознавшие своего нового положения.

И ничего нельзя поделать. Он даже ни о чем не спросил ее, когда принимал решение — за них обоих!

— Мне, наверное, лучше уехать, — сказала Надежда и сделала попытку встать с дивана, но так и не встала. — Я сейчас... сейчас...

— Ты только трагедий не устраивай, а? — попросил муж. — Мне ведь тоже тяжело.

— Тяжело, я знаю, — согласилась Надежда. — Как ты останешься один?.. Без меня?..

— Я переживу, — отрезал он. — Ничего со мной не будет.

— И ты даже не хочешь мне объяснить...

— Не хочу, Надь, — сказал он устало. — Все, что мог, я тебе уже объяснил, а дальше я сам ничего не знаю. Разлюбил я. А зачем жить вместе, если нет любви?

На этот вопрос Надежда ответа не знала. Ей казалось, что жить вместе все равно стоит, чтобы не пропасть поодиночке, чтоб было кому сказать: «Смотри, какой падает снег!», или что больше нет сил, или что очень хочется на море. Чтобы ночью было к кому прижаться, чтобы было кому показать ушибленный палец или стертую пятку, было с кем в гости пойти, кому поплакаться и с кем порадоваться. Или все это глупости?..

— К нам в отель президент приезжает, — произнесла она жалобно. — Представляешь? Заезжает его служба безопасности, а для обычных гостей мы закрываемся на два месяца.

— Какой президент?

— Американский, по-моему. — Тут она поняла, что

не может вспомнить, как зовут американского президента, и опять заплакала.

— Надя!

— Я не буду, не буду, — торопливо сказала она и вытерла глаза.

Они еще посидели молча.

— А ты... будешь мне звонить?

Он промолчал.

— Или ты больше не хочешь меня видеть и слышать... вообще? Никогда?

— Да нет, — ответил он равнодушно. — Звони, конечно.

Уезжай, тихо и отчетливо сказал кто-то у нее в голове. Уезжай, хватит с тебя!..

И она поднялась с дивана.

Уехать сейчас было все равно что уйти на войну. Неизвестно, вернешься ли живым, и будут ли целы руки и ноги, или останешься навсегда там, куда уходишь.

Он посмотрел на нее.

— Ключи я отдам Саше. — Так звали соседа. — Прости меня и спасибо тебе за все.

— Это ты меня прости, — возразила Надежда. — И тебе спасибо. Ты для меня больше сделал, чем я для тебя.

Она забыла и то, что он для нее сделал, а потому просто повела вокруг рукой — как бы в знак того, что он сделал все.

Кажется, на том месте, где должна быть человеческая голова, наполненная мыслями, у нее осталась только вздутая пульсирующая кровавая рана, которая, должно быть, остается после гильотины.

Гильотину во Франции отменили только в 1978 году, а до этого в самой демократической и либеральной стране Европы все головы секли!..

Мне только что отсекли голову, хотя нынче уже не 1978 год. Что делать? Как жить без головы?..

Она еще походила по комнате, выжидая и смутно надеясь на то, что он сейчас скажет, что все это программа «Розыгрыш», хоум-видео, и сосед Сашка выпрыгнет откуда-нибудь с камерой, а муж подхватит ее под коленки, покружит и сообщит, что она дурочка последняя, раз во все это поверила, но ничего такого не произошло.

Он просто сидел и смотрел на нее. Ждал, когда она уйдет.

— В понедельник окно привезут, — вдруг сказал он. — В спальню. Ты не забыла?

Надежда сначала кивнула, а потом отрицательно помотала головой. Она понятия не имела ни про какое окно. Всеми такими делами в их семье занимался ее муж.

— Значит, забыла, — констатировал он.

— Да я и не знала.

— Как не знала! Я же тебе говорил!..

Она тяжело посмотрела на него.

— Ладно, — пробормотал он. — Я тогда заеду в понедельник, посмотрю, чтобы они его хорошо поставили. Ты в понедельник работаешь или нет?

У Надежды была сменная работа, как у шахтера или милиционера. Она быстро прикинула, работает или нет, — если не работает, значит, в понедельник у нее есть шанс его увидеть! Впрочем, если работает, всегда можно отпроситься у Лидочки. Лидочка умная и добрая, она все поймет и непременно ее отпустит!

— Я... Кажется, я на работе, но смогу...

— Вот и отлично, — продолжал он энергично. — Я приду, все сделаю, а когда ты вернешься, меня уже не будет. Тогда ключи Сашке я оставлю в понедельник, договорились?

— Да, — согласилась Надежда. — А может, ты до понедельника уже поймешь, что твоя жизнь без меня пуста и однообразна...

— Я не пойму, — отрезал муж. — Ты шутишь, что ли?..

— Шучу, — мрачно подтвердила Надежда.

Она подцепила со стола ключи от своей машины и задумчиво покрутила их на пальце.

Я же его люблю. Я же его очень сильно люблю, а он принял решение — давно! — и ни слова мне не сказал, все обдумал и теперь прощается со мной навсегда?! И завтрашнее утро будет первым утром без него, и все последующие утра до самого конца тоже будут без него?!

— Ну, пока, — сказала она и сунула ключи в карман. — Я к Лидочке поеду, но завтра мне на работу, поэтому утром я приеду переодеваться. Ты еще здесь будешь?

Он покачал головой, как ей показалось, с облегчением.

— Нет, я, наверное, тоже уеду.

И она не спросила — куда. В прошлой жизни, которая кончилась десять минут назад, непременно бы спросила, а сейчас нет. Нельзя.

У порога — он пошел ее провожать — они обнялись и постояли некоторое время, тесно прижавшись друг к другу.

— Ты хорошо пахнешь, — сказала она

— Это ты мне подарила одеколон, — ответил он.

— Я желаю тебе удачи, — сказала она.

Еще секунда, и все кончится, и больше ничего не будет, ни тепла, ни одеколона, ни запаха, ни его самого.

— Спасибо, — поблагодарил он. — Все будет хорошо.

— Я надеюсь, — ответила она.

И вышла за дверь, и стала спускаться вниз по широкой лестнице залитого весенним солнцем парадного. У нее за спиной привычно повернулся в замке ключ — тоже в последний раз.

Она спускалась, держась за нагретые перила, и то место, где положено быть голове, болезненно пульсировало, и, кажется, там надувались и лопались кровавые пузыри.

Она вышла из подъезда и некоторое время стояла, не в силах сообразить, что должна сейчас делать. Кажется, сесть в машину и поехать к Лидочке, но где ее машина? И как на ней ехать? И где живет Лидочка?

Она сообразила, конечно, и двинулась в сторону автомобиля, вяло придумывая, что именно скажет Лидочке.

Да, да, это самое лучшее, что можно сделать, — немедленно поехать к Лидочке! Гильотинированная голова на миг приросла обратно. Надежда села в машину, завела ее и стала выруливать со двора.

Двое в пыльных «Жигулях» переглянулись.

— Ну, посмотрел? — спросил тот, что был за рулем. — Она и есть. Надежда Звонарева, начальник службы портье.

Второй зашелестел бумажками у себя на коленях, нашел нужную и прочитал короткую справку. Ничего не сказал и кивнул.

— Тебе о ней много знать не нужно, — продолжал первый. — Вы с ней виделись только один раз, на курсах в Лондоне. Ваш шеф, сэр Майкл Фьорини, приглашал на стажировку сотрудников из всех своих офисов. Ты тогда работал в Женеве.

— Да я помню! — возразил второй с досадой. — Почему у сэра такая странная фамилия? Итальянец?

— Итальянец. Титул купил. Все отели над ним смеются, но уважают. Он славный старикан.

— Почему мне о нем не говорили?

Первый усмехнулся, повернул в зажигании ключ и несколько секунд послушал, как надсадно, словно из последних сил, стучит мотор.

— Успеется, — сказал он наконец. — Поехали. У нас еще несколько точек.

Когда Надежда, переждав на перекрестке «красный», поворачивала налево, «жигуль» вырулил из подворотни, помигал какому-то не в меру резвому джигиту, чтобы пропустил его, и покатил в другую сторону.

— Поэтому я от тебя и ухожу! — прокричала жена и очень громко стукнула по столу белой чашкой с красным сердцем и надписью «Я люблю Калифорнию».

У Дэна болела голова. Так сильно, как будто лопнули височные кости, и все, что было внутри и называлось его мозгами, вывалилось наружу. И теперь оно жарится на бешеном калифорнийском солнце, и скоро изжарится совсем.

— Зачем мы тогда сюда приехали? — спросил он. — Ты же так хотела в Калифорнию! И у нас отпуск...

— Затем, что я не хотела говорить об этом дома, где так много того, что мне дорого, — отчеканила жена.

Потом она подумала и достала из объемистой сумки книжицу, сверкнувшую глянцевой обложкой прямо ему в глаза. Он чуть не застонал.

— Вот тут написано, что расставаться следует быстро и ни о чем не сожалеть. — Она ловко и привычно пролистала тонкие страницы, нашла нужную и провозгласила: — «Расставайтесь легко и по первой необходимости! Расставайтесь дома и на работе! Расставайтесь в офисах и на вечеринках! Но если ваша связь была слишком долгой, лучше расставаться на нейтральной территории. Там у покинутого вами человека меньше шансов закатить скандал и окончательно испортить ваш день!»

Дэн Уолш вытаращил глаза. Даже голова перестала болеть.

— Ты бросаешь меня... по инструкции?!

— А что?! — спросила жена воинственно. — Это очень хорошая инструкция, и без нее я бы, может, и не решилась! И превратила бы свою жизнь в ад.

Он подумал немного.

— А мою?

Жена уже читала свою книгу в глянцевой обложке — всерьез читала, даже с упоением, и подняла на него глаза не сразу.

— Прости, не поняла?

— Мою жизнь ты не превратила в ад?

Она бережно закрыла томик, заложив палец на нужной странице. Черт бы ее подрал с ее психологическими книгами! Должно быть, в муниципальной школе города Топеки, где она училась, Библию читали с меньшим усердием!

— Дэн, — сказала она с чувством. — Твоя жизнь и так ад. Я просто не хочу в этом участвовать, вот и все! Мне тридцать семь лет, я делаю карьеру и планомерно иду к цели. У меня впереди долгая интересная дорога! А ты? Кто ты? Ты просто неудачник!

— Я?!

— Именно ты, Дэн, — произнесла она с сожалением и остановила проходящую мимо официантку: — Кофе без кофеина, сахару не нужно, молоко и горячую воду отдельно, пожалуйста. Кофе налейте в большую кружку, но только до половины, я не пью слишком крепкий. Я сама разбавлю его водой до нужной консистенции.

Официантка кивала, улыбалась, потом отошла на безопасное расстояние и сделала неприличный жест, с таким расчетом, чтобы Дэн видел, а его жена нет. На официантской груди фартучек стоял колом, распираемый силиконом.

Должно быть, мексиканка. Они все, перебравшись в Штаты, первым делом вставляют себе дешевые имплантаты.

— Ты постоянно в разъездах, Дэн Уолш! Госслужба не принесла тебе никаких дивидендов, кроме расстроенной психики и рухнувшей личной жизни.

— Я полковник федеральной службы безопасности, и мне всего тридцать девять.

— О'кей. Я знаю. Лет через десять ты станешь генералом и поведешь ни в чем не повинных американцев убивать ни в чем не повинных сербов в Ираке!

— Сербы в Сербии, — поправил ее Дэн Уолш неизвестно зачем. — В Ираке иракцы. Ни в чем не повинные американцы здесь, дома.

— О'кей. — Она подняла правую руку, словно собиралась на чем-нибудь поклясться. — В этих вопросах ты разбираешься лучше, чем я. Признаю.

— В каких вопросах?!

— В своих профессиональных, Дэнни, в профессиональных! Это единственное, в чем ты вообще разбираешься! Единственное, что привлекает тебя в жизни, — это Иран, Саддам, Фидель и несчастные сербы, против которых ополчился весь мир. Это очень благородно, Дэнни, но великая Америка строится не только на внешней политике. Великая Америка — это великие ценности.

— Я как раз охраняю одну из таких великих американских ценностей, — пробормотал Дэн Уолш. — Президента. И моя работа не имеет никакого отношения ни к сербам, ни к Саддаму!..

Но жене трудно было объяснить, что внешняя политика Штатов и федеральная служба охраны, в которой работает он, не имеют друг к другу никакого отношения. Она никогда этого не понимала, или понимала как-то по-своему и с гордостью говорила на вечеринках-барбекю, что ее муж работает на «безопасность страны».

Он с ней не спорил. Он никогда не спорил — зачем? Вначале он был сильно в нее влюблен, и ему нравилось, что она им гордится, а потом объяснять стало как-то глупо — не дура же она на самом деле, чтобы в сотый раз повторять ей одно и то же!

Жена опять энергично вскинула руку. Откуда у нее взялись эти дурацкие жесты, как у Дуче во время митингов в Риме?! Или в ее книжке сказано, что такие жесты при расставании отвлекают внимание покинутого и мешают ему закатить скандал и окончательно испортить ваш день?!

Попросить, что ли, виски?! Или здесь не подают? И после порции «Дикого индюка» немедленно захочется курить, а курить запрещено везде.

Милостивый боже, как болит голова! Это оттого, что меня бросает жена. Вот-вот бросит. А я не хочу! Не хочу!.. Мне придется все начинать сначала, а это долго, утомительно и неизвестно чем закончится! Кроме того, шеф не слишком жалует офицеров «с проблемами», а у меня, кажется, проблемы, да еще какие!..

— В число великих американских ценностей, — продолжала жена, дучевскими жестами обрубая каждое слово, — входит не только верность долгу, дорогой! В число таких ценностей входит еще и верность семье! Мы служим не только Америке, но также господу и семье! А ты, Дэнни? Кому служишь ты?!

Дэн Уолш, профессионал до мозга костей, терпеть не мог таких разговоров. Он никогда не «служил господу, Америке и семье». Он просто работал так, как считал нужным, и работа была его жизнью.

— Я ничего не понимаю в таких вещах, — сказал он

и отпил чуть теплого гадкого калифорнийского кофе. — Прости. Но ведь ты... любила меня. Что-то случилось?..

— Конечно, случилось! — энергично воскликнула она.

— Ты... нашла мне достойную замену?

— Дэнни, я каждое воскресенье хожу в церковь! И у алтаря перед лицом господа я поклялась оставаться тебе верной женой. Именно такой я и остаюсь! И твои подозрения оскорбительны для меня.

— Прости, — покаялся полковник Уолш. — Я не должен был так говорить. Но тогда в чем дело? Мы прожили вместе восемь лет, и ты, кажется, была довольна...

— Это ты был доволен! — крикнула она, и на глазах у нее показались слезы, и вдруг на одну минуту вернулась та самая студентка из Йелля, в которую он влюбился, казалось, на всю жизнь.

Она смешно говорила, стеснялась своей дремучей провинциальности и все время училась. У него почти не было денег, — родители тогда как раз находились с ним в состоянии «холодной войны», а крохотной стипендии не хватало даже на квартиру. Его машина, столетний «Додж», подаренный ему владельцем магазина подержанных автомобилей за то, что он все лето мыл машины и катал потенциальных клиентов, заводилась только с третьей попытки, тряслась, гремела и изрыгала клубы синего дыма. И вот на этом «Додже» он первый раз повез ее в кино, а потом в немыслимую закусочную на окраине, и им было очень весело и интересно вдвоем, и «Додж», который прожил с ними долгую и счастливую жизнь, немедленно получил имя «Грязный Гарри», и это тоже их очень веселило!..

Дэн Уолш, завидев слезы своей жены, моментально пересел на ее сторону, обнял и прижал к себе.

Она уткнулась горячим маленьким лицом ему в футболку и зарыдала еще горше.

— Ш-ш-ш, — сказал он нежно и покачал ее из стороны в сторону. — Бедная моя! Не плачь, не плачь, маленькая!..

— Я давно уже не маленькая, Дэн, — грустно сообщила она и его рукавом вытерла глаза. — Я была маленькой, когда мы познакомились. И я тогда не понимала, какая ужасная жизнь ожидает меня...

Он потерся щекой о ее волосы, такие знакомые, так приятно и вкусно пахнущие французскими духами, которые он привез ей из Парижа. Она никуда не выезжала дальше Майами, а он объездил весь мир и всегда привозил ей маленькие подарки. Утром в мотеле она побрызгалась именно французскими духами и рассеянно потрепала его по щеке, когда он сделал попытку поцеловать ее не «просто так», а с «дальним прицелом».

Утром он еще не знал, что именно она задумала. Даже не догадывался.

— Тебя никогда не бывает дома, — сказала жена и отвернулась к окну, должно быть, чтобы он не видел ее лица. — А когда ты есть, ты все время занят. Даже во время уик-энда тебе звонят на сотовый, и ты разговариваешь по нему!

— Я не могу не разговаривать, это может быть важно...

— У Эшли муж хирург, и он никогда не отвечает на звонки, если ему звонят в выходные, — ожесточенно продолжала жена. — Никогда! Он ценит возможность побыть со своей семьей, и для него это важнее, чем любая работа! И дом! Ты видел, какой у них дом?

— Видел, — согласился Дэн Уолш. — У меня никогда не будет такого.

— Вот именно! — Тут она взглянула на него, и он понял, что той девчонки, которая каталась с ним на «грязном Гарри» и ела дешевую китайскую лапшу, уже давно нет и, наверное, больше никогда не будет. — А если бы ты перешел консультантом в частную фирму, например... например... да в какую угодно фирму, ты давно был бы миллионером!.

— Не уверен.

— Дэн, ты блестящий профессионал, и все об этом знают! У тебя куча наград, и в прошлом году тебя даже приглашали читать лекции по безопасности!..

— Приглашали, — согласился Дэн Уолш. — Но это не значит, что я потенциальный миллионер! И... я не понял. Нам не хватает денег? Или я пропустил что-то важное?

— Мне не хватает тебя! — крикнула она и опять сделала энергическое движение. — Уже давно не хватает, Дэн!

Он пожал плечами и посмотрел поверх ее волос на залитую яростным калифорнийским солнцем улицу.

Он терпеть не мог калифорнийское солнце, калифорнийское шампанское и калифорнийских красавиц.

— У меня такая работа, и я плохо себе представляю, что она может быть другой.

— Вот именно, Дэн! — с горечью сказала его жена. — Вот именно! Ты не представляешь себя без этой чертовой работы, а я не представляю, что должна прожить жизнь соломенной вдовой!

— Чушь! — вдруг вспылил он. — Я не подводник и не полярник. Я не пропадаю по три месяца в рейде или на Северном полюсе. Шеф не бывает в командировках по полгода, а мы ездим, только когда ездит он!

— О'кей, — согласилась жена. — В прошлый уик-энд ты был в Париже, хотя нас приглашали Сикорски, и все были там парами, а я, как всегда, одна!

— Но я прилетел, и у меня было несколько дней...

— А у меня-то их не было, Дэнни! Я должна быть на

службе всю неделю, и только уик-энд я могу посвятить семье.

— Семье — это значит мне? — уточнил Дэн Уолш. — Или у тебя в семье есть кто-то еще и я просто об этом не осведомлен?

Это было не совсем по правилам, не совсем по-честному и не совсем в духе «хороших парней», но ребенок всегда был больным вопросом.

Он хотел детей, а она решительно отказывалась. Сейчас женщина рожает в сорок пять первого и в сорок восемь второго, и это позволяет ей вырастить полноценных детей, целиком посвятив себя их воспитанию, потому что карьера уже сделана, пенсия накоплена, домик куплен и открыты специальные «университетские счета» для каждого из планируемых потенциальных наследников и отдельный счет для оплаты услуг «большой мамочки» — няньки, которая будет с ними сидеть.

Только так, и больше никак.

— Я была права, когда говорила тебе, что мы еще не готовы к детям, — констатировала жена. — Мы даже свои отношения не смогли наладить, а дети во много раз усложнили бы наше положение.

— Может, мы не станем усложнять дальше? — спросил Дэн и потрогал рукой висок, то самое место, из которого вылезали белые кости и черное месиво, бывшее с утра его мозгом. — Может, нам стоит попробовать все наладить?

Он хотел было прибавить что-то из фильма, вроде «Дай мне еще один шанс» или «Видит бог, я не могу без тебя», но не стал.

Какой еще шанс? Нет никакого шанса!

Они или будут вместе и дальше, или не будут. И никаких иллюзий.

«Грязный Гарри», шелковая ночная сорочка, купленная на все сэкономленные за год деньги ей на Рождество, ветер дальних странствий — они много ездили, и все по самым дешевым мотелям, — секс на старом одеяле в проржавевшем кузове их старикана, огромные голубые звезды на утреннем небе, и еще то, как она бежала к нему навстречу, когда он прилетал из командировок, — она тогда еще приезжала его встречать, добившись пропуска на военную базу, — все это осталось позади и никогда не вернется, и об этом можно сожалеть сколько угодно!..

Вернуть — никогда.

— Нет, Дэнни, — грустно сказала жена. — Ничего нельзя наладить. У тебя будет следующая командировка, а у Бобби и Надин очередная вечеринка, и я опять пойду на нее одна. А потом Сикорски купят дом, как у Эшли, а мы...

— У нас отличный дом, — бросил он с раздражением. — Ну зачем нам какой-то другой?! Или вместо двенадцати комнат ты хочешь тридцать шесть? И еще пару горничных и садовника?

— Меня повысили, — вдруг заявила она совершенно спокойно. — Я прошла все испытания, и я теперь партнер, Дэн! Я партнер!

— Поздравляю тебя.

— И я буду партнером в Сиэтле.

— Где?!

— А что тут такого?! В Вашингтоне партнеров достаточно, и меня перевели в Сиэтл.

Вот оно в чем дело.

Дети, командировки, Северный полюс и Саддам Хусейн ни при чем. Как это я сразу не догадался?! Офицер, черт возьми, всю жизнь проработавший в федеральной службе безопасности!..

— И ты уже согласилась?

— Да.

Теперь, когда все стало ясно, он перестал задавать

глупые вопросы. Теперь он утверждал, а она только кивала.

— Ты давно приняла решение.

— Да.

— Ты все обдумала и даже обсудила со своим адвокатом.

— Дэнни...

— Ты поставила в известность своего шефа, этого чертового ублюдка, потому что он давно положил на тебя глаз. И сам он только недавно развелся в третий раз.

— Дэн Уолш!

— Ты сходила в клуб разведенных женщин и поучаствовала в паре тренировочных заседаний, где все эти разведенные стервы научили тебя, как нужно бросать мужей.

— Уолш!

— Они очень тебе сочувствовали, потому что ни одна из них, разумеется, не согласилась бы жить с мужчиной, который иногда ездит в командировки!

— И еще проводит на работе гораздо больше времени, чем дома, и еще носит под пиджаком пистолет, и знает кучу дурацких государственных тайн, и надувается, как индюк, когда спрашиваешь у него, во что была одета первая леди, когда вышла к завтраку в этом... о боже мой... в Китае, вот где!

— Пистолет у меня в сейфе, а не под пиджаком, тайн я не разглашаю, вопрос костюма первой леди — не мой, а протокольной службы.

— Перестань, Уолш! Тебе не запудрить мне мозги! И мне действительно очень помогли в центре реабилитации разведенных женщин, и мне очень важно, чтобы ты был...

— Стоп, — сказал полковник Уолш, один из лучших специалистов и один из самых доверенных офицеров президента Соединенных Штатов. — Ты ведь пока еще не разведенная женщина, если я правильно понимаю?

— Что ты имеешь в виду?

— Я узнал о том, что ты планируешь со мной развестись, только сегодня. А реабилитироваться в центр ты пошла заранее. Значит ли это, что ты приняла окончательное решение и я ничего не могу изменить?

Она взглянула на него и опустила голову.

— Есть ли еще что-то, о чем я должен знать, чтобы не выглядеть идиотом перед адвокатом?

Она молчала.

— Так, — подытожил он. — Что именно? Любовник?

— Нет!

— Дом?

— Не смей думать обо мне, как о какой-то шлюхе, которая...

— Счета?

Солнце все припекало, как будто наваливалось на его бедную голову. На стоянку перед кафе зарулил огромный лимузин, из него вышел человек в зеркальных очках, с пышными бакенбардами и в розовой пиджачной паре. Он постоял, давая всем желающим себя осмотреть, а потом неторопливо направился к дверям.

Калифорния, будь она проклята!..

— Что со счетами? Ты перевела на себя все или только общие?

— Общие, — быстро и виновато призналась она. — Как бы я могла перевести все?! Я считаю, что это справедливо, Дэнни. Это просто компенсация за то время, что я провела одна.

— О'кей. — Он поднялся и снова пересел на другую сторону, сознательно отдаляя себя от нее.

Придется привыкнуть. Теперь ко многому придется привыкать заново.

Нет, не так. Теперь придется долго и мучительно привыкать к тому, что я один и за спиной у меня пустота, а не одна из «великих американских ценностей», называемая семьей.

— Когда ты перебираешься в Сиэтл?

— Чем скорее, тем лучше. Шеф не может ждать, потому что в том офисе не закрыта эта вакансия.

— Ладно, — перебил ее он. В голове и на душе стало совсем скверно. — Ты вернешься в Вашингтон со мной?

Она покачала головой, достала из сумки темные очки и нацепила их — отгородилась от него окончательно.

— Я не хотела бы ехать с тобой в одной машине через всю страну, Дэн. Думаю, что прилечу на самолете. Тем более что мне нужно вернуться как можно быстрее, потому что офис в Сиэтле не может ждать.

— Я знаю, — сказал он с досадой. — Там не закрыта вакансия!..

— И не смей оскорблять меня, Дэн Уолш! Мой адвокат...

— Я ничего не хочу слышать про адвокатов. Но должен предупредить, что делиться придется честно. Я не могу отдать тебе все и остаться нищим.

— Как ты можешь так говорить, Дэн?!

— Я могу. Потому что ты перевела на себя все наши общие счета.

— Это всего лишь компенсация, я уже сказала...

— Черт с ней. Все остальное разделим так, как положено по закону. Согласна?

Она помолчала.

— Да.

— Тогда я поехал. Пока.

Он поднялся, похлопал себя по карманам, проверяя, на месте ли ключи от машины.

— А мой чемодан?

— Я попрошу официанта отнести его. Может, оставить тебе наличных?

— Дэн, перестань обо мне заботиться! Ты больше не мой муж!

— Ах да! — Он улыбнулся. — Я и забыл.

Он обошел стол и поцеловал ее, просто коснулся губами прохладной щеки.

— Пока. Будь счастлива.

— Ты тоже.

— Я постараюсь.

И он вышел из кафе под бешеное калифорнийское солнце, и подозвал официанта, и распахнул багажник «Навигатора», откуда сразу же пыхнуло жаром и горячей синтетической вонью, как будто там случился пожар.

Телефон у него зазвонил, когда он уже садился в машину.

— Дэн Уолш слушает.

— Дэнни, возвращайся в Вашингтон, — не здороваясь, приказал начальник личной охраны. — У нас проблемы с русским визитом.

— Какого рода, сэр?

— Появилась информация, что русские могут устроить нам сюрприз. Возвращайся, мы должны успеть подготовиться.

— Шеф в курсе, сэр?

— Ты первый, кого я ставлю в известность, Дэнни.

— Я ценю это, сэр.

Говорить или не говорить о том, что его только что бросила жена?.. Говорить или подождать?.. Ведь все еще может измениться, и тогда он окажется в идиотском положении.

Ничего не изменится, подсказал в изнеможении больной от солнца и горя мозг. Все, Уолш. Это конец истории, продолжения не будет.

— У меня небольшие личные проблемы, сэр, — отчеканил он в трубку. — Я смогу вернуться в Вашингтон только завтра к вечеру.

Начальник помолчал.

— Серьезные или все-таки небольшие, Дэн?

— Серьезные, сэр.

Опять пауза.

— Хорошо. Жду вас завтра к вечеру, полковник.

— Благодарю вас, сэр.

Он бросил телефон на соседнее кресло, где обычно сидела его жена, когда они ездили вдвоем, рванул с места и вылетел на калифорнийское шоссе.

Кафе, где они сидели, все уменьшалось в зеркале заднего вида, а потом дорога вильнула, и оно пропало вовсе.

— Вот и все, — сказал сам себе полковник Уолш. — Конец истории.

— Я так больше не могу!! — прорыдала она из ванной. — Я больше ничего не желаю слушать про твою работу и про то, что ты делаешь карьеру, Колечка! Я от тебя ухожу, и можешь быть абсолютно свободен! Просто как ветер!

— И проваливай куда хочешь! — тоже проорал он, схватил с захватанного руками стеклянного столика пачку сигарет и вытряхнул одну. Остальные рассыпались. — Мне все равно! Если ты не понимаешь, что я получил повышение, значит, скатертью дорога!

— А мне-то что от твоего повышения?! — Она выскочила из ванной и буйствовала в коридоре. Глухо падали какие-то вещи, словно она швыряла в стену валенки. — То у тебя тренинги, то у тебя учеба, то у тебя командировки по три месяца! С этой учебы ты приезжаешь вечно пьяный! Чему вас только учат-то там, на учебе этой?! Ребенок забыл, как отца зовут, а я забыла, когда мы в последний раз в театр ходили!

— А при чем тут театр?!

— А при том, что я не нанималась к тебе уборщицей и кухаркой! Я хочу жить, как все люди живут, я хочу по выходным на дачу ездить!

— Далась она тебе, дача эта!

— Далась, представь себе! И ребенок на свежем воздухе, и родителям приятно! Только мы на дачу не можем, у нас папочка карьеру делает!

— А тебе бы только мамочке своей угодить! Ты и дачу эту придумала, только чтобы мамочка была довольна! А у тебя муж есть! Есть или нет?

— А я не знаю!

Она выскочила из коридора и стала в дверях. Халат распахнулся на груди, и она воинственно его запахнула, будто опасалась за свою честь и готовилась отстоять ее.

— Да, вот не знаю, есть у меня муж или нету!

Он ползал по ковру и собирал сигареты, из которых сыпалась желтая табачная крошка. Руки у него тряслись. Он и впрямь вчера перебрал, когда праздновали его повышение и отъезд в Питер.

Вчера перебрал, а сегодня жена вдруг задумала с ним разводиться! Просто невезуха какая-то!

— Что ты там ползаешь?! Что ты там лазаешь?! Ты всю душу из меня вытянул!

— Я из тебя?! Да это ты со своей мамочкой житья мне не даешь, а я, между прочим, только для тебя и стараюсь! Стал бы я жилы рвать, если бы ты меня не пилила, чтобы мы жили, как люди живут?! И чего тебе не хватает?! Машина есть, квартира есть, все есть! Ребенок в приличную школу ходит! Что ты все ко мне цепляешься?! — Он собрал все сигареты, бережно ссыпал их на захваченный стеклянный столик, выпрямился.

Жена все стояла в дверях, и вид у нее был какой-то на редкость убитый, непривычный для нормального семейного скандала, случавшегося каждую неделю.

— Ты жилы мне рвешь, бабник проклятый?! Мне чего не хватает?! А того не хватает, что я замуж выходила, чтобы счастливой быть, а не чтоб всю жизнь за тобой прислугой ходить! В Питер он уезжает, посмотрите на него?! У тебя там баба, что ли, в Питере этом проклятом?!

— Какая баба, чего ты пристаешь ко мне с этими бабами, дура?!

Тут вдруг она куда-то метнулась, пропала с глаз, и он получил передышку.

Он вытер со лба унизительный скандально-алкогольный пот, облизнул сухие губы и посмотрел по сторонам. Ему страшно хотелось пить, и руки все еще дрожали, и он знал, что «в баре» — так назывался полированный ящик с откидной крышкой — должна быть бутылка коньяку. Он давно бы уж тяпнул для облегчения своего нынешнего положения, но не решался, знал, что, если она увидит, скандал разгорится с новой силой, а ему бы полежать и, может, уснуть.

— В Питер он уезжает! — доносилось из коридора. — Поглядите на него! А я-то, дура, все думала, что этого быть не может! И мне ведь говорили, что в этих гостиницах ваших только один секс кругом, и больше ничего, а я не верила! И маме не верила, но она тоже говорила!..

Он послушал-послушал и мелкими шажками приблизился к «бару». Если она еще какое-то время будет копаться в коридоре, пожалуй, можно успеть! Аккуратно, чтобы не стукнуть, он потянул дверцу на себя. Она поддалась не сразу, за стеклом задребезжали рюмки, и он на секунду замер.

— Ты мне всю жизнь испортил, всю мою молодость

забрал, а теперь я, значит, не гожусь?! Теперь, значит, ты девчонок молоденьких хочешь?! Я уж и забыла, когда он в последний раз со мной спал, а тут, здрасте-пожалуйста, какой герой-любовник в нем открылся!

Он еще потянул дверцу и увидел длинное горлышко вожделенной бутылки темного стекла, с золотистой умиротворяющей пробочкой.

Он покосился на дверь и облизнул пересохшие губы. Еще одно движение, и он ловко вытянет бутылку, открутит пробку и... и...

— Я тебе покажу Питер, козел вонючий! Я с тебя три шкуры спущу и голым в Африку пущу, и ни в какой Питер ты не поедешь!.. Карьеру он делает для меня, посмотрите все на него! А то, что ребенок растет сиротой, ему наплевать!

Он подцепил бутылку, которая вдруг стала выскальзывать из потных пальцев, и пришлось подхватить ее другой рукой, в этот момент крышка «бара» поехала в пазах и уже готова была стукнуть, но он прижал ее животом и не дал!..

Ну, господи благослови, теперь самое главное быстренько, аккуратненько, глоточек, сначала большой, а потом, второй, можно и поменьше, уж и от первого полегчает!

Он сорвал золотую фольгу, скрутил крышку, покосился на дверь и, держа бутылку двумя руками, понес ее к жаждущему, пересохшему рту.

И не донес.

— Ах вот оно что! А я-то думаю, что он затих, а он тут коньячком догоняется! Поставь бутылку, урод!..

И она кинулась и вырвала сосуд с живительной влагой из его слабеющих рук!

— Верни! — тяжело дыша, велел он. — Верни сейчас же!

В одной руке у жены была бутылка, в другой какой-то конверт. Она прижала конверт подбородком и показала ему фигу:

— А это видел?!

— Верни, кому говорю! Зараза!..

— Я зараза?! Это я зараза?! Это ты зараза! И не подходи ко мне! Не смей ко мне подходить!

Так как он надвигался на нее с явным намерением отобрать бутылку, она проворно отступила, перехватила конверт и швырнула ему в лицо:

— На! На! Гляди на себя! Господи, позор, срам какой! Я не переживу, не переживу-у-у!..

И тут она вдруг заревела так горько и от души, что он даже перепугался немного.

Он остановился, не дойдя до жены несколько шагов, покосился на бутылку у нее в руке и спросил хрипло:

— Ты чего ревешь?

— А ты посмотри-и-и! Вон, вон посмотри, бесстыжая твоя рожа!.. — И пальцем ткнула в ковер, по которому разлетелись какие-то фотографии.

Наклоняться было невыносимо — вчерашний алкоголь, еще не весь перекочевавший в почки и печень, потек в обратную сторону и заплескался где-то у глаз, отвратительный, кислый, разъедающий внутренности.

— Это чего такое?

— А ты посмотри, посмотри как следует!

Он поднял с пола фотографию и посмотрел. В глазах было мутно, в желудке гадко, и пришлось взяться рукой за сервант, чтобы не упасть.

На фотографии были какие-то огни, которые резали его и без того изрезанный мозг, и еще какая-то целующаяся парочка.

— Да чего это такое-то?!

— Ты что?! Прикидываешься?! За дуру меня держишь?! Нашкодил, как паршивый кот, так хоть имей смелость признаться!

— Кто шкодил-то?! Я, что ли?!

— А не ты?!

Фотография снова сверкнула ему в лицо приторным глянцем, и огни на ней вдруг показались смутно знакомыми, и парочка тоже, и он вдруг весь налился холодным потом.

Неужели?!.. Неужели?! Да как это может быть?!.

— Ну что? — презрительно спросила жена, наблюдавшая за его лицом. — Узнал, Колечка? Или как?

Он тяжело дышал, и вдруг с левой стороны груди что-то так закололо, что он привалился к серванту плечом. Там опять зазвенели рюмки.

— Что-то, Колечка, лица на тебе нет, — прошипела жена злорадно. — Чего это ты взбледнул так вдруг?

— Где ты это... взяла?!

— А это, Колечка, — она подошла и вытащила фотографию у него из пальцев, — нам добрые люди в почтовый ящик положили! Я думала, опять рекламу кинули, а тут вдруг такое!.. Да ты еще самого интересного не видел, остренького!

Она наклонилась, подобрала несколько фотографий и стала тыкать их ему в лицо.

— Нет, ты полюбуйся, полюбуйся!.. Прямо голубь с голубицей, сладкая парочка! Вот и в постельке снимочек есть, во всей красе! Да что ты морду-то воротишь, ты любуйся, любуйся!

Он отворачивался, потому что смотреть был не в силах.

Какая сука это сделала?! Кто мог так его... подставить?! И они с Натусей не заметили ничего, никакой слежки!

Выходит, все время, что они плавали на пароходе, их кто-то снимал?! И в каюте снимал?! И в постели?! И в ванной?!

Одним глазом он покосился на фотографию, которой жена все тыкала ему в лицо.

Ну да, их каюта, вон и Натусин лифчик белеет, который она зашвырнула на стол, когда он...

Кровь бросилась ему в лицо!..

— Чего ты молчишь, как истукан? Это так ты на учебу и на семинары ездишь?! Это так ты для семьи стараешься?! Лахудру какую-то подцепил и укатил с ней трахаться!

Он хотел было обиженно возразить, что Натуся никакая не лахудра и уж точно получше будет, чем его женушка драгоценная, но вовремя поймал себя за язык.

Жена не отводила от него глаз, лицо у нее было залито слезами, волосы торчали немытыми кудельками.

О господи, за что мне это все!..

— А теперь он в Питер навострился! Дела у него там! Какие там у тебя дела?! Лахудра твоя тебя там ожидает, на Московском вокзале?! Все глаза проглядела, букетик заготовила?!

Он молчал. Первый раз в жизни он не знал, что говорить. То есть решительно не знал. Никогда раньше его мелкие грехи, его шалости и похождения не были... запечатлены на пленку. Жена могла подозревать его сколько угодно, вместе со своей мамашей, черт бы побрал их обеих, но доказательств-то — накося выкуси! — нету! Нету, хоть вы тресните обе! А мне какая разница, что вы там такое себе напридумывали?! Я работаю в отельном бизнесе — и звучит престижно, и свобода полная, жена-бухгалтерша все равно никогда не разберется, правда ли на сегодня семинар назначили или не назначили, а может, банкетная служба юбилей своего менеджера отмечает, и все остальные службы там обязаны быть кровь из носу!

Фотографии, раскиданные по вытертому ковру, были отвратительны, как пятна химической краски. Кажется, они даже воняли краской, а глянцевый блеск проникал в глазные яблоки и жег, жег!.. Как это так вышло, что они с Натусей не заметили никакой слежки?! Как они были беспечны и свободны в своей любви! Как они тратили драгоценные, сладостные секунды друг на друга, пока вмешательство жестокого мира не остановило их так... болезненно и остро!

В институте Коля Саньков читал много переводной литературы — такая только-только появилась, и в его неокрепшем мозгу плохие тогдашние переводы оставили неизгладимый след. Коля был уверен, что «высокий штиль» переводных романов и есть самый правильный способ выражать свои мысли и чувства.

Его жена — тогда она еще была не жена — приходила в восторг, когда он говорил ей, что готов «целовать ступеньки, по которым она поднимается» к себе на второй этаж, или что «цвет японских ирисов напоминает цвет ее глаз, когда она смотрит на уходящее солнце».

Какие такие «японские ирисы», он знать не знал, и «целовать ступени» хрущевского дома представлялось ему занятием сомнительным во всех отношениях, но она клюнула! Она клюнула и поверила в то, что он испытывает к ней любовь «как в романе»!..

Слова были как в романе, а с любовью вышла незадача.

Сначала было еще ничего, а потом ребенок, проблемы, заботы, денег вечно нет, он вечно в отъезде или задерживается, она всегда недовольна, и пошло-поехало!..

Но самое смешное и любопытное, что все женщины, с которыми он спал, клевали на то же самое — на «японские ирисы», на то, что в волосах «капли воды, как бриллианты», на то, что по пляжику реки Пехорки, заваленному пивными банками и пакетами из-под чипсов, она идет, как «королева красоты, и все остальное убожество меркнет перед ней». Еще очень клевали, когда он открывал дверцу машины. О-о, это вариант беспроигрышный!

— Не-ет, это ты мне объясни! Объясни, в какое дерьмо нас втравил! Что это за макака?! Откуда она взялась?! И может, она больная, они сейчас все зараженные, кто СПИДом, кто сифилисом, кто паразитами! Где ты ее подобрал?! Говори сейчас же!

И жена топнула ногой, и в серванте опять тоненько зазвенели стаканы.

Коля Саньков, герой-любовник, открыл рот и пошевелил губами. Пересохшие губы елозили друг по другу, цеплялись, и было очень противно.

— Тут... неправда, — проскрипел он, долго вспоминал слово, шевелил пересохшим ртом и наконец вспомнил: — Фотомонтаж!

— Какой еще фотомонтаж?! Да кому надо тебя фотомонтировать-то?! Ты чего? Секретный шпион ЦРУ?! Или президент американский?!

— Он в отель приезжает, — проскрипел Коля снова. — В Питер. У меня там... работа... пригласили меня... работать буду...

— Кто приезжает?! Куда?! У тебя белая горячка, что ли?! Или как это все понимать?!

— У меня горячки нету, — сказал Коля обиженно, насколько позволяло нынешнее состояние души и тела. — Президент американский приезжает. В Питер.

— Так это ты с президентом сфотографирован?! С американским?! Вот, вот! И еще вот тут!! Нет, ты не отворачивайся, ты смотри, поганец! Я еще и ребенку покажу, чтобы он знал, какой у него папочка работой занимается! Почетной такой!..

— Не смей! — прохрипел Коля. — Ребенку не смей!..

Как все глубоко равнодушные к близким, он искренне полагал, что очень любит ребенка и живет ради него.

Жена нагнулась и стала собирать с пола фотографии, приговаривая, что с ними она пойдет в народный суд, когда настанет время делить имущество, а сейчас чтобы он катился куда глаза глядят, хоть к этой своей лахудре, хоть к любой другой, ей до этого дела нет, потому что с этой минуты он ей не муж!

И как это она утерпела, не затеялась разбираться, когда он вчера ночью домой пришел?..

— Хорошо, хорошо, я уйду... — бормотал несчастный Коля, переступая по ковру бледными волосатыми ногами, чтобы не мешать ей собирать их с Натусей снимки. — Только мне надо вещи взять...

— И так не заржавеешь, несобранный! Проваливай сейчас же! Мама скоро ребенка привезет! Проваливай, кому говорят!

Легко сказать — проваливай! Еще легче гордо ответить, что через десять минут меня и след простынет, но вот как это сделать?!.. Идти некуда — родители в Казани, к ним, что ли, сию минуту отправиться? Квартира была некогда «пробита» тестем. Для того чтобы получить две двухкомнатных — одна смежная, другая раздельная, — тесть свою трехкомнатную, полученную на ЗИЛе, обменял «с доплатой», и записана она на жену и ребенка. Друзья? Нету у него друзей, у которых можно было бы пристроиться, пока буря не пройдет стороной. Родственники? Была когда-то в Москве тетя Соня, к которой в свое время он и прибыл из Казани, но с тех пор прошло много лет, и, перестав нуждаться в материальном вспомоществовании, племянник перестал к ней наведываться, может, уже и померла! Впрочем, скорее всего жива-здорова. Если бы перекинулась, мама из Казани давно бы написала.

Куда деваться-то?!. Куда уходить?! К тете Соне как-то неловко.

— И чтобы духу твоего тут не было, и чтоб ты сдох где-нибудь на помойке! — ожесточенно бормотала жена. Она сгребала фотографии и как попало запихивала их в конверт. — И к ребенку не смей подходить на пушечный выстрел! Увижу — убью! А снимочки мне пригодятся! В народном суде небось тоже люди судят, пускай они посмотрят, как папка со своей семьей обращается!

Его тошнило и хотелось умереть, чтобы не мучиться так уж сильно, и единственная мысль, шевелившаяся в голове быстрее, чем мельничный жернов, была только об этих снимках.

Кто его подставил?! Кто выдал их с Натусей страшную тайну — начитавшись переводных романов, он именно так и думал: «страшная тайна»! Кто посмел вторгнуться в самое сокровенное, что у него было?! Да еще подсунул фотографии жене! Она бы и знать ничего не знала и не догадывалась бы ни о чем! Все по карманам бы шарила, искала губную помаду или женские трусики, а его на таких вещах не поймаешь, он калач тертый!

Из-за такой ерунды — поганых фотографий! — вся жизнь пошла прахом! Вся жизнь прахом пошла!..

— Проваливай! — прикрикнула опять жена. — И чтобы духу твоего здесь не было больше никогда! Посмей только нос сюда сунуть, и я тебя...

Коля Саньков в последний раз с сожалением оглянулся на бутылку, с наполовину оторванной фольгой и почти отвинченной крышечкой, переступил через жену, ползавшую на коленях, и потащился в спальню.

Там был разгром и пахло «человечиной», как когда-то говорила та самая тетя Соня, — нечистым бельем, пылью, разобранной постелью, которую давно не меняли.

Коля открыл гардероб и, придерживая рукой голову, чтобы совсем не отвалилась, стал таскать оттуда какие-то вещи, смутно надеясь, что это его, а не жены.

Что значит — убирайся? Что значит — пошел вон? Что он ей, собачка, что ли, которую можно вот просто так взять и выгнать!

Гора вещей на разгромленной постели все росла. Он косился воспаленным глазом и продолжал таскать.

Как нужно уходить от жен? Он понятия не имел. Наверно, все это следует сложить в сумку, только где ее взять? Где у них в квартире дорожные сумки? На антресолях, кажется, где еще они могут быть? Конечно, на антресолях, жена всегда оттуда достает, когда он едет в очередную командировку.

Эх, хороша была командировка с Натусей на теплоходе! Звезды сияли, на воде было уже тепло, несмотря на то что лето только началось. Коля, втянув живот, мужественно балансировал на вышке, привлекая благосклонное Натусино внимание, а потом ласточкой кидался в бассейн и однажды сильно зашиб живот и то, что ниже, чуть не до слез. Натуся оказалась девахой простецкой и без глупостей — опрокидывала джин с тоником, резалась в картишки с соседями по столу, к ужину выходила в прозрачной маечке, белых брючках и на шпильках, волосы собраны в хвост. Теплоход представлялся ей райской обителью, а Коля Саньков повелителем этой обители, суть господом богом. Он шикарно заказывал коктейли, носил белые джинсы, поигрывал в пинг-понг с теплоходными жиголо, знал множество анекдотов и умел их рассказывать, бросался с бортика в бассейн, на ужине заказывал музыкантам песню «Ах, какая женщина!..» и элегантно приглашал Натусю танцевать. А по вечерам они бродили по палубе, целовались в шезлонгах, смотрели на звезды и подставляли пылающие лица волжскому ветру.

Не жизнь, а просто праздник какой-то!..

И как все ужасно закончилось — гадкими фотографиями, истерикой жены и криками «пошел вон!». Жизнь вообще очень подлая штука!..

Коля постоял, прислушиваясь, а потом с тоской взглянул на кучу вещей. И что дальше?.. Ну, найдет он сумку, ну, попихает в нее шмотки, а потом что? Кухню пополам, детей об стенку и тапочки в окно? Самое главное, он совсем не чувствовал себя виноватым и был страшно зол на ту сволочь, что сделала снимки, да еще прислала их жене! Главное, зачем прислала-то? Ладно бы, угрозы разоблачения и требования денег, так ведь нет этого ничего!

Из коридора послышался какой-то шум, и в спальню влетела жена с той самой сумкой, которую он не знал где взять.

— Вот тебе, Колечка, котомка твоя, давай, собирайся и проваливай с глаз моих!

Не глядя, она сгребла с кровати накиданные им вещи — за ними потащилось и одеяло — и стала ожесточенно запихивать в сумку.

— Ты... подожди, — попросил он жалобно. — Ты... это... ты все не так поняла...

— Я?! Я не так поняла?! Фотки со шлюхой я не рассмотрела?! Или ты с ней в кровати синхронным плаваньем занимался?! Я думала, у меня муж есть, а ты мне больше не муж! Ты подлец, и душа у тебя подлая!..

— Да нет... — забормотал он. Она отшвырнула пододеяльник, который лез в сумку, дернула его, раздался треск. — Просто... это не то, что ты думаешь...

— Просто тебе деваться некуда, урод проклятый! Вот ты и ноешь теперь! Ноет он! А вот это ты видел?! — Она выдернула руку из сумки и сунула ему под нос фигу, сложенную из неухоженных красных пальцев. Фига была так близко, что он отшатнулся. — Раньше надо было думать, когда ты всяких шлюх трахал, а сейчас поздно! Убирайся вон из моего дома, и чтобы духу твоего тут не было!..

В два счета она набила сумку, скинула ее на пол, уселась верхом и затянула «молнию», а потом пинками погнала баул к двери. Сумка ползла, зацепившись за ковер, и ковер постепенно собирался неровными складками.

Собственно, эти складки — последнее, что осталось в голове у Коли Санькова, где все тоже пошло складками, и он вдруг осознал себя во дворе родной многоэтажки, на лавочке, сумка стоит рядом, в пыли, и из кособокой урны тянет тленом.

Трясущейся рукой он вытер мокрый, холодный лоб и огляделся.

И куда теперь?.. И что теперь?..

В голове неотвязно крутилась подлая и неуместная мыслишка, которую все повторяла его зараза-жена, — раньше нужно было думать! — но эту мыслишку он отверг. Как это он мог думать раньше, когда Натуся была столь неотразима! А до Натуси Танюша была хороша, а до Танюши, кажется, Надюша, а может, Катюша. Думать раньше — значит, лишить себя всех жизненных удовольствий, заранее и навсегда, а как такое возможно?!

К Натусе поехать нет никакой возможности — она не примет, а если вдруг примет, еще хуже!.. Тогда на ней придется жениться, значит, разводиться со старой женой, а как же ребенок?! Он, Коля Саньков, живет ради ребенка, это всем известно!

И... лень.

Новая жена, новые хлопоты. Новые родственники, новые бигуди в раковине, новые чашки на кухне, да и сама кухня, выходит, новая! А где ее взять?! Придется снимать углы.

Коля Саньков, который в родном отеле руководил «лагидж-боями», то есть специальными людьми, что таскают чемоданы приезжающих и отъезжающих, а заодно и грузчиками, не хотел никаких таких проблем. Они его пугали.

— Ты чего сидишь, мужик? — вдруг спросил кто-то рядом. — Да еще с портфелем! — «Портфель» было произнесено с ударением на первый слог. — Ночевать, что ль, негде? Приезжий? Или жинка выгнала?

Коля осторожно повернул голову и посмотрел. Рядом с ним на лавочку пристроился обыкновенный мужичонка в полосатой майке и зеркальных очках. Мужичонка крутил на пальце ключи от машины. Ключи вдруг сорвались, бухнулись в пыль рядом с его сумкой.

— А, чтобы тебя!.. — пробормотал мужичонка, поднял ключи и вытер руку о джинсы.

— Бабы, они такие, — продолжал он как ни в чем не бывало, и опять стал крутить ключи. — Они порождение сатаны, сказано в Писании!

Коля подпер рукой голову, в которой вертелись жернова, били отбойные молотки и несколько подъемных кранов все время роняли бетонные плиты, и ничего не ответил за неимением сил.

— Может, выпьешь со мной? — вдруг с надеждой поинтересовался мужик. — А то ведь у меня дома тоже змея подколодная затаилась, идти неохота, а выпить не с кем!

Коля Саньков отнял пальцы от воспаленных глаз и покосился на мужичонку. Даже это движение доставило ему невыразимые муки.

— Давай, мужик! — подбодрил тот. — Я же вижу, маятно тебе! Пойдем, полечимся! У меня и машина тут рядышком, а на проспекте пивняк зашибенный, бар «У Муслима» называется, знаешь?

Коля пожал плечами. Ему было все равно, лишь бы «полечиться», а мужичонка предлагал простой и действенный способ.

— Ну давай, давай, а там, может, придумается чего! Может, у меня переночуешь, а жинка одумается! Много ли им, бабам, надо! Волос долгий, ум короткий, она к утру и не вспомнит, из-за чего на тебя вызверилась! Ух, сатанинское отродье!..

— У меня деньги есть, — прохрипел Коля, судорожно пытаясь вспомнить, есть или нет, — я тебе заплачу!

Мужичонка махнул рукой:

— Да я и сам нынче при деньгах! Нам получку выдали, на службе-то! Только зачем я всю получку той змее подколодной понесу, что у меня в дому угнездилась! Сейчас мы ее с тобой на двоих-то!.. Хоть чего-нибудь себе, уж того, что я выпью, она у меня не отнимет!

И он хрипло засмеялся над такой своей шуткой.

— Вставай, вставай, пошли!..

Коля Саньков встал, покачнулся, постоял, вздыхая, и двинулся следом за мужичонкой, который уже проворно тащил к «жигуленку» его сумку.

— Макс! Ма-акс!

— М-м?

— Макс, вставай, хорош спать! На выезд!

— М-м?..

— На выезд, кому говорю! Серега уже под парами стоит, и кочегары на месте! Да вставай ты!

Максим Вавилов во сне увидел паровоз и машиниста, выглядывающего из окошка. Машинистом была огромная щука в фуражке. Паровоз сильно трясло на стрелках. «Елки-палки!» — подумал он во сне про щуку-машиниста, которая не сбавляла скорости.

— Макс, па-адъем! Па-адъем! Казарма!!! Тревога!!

Он сел на кушетке, не в силах расстаться со своей щукой в фуражке, которая выглядывала из паровозного оконца и щерила зубастую пасть — улыбалась.

— Макс, на выезд!

— А сколько сейчас?..

— Три тридцать семь. Чего это ты так разоспался, ешкин кот!..

Максим Вавилов потер лицо. Отросшая за ночь щетина сильно кололась и казалась незнакомой, как будто он тер чье-то чужое лицо.

— А что случилось-то?

— Труп у нас случился, что еще у нас может случиться?!

— А какой я сон видел! Про щуку, которая вроде бы на паровозе едет, а на самом деле...

— Макс, тебе бы только про щук смотреть! Давай, вставай уже! Я тут около тебя полчаса ритуальные танцы танцую, а Серега, между прочим, все полчаса своим телом провода греет, чтобы машина завелась!

— Скажи, пусть охлаждает лучше, — пробормотал Максим Вавилов, старший оперуполномоченный по должности и майор по званию.

— Чего охлаждает?..

— Провода, скажи, пусть Серега охлаждает, что, что!.. На улице тридцать градусов, а он провода греет!..

— Так тридцать днем было, — обиженно сказал лейтенант Бобров. — Сейчас-то едва пятнадцать набежит.

— Иди ты!.. — приказал Максим Вавилов. Как старший по званию. — Иди, иди! К Сереге в машину иди, я сейчас...

Что-то невмоготу ему было. Уработался.

Отпуск отменили еще в апреле из-за очередного «усиления». То ли слух прошел про террористов, то ли на самом деле фээсбэшники чего-то такое накопали, но, короче, приказали «усилить».

Усилили как могли. Могли не очень, потому что — Максим Вавилов подсчитал! — с нового года апрельский приказ по «усилению» был одиннадцатым. Вот и выходит, что за полгода отечественные силы правопорядка усилились в одиннадцать раз, ибо предыдущие приказы никто и не думал отменять. Большое начальство приказик-то выпустит, начальство помельче его выполнит или сделает вид, что выполнит, а потом то, большое, про приказик-то и позабудет, у него других дел невпроворот. То генерального прокурора снимут, то, того гляди, министра МВД переназначат, то коррупционный заговор раскроют, оборотни в погонах, мол, и все такое!.. А мелкое начальство приказ об усилении отменить никак не может, потому оно пугливое очень. Потому что оно нервное. Потому и боится.

Оно «усиление» отменит, а тут — трах-ба-бах! — в подъезде жилого дома три килограмма тротила или сто граммов С-4! Кто виноват? Кто не доглядел? Правоохранительные органы не доглядели! А почему не доглядели? А потому что приказ об усилении отменили!

— Вашу мать... — пробормотал Максим Вавилов, стащил себя с кушетки — практически за шиворот стащил — и поволокся за фанерный шкапчик, умываться.

За шкапчиком имелся пластмассовый стол, покрытый для красоты клеенкой, которую подарила Максиму мама. На столе стояли разнокалиберные чашки, черные от времени и заварки, и среди них одна — новая, сверкающая белизной, с красным сердцем и надписью «Я люблю Калифорнию». Еще были: микроволновая печь, разделочная доска, засыпанная крошками и загнутыми сырными корками, засаленный нож с отбитой черной ручкой, пустой пакет из-под чипсов, на котором была нарисована такая аппетитная картошка, что у старшего оперуполномоченного немедленно засосало в желудке, чей-то термос без крышки, коробка сахару, несколько липких конфет россыпью, кофейная банка без кофе и одна пластмассовая ложка — мешать в кружке, на тот случай, если кто-нибудь где-нибудь раздобудет кофе.

И еще раковина с краном. Вода из крана шла произвольно, повинуясь неведомым законам, иногда только холодная, а иногда только горячая, и почему-то это никогда не совпадало со временем года. Летом шпарил кипяток, а зимой шла ледяная кашица.

Максим Вавилов открыл кран и подождал какое-то время, чтобы не угодить под кипяток, а потом осторожно пощупал. Вода была никакая, ни теплая, ни холодная, противная, и он кое-как умылся.

Елки-палки, труп!.. А он-то надеялся, что нынешняя ночь... того... хорошо сложилась. Без трупов.

Полотенце на пластмассовом крючке в виде морды Винни-Пуха даже на ощупь было заскорузлым от грязи, не висело, а стояло колом. Максим отряхнул с лица противную воду и вытираться не стал.

— Вавилов! Ты где там застрял?!

— Да здесь я!

— Меня Ерохин послал узнать, выехали на вызов или нет! Какая-то дамочка истерическая в пятый раз зво́нит!

— Не истерическая, а истеричная, — поправил за шкапчиком Максим Вавилов, у которого мама в школе преподавала русский язык и литературу. — И не зво́нит, а звони́т!

— Ты чего, Вавилов? Ты где там?! Чего начальство нервируешь?!

— Уйду я от вас, — объявил Максим Вавилов, выйдя из-за шкафа. — Уйду, Боря! Сдохнуть можно от такой работы и от тебя тоже, Боря, можно сдохнуть!

— Чего это от меня дохнуть? — обиженно спросил дежурный. — Вот работа — другое дело! Только куда ты пойдешь-то от нас? В школу, энвепе преподавать?

— Энвепе отменили, Боря.

Дежурный подумал.

— Когда отменили?

— Давно. Вместе с Берлинской стеной и политикой «холодной войны».

— Тогда тем более не уйдешь, — заключил дежурный. — Ты, Вавилов, чего умеешь? Ничего ты не умеешь! Только бумажки строчить да формы заполнять, подпишите здесь, здесь и здесь! Куда ты денешься?!

Почему-то Максима Вавилова это задело.

— У меня высшее образование, — сказал он обиженно и вместо того, чтобы пойти наконец в машину, вернулся за шкапчик и стал изучать себя в зеркале.

Ничего хорошего там не показывали — Максим Вавилов всегда отличался самокритичностью. Рожа как рожа, да еще отечная.

— Ну вот, ты со своим высшим и просидишь здесь всю жизнь, — заключил Боря. — Да чего ты опять туда полез?! Выходи давай! А то Ерохин мне вставит!

— Тебе, Боря, давно пора вставить!

— Чего?!

— Шутка такая, — сказал Максим мрачно и вышел из комнаты.

Над входом в дежурную часть горел прожектор, и ребята стояли возле «Волги», разговаривали ночными голосами, которые далеко разносились по улице. Рация трещала и хрипела, ничего не разобрать. Было тепло, пахло тополями и подсыхающим асфальтом. Наверное, поливалка недавно прошла. Самое для них, для поливалок, время. Утро скоро.

— Макс, ты чего застрял? Поехали, поехали уже!

— А что за труп? Криминальный?

— А х... его знает!

— Ну криминальный, конечно! Был бы не наш, его бы давно труповозка забрала!

— А какой я сон видел, — поделился Максим Вавилов и полез в карман за сигаретами. — Про щуку в паровозе.

Никто не обратил на него никакого внимания.

— Мужики, ну чего вы стоите-то, мать вашу так? Мне Ерохин уже третий раз дал по мозгам!.. И дамочка опять звонила!..

— Да мы идем уже!

— Да отвяжись ты, Боря!..

— Мужики, а я в отпуске с понедельника.

— Подписали?!

— Сам не верю! Я думал, усиление это, то, се — ни за что не подпишут. И я ему говорю: ну, това-арищ полковник, ну войдите в мое положение, у меня жена, теща, а вы меня не пускаете!.. А он мне...

— Уйду я от вас, — сказал Максим Вавилов, задрав щетинистый подбородок к темному небу, которое над домами уже синело, а над дорогой казалось темным, плотным. — Энвепе в школе преподавать!

Он взгромоздился на переднее сиденье «Волги», рядом с водителем Серегой, который с места в карьер начал рассказывать про свои шесть соток и про то, как в прошлом году жена собрала с одной грядки ведро баклажанов, а в этом на спор с соседкой собирается снять столько же красного перца.

А соседка ей — перец в наших широтах не растет!

А жена соседке — это вы растить не умеете! Нужно не лениться, а еще в феврале...

А соседка на это — да чего в феврале, когда в августе как пить дать заморозки будут, и весь лист чернотой побьет!

А жена в ответ — надо по лунному календарю сажать, и тогда до заморозков успеет вызреть, а если не успеет, то заранее снять и под кроватью разложить или еще в какое место, лишь бы темно и сухо...

— Серег, — перебил Максим Вавилов, его качало на сиденье, фонари качались перед глазами, и то ли от Серегиных баклажанов, то ли от недосыпа было тошно. И мужики на заднем сиденье перебрехивались вяло, смолили какую-то махру, от которой еще больше мутило. — Серег, вот ты мне скажи как на духу... Нет, как перед проверяющим из главка...

— Типун тебе на язык, Макс!

— ...зачем тебе ведро баклажанов?

Водитель посмотрел на него, как инквизиторы на Галилея, в момент утверждения им, что Земля вертится.

— Как зачем?! А зимой чего мы жрать будем?!

— Баклажаны?

— И баклажаны! И перчик, и картошечку, и огурчики, и помидорчики маманя солит, пальчики оближешь, и лечо варит, а из смородины вино делает, женский пол очень его обожает, а тесть на калгане водку настаивает, так ее под огурчик, да под картошечку, да судачка — у нас их алкоголики-браконьеры носят!.. А еще...

— Я жрать со вчерашнего дня хочу, — мрачно заявил Максим Вавилов. — Только баклажаны можно на базаре купить, а ты каждую пятницу по четыре часа в пробке стоишь, до своих Луховиц как раз, а потом еще в воскресенье четыре часа пилишь в Москву! Оно тебе надо?

Святая инквизиция стала потихоньку наливаться праведным гневом.

— А тебе чего, не надо, Макс? Ты чего, богатый, что ли, на рынке баклажаны ведрами покупать?!

— Да они в августе не стоят ничего!

— А я все равно не миллионер, чтобы на базаре ведрами покупать! И потом, свое самое лучшее, с грядки, свежее! А откуда я знаю, чем там этот урюк, который продает, свои баклажаны поливал! А мы только навозцем, только свежим, земля — хоть ложкой ешь, а ты говоришь — на базаре!..

— Да я не говорю!..

— Ну и молчи, раз ни черта не понимаешь! Полстраны своими шестью сотками живет, а этот выискался, не надо ему!..

— Да я молчу.

— Ну и молчи.

— Мужики, мужики, — вступил с заднего сиденья лейтенант Бобров. — Приехали уже. Серег, ты куда попер?! Здесь направо надо было!

— А чего он ко мне вяжется!

— Вавилов, не вяжись к нему!

— Пойду энвепе преподавать. Команда газы! Противогазы на-деть!..

— Давай тут двором, Серег! До утра, что ли, будем кататься!

— Пусть теперь Вавилов на праздники закуску таскает! Раз ему не надо! На базаре покупает и таскает! А вы жрите что дают!..

— Стой, стой, Серег! Вон, видать, и дамочка ненормальная обретается.

— Где?

— А под фонарем!

Под фонарем и впрямь мыкалась какая-то одинокая сутулая фигура, дамочка или нет, отсюда было не разобрать. «Волга» фыркнула в последний раз и остановилась. Приехали.

— Слышь, Вавилов, а зря ты так про Серегины баклажаны!..

Старший оперуполномоченный обреченно махнул рукой на коллектив и выбрался из машины.

Выбрался не спеша, очень лень ему было, да и надеялся он, что хоть эта ночь как-нибудь без трупов обойдется, а тут — начинай все по новой!

— Что вы так долго ехали?! — заговорила издалека сутулая фигура. Голос женский, значит, и впрямь, ерохинская дамочка. — Сколько можно!

— Если там у вас труп, — сказал Максим Вавилов громко, — значит, можно не торопиться! Куда теперь торопиться-то?

— Послушайте, я тут стою одна уже два часа, и мне страшно, и уйти я не могу, а вы говорите...

Максим Вавилов перестал потягиваться и стремительно приблизился к дамочке. Он умел передвигаться очень быстро. Когда хотел.

Приблизившись, сунул ей под нос удостоверение. Она отшатнулась от неожиданности.

— Майор Вавилов. Документы ваши, пожалуйста.

— Ах, ну какие у меня документы среди ночи! Хотя паспорт, по-моему, я брала. Или не брала, что ли?.. Да-да, вот он!..

Мужики выходили из машины, хлопали дверьми и громко разговаривали. Дамочка тревожно заглядывала Максиму за плечо и прислушивалась. Он изучал ее паспорт. Тополя шелестели, скоро пух полетит, не продохнешь тогда.

Паспорт, серия, номер, выдан. Самгина Екатерина Михайловна. Двадцать пять лет. Прописана... В Санкт-Петербурге прописана по адресу Каменноостровский, 43, любопытно!.. Невоеннообязанная, разведенная — уже успела! — выдан заграничный паспорт.

С фотографии на майора Вавилова смотрела распрекрасная красавица. Максим Вавилов взглянул дамочке в лицо.

Вот те на!.. И вправду распрекрасная красавица. Лучше даже, чем в паспорте, потому что на бумаге у нее вид надменный и неприступный, а в жизни встревоженный, и под глазами синяки.

Он протянул ей паспорт.

— А в Москву пожаловали, Екатерина Михайловна, чтобы специально по ночам прогуливаться?

— Что?

Она перестала заглядывать ему за плечо и посмотрела в лицо.

— Где труп, который вы нашли? — грубо спросил он. — Пойдемте, покажете!

Был у него такой способ оценивать всех женщин на свете — годится для того, чтобы завести с ней роман, или нет. Эта годилась.

Еще как, подумал он с некоторой печалью в свой адрес и даже вздохнул.

Утро туманное, утро седое. Нивы печальные, снегом покрытые. Кажется, будто...

— Вы понимаете, я возвращалась из Останкина, поймала машину. Водитель меня довез и высадил прямо под фонарем, видите?

— Он тут один, фонарь-то, — сказал Максим Вавилов. — Как не видеть?..

— Ну вот. Я отсчитала деньги, и он уехал, а я пошла к подъезду.

— Вы здесь живете?

— Снимаю. Я учусь здесь.

— В подъезде? — не удержался Максим Вавилов, но она не поняла. То ли была напугана, то ли вообще без чувства юмора.

— Да нет, почему в подъезде!

— Значит, в университете. Да?

— Нет, не в университете! Я учусь в Останкине, меня начальник на стажировку отправил, на Первый канал. Ах да! Я не представилась!

И с необычайной гордостью она вытащила из кармана долгополого сюртука, в который была наряжена, удостоверение и сунула его Максиму под нос, как только что он совал ей свое.

В удостоверении была еще одна фотка сказочной красоты и написано большими буквами, что Самгина Екатерина является сотрудником телекомпании такой-то.

— Очень хорошо, — похвалил Максим Вавилов и захлопнул ее удостоверение прямо у нее в ладони. Она удивленно посмотрела на свою руку. — Значит, вы учитесь в Останкине, а здесь снимаете. Бомбила вас привез, вы вылезли, и дальше что?

— И я пошла к подъезду. Вон, где ваши коллеги... смеются.

Максим Вавилов оглянулся. Мужики рассматривали что-то у подъезда пятиэтажки, выходившей фасадом прямо на Сиреневый бульвар.

— Он под лавочкой лежал, понимаете? Как будто сидел и упал, и я сразу вам позвонила, как только поняла, что он... неживой. Я сначала думала, что он сумасшедший или... или... Я испугалась очень.

И тут она заплакала.

— Успокойтесь, успокойтесь, — равнодушно пробормотал Максим Вавилов. — Разберемся.

Прямо перед подъездом, ногами под щелястой крашеной лавкой, щекой на заплеванном асфальте, лежал труп. Даже в свете единственного фонаря было совершенно понятно, что это труп, он и в синеву уже немного пошел, из чего старший оперуполномоченный сделал вывод, что труп даже и не сегодняшний. Примерно позавчерашний такой труп.

И был он совершенно голый.

Екатерина Михайловна, питерская журналистка, издавала жалобные всхлипы, а Максим Вавилов вдруг сильно встревожился.

— Мужики, — сказал он, моментально позабыв про Екатерину Михайловну. — Никак на нашей территории маньяк объявился!

— Тьфу на тебя, Макс!

— Да у него наручники на руках! Вы чего?! Ослепли, мать вашу?!

Стало тихо, как на похоронах, и лейтенант Бобров ногой приподнял деревянное, синее, твердое, бывшее когда-то человеческим тело.

— Наручники, мужики. Глядите!

— И чего делать?

— Оперов с Петровки вызывать, чего делать!..

— А как его... того?..

— Да удушение! Синий весь, и язык вывален. И шея вон порвана. Вроде порвана, да, посмотри, Макс?

Максим Вавилов нагнулся и посмотрел и вдруг быстро отошел к краю тротуара и завертел головой сначала налево, а потом направо.

— Макс, ты чего?

— Да так...

— А чего ты смотришь-то?!

— Фонарь тут только один горит, во-он там, откуда мы пришли. А потом до самого перекрестка никаких фонарей нету. Где свидетельница? Свидетельница, вы где?

— Только что тут была. Куда ж она подевалась?..

Свидетельницу рвало в кустах так, что слышно было даже отсюда.

Оперативники отвернулись — из деликатности, — и лейтенант Бобров сказал нечто в том духе, что не повезло дамочке.

— Ты бы сгонял в палатку пока, — предложил Максим Вавилов лейтенанту. — Вон на той стороне светится!

— А чего купить-то?

— Ну, воды купи. Сигарет мне купи, где-то у меня сотня была...

— Понял, сейчас сгоняю.

— Да подожди ты! Палатка круглосуточная, может, там кто чего видел, или останавливался кто возле них...

— Понял, шеф, сейчас!

Шеф, подумал Максим Вавилов вяло. Какой я тебе шеф!.. Я такая же водовозная кляча, как и ты! А «шеф» в детективных романах про русский сыск все больше бывает. Там всегда есть «шеф», блестящий и удачливый профессионал, игрок, кутила, бретер и скандалист, и «простак», юнкер, который смотрит ему в рот и своим тупоумием оттеняет искрометность начальнического умища.

— Звонить на Петровку-то, Макс?

— Валяй, звони. А я пока со свидетельницей...

— А давай наоборот! Давай я со свидетельницей, а ты на Петровку!

— Валяй наоборот.

— Макс, ты че? Я шучу же!

— И я шучу. Давайте пока заграждение натяните, труповозку вызывайте, они как раз к утру приедут, а нам бы труп сдать, пока жильцы на работу не повалили. Ну, чего стоите-то?!

Все стояли потому, что труп был странный — не бытовой и явно не алкогольно-бомжовый. Голый мужик в наручниках у подъезда на Сиреневом бульваре!.. Дело пахнет керосином, ох как пахнет! Хорошо бы в управление забрали, потому что это даже не «глухарь», а гораздо хуже, может, начало «серии», вот тогда мало никому не покажется! Маньяк в столице!..

Максим Вавилов еще раз оглянулся на свидетельницу, которая тяжело дышала в кустах, и позвал:

— Екатерина Михайловна! Можно вас на минуточку?

— Да, да, — пропищали из кустов светским тоном. — Сейчас.

Она еще какое-то время громко дышала и топталась, а потом вылезла на асфальт.

— Давайте в сторонку отойдем. Или можно, если хотите, в машину сесть. Хотите?

— А воды нет? Мне бы попить.

— Сейчас будет вода, — пообещал Максим Вавилов. — Давайте пока так попробуем поговорить, без воды. Вы в этом подъезде снимаете?

Она оглянулась на подъезд, и по лицу у нее прошла судорога.

— В этом.

— А машинка вас привезла во-он к тому углу, где фонарь горит, правильно я понял?

— Да.

— И вы от угла в кромешной тьме топали, да?

— Ну... да.

— А зачем? Почему он вас у подъезда не высадил?

Старший оперуполномоченный знал ответ на этот вопрос и задал его просто так, чтобы себя проверить. Он же ведь «шеф» из романа про «русский сыск»!..

Свидетельница посмотрела на него непонимающе.

— А?

— Екатерина Михайловна, вы глуховаты? — И он повысил голос: — Почему, спрашиваю, он машину там остановил, а не возле вашего родного подъезда?!

— А... там фонарь горел, а у него в салоне свет не работал. Чтоб я могла деньги отсчитать.

— Как же к незнакомому человеку в машину сесть не побоялись? Или вы его знаете?

— Кого?

Максим Вавилов вздохнул.

— Водителя, который вас подвозил. Вы его знаете?

— Да там, у Останкина, все время одни и те же частники стоят. Нет, так не знаю, конечно! То есть мы с ним не знакомы. То есть знакомы, но не лично. Ну, просто я его несколько раз видела у Останкина, и все!

— А зовут как?

— Кого?

Максим Вавилов опять вздохнул. И где этот Бобров с водой?!

— Водителя как зовут, не помните?

— Не помню. То есть Володя.

— Отлично. Вы ему заплатили и пошли вдоль дома к своему подъезду...

— Ну да. Вы знаете, когда мы в ночной, нам развоз заказывают, и тогда водителя можно попросить, чтобы проводил, они же все свои! А чужого неловко просить, и я не стала...

Максим Вавилов вздохнул в третий раз.

— То есть, когда у вас там, на вашем телевидении, ночная смена, вас отвозит редакционная машина, и это называется «развоз», правильно я понял?

— Да-да, совершенно правильно.

— И тогда водители вас провожают. А когда вы ловите частника, то никто вас, естественно, не провожает.

Краем глаза Максим видел, как лейтенант Бобров побежал было через дорогу, но вдруг ринулся обратно и проворно забежал за палатку. Вскоре стало понятно почему — по бульвару шла поливалка, струя била в асфальт, широким веером заливала тротуар и одинокие припаркованные машины.

— Все правильно. Простите, я не запомнила, как вас зовут. Ночные смены у нас через день, поэтому я на частнике почти никогда не езжу, а тут меня редактор вдруг отпустил. Ну, на самом деле не вдруг, а я его попросила, просто потому, что мне нужно экзамен сдавать, а готовиться совершенно некогда...

— Вовка! — заорал Максим Вавилов в сторону палатки, за которой прятался от поливалки лейтенант Бобров. — Если этот деятель по нашей стороне поедет, ты ему скажи, чтобы не вздумал тут полить! Слышишь?!

— Слышу! — прокричали в ответ из-за палатки. — Я сейчас!..

— Простите, — извинился перед свидетельницей Максим Вавилов. — Так чего там у нас с ночными сменами-то?

— Я вам уже все рассказала, — несколько обиженно выговорила Екатерина Михайловна.

— Да не все! — не согласился Максим Вавилов. — Вот водитель под фонарем остановился, вы деньги ему отсчитали и пошли себе к подъезду, а он поехал дальше. Так?

— Так.

— А он вперед поехал или в обратную сторону?

Она подумала.

— Вперед, кажется. Да, точно вперед. А на перекрестке направо повернул. А почему вы спрашиваете?

— Потому что работа у меня такая, — сказал он назидательным тоном и от этого своего тона даже покраснел немножко.

Что за глупости! Или он на нее впечатление, что ли, старается произвести?! Хочет казаться «шефом» из романа о «русском сыске»?!

Ты не выпендривайся лучше, жестко сказал он себе.

Ты вспомни лучше предыдущую историю, жестко напомнил он себе.

Ты лучше займись работой, жестко приказал он себе.

«Предыдущая история» вышла так себе.

Все было хорошо. И гуляли, и в дом отдыха ездили, и на луну любовались, и за ручку ходили, и он ей звонил по пять раз в день, и она ему по восемь. И будущий тесть говорил ему «сынок» и ездил с ним на рыбалку, и возвращались они грязные, счастливые и с «добычей», и будущая теща добродушно пеняла, что опять они натащили «рыбной шелухи» и провоняли весь балкон своими брезентовыми штанищами и плащами!.. И отец впервые после давней ссоры вдруг позвонил и сказал, что готов помочь, потому что мать передала ему, что девочка очень хорошая, и вообще пора бы уже и помириться, хватить дурака валять!..

Будущее представлялось светлым и прекрасным. А жизнь — долгой.

Должны были весной пожениться. Не поженились, потому что она сказала — надо подождать. Она хочет, чтобы свадебное путешествие было непременно летом, и непременно к морю. К морю так к морю, он был согласен на все.

Пришло лето, вроде бы в самый раз ехать на море и прямо оттуда в светлое и прекрасное будущее, и тут все случилось.

Вообще-то он немного беспокоился. Она стала реже звонить, и свидания у них стали короткими и какими-то скомканными: быстрый секс, разговоры ни о чем, и по домам. В выходные она все больше была занята, но он так безоговорочно ей доверял, что ему и в голову не приходило в ней сомневаться. А потом ему позвонили.

Позвонили из какой-то частной клиники, где ей делали аборт. Она там сумку оставила, а в сумке его визитная карточка, а на визитке номер телефона. Вот ему и позвонили, дескать, сумку ваша дама забыла.

Сам не свой, он приехал к ней объясняться. Он ничего не знал ни про беременность, ни про аборт, и вдруг эта открывшаяся тайна показалась ему убийственной.

Она не захотела ребенка. Он все бы понял, если бы она объяснила — почему?!

Ну почему?! Ему за тридцать, и у него за плечами нет никаких брошенных детей и бывших жен, кроме первого брака, настигшего его, как полагается, в двадцать лет, да и то по той лишь причине, что нужно было как-то узаконить неистовые занятия сексом и перевести их, так сказать, в легальное русло. Он был женат месяцев десять, а потом они тихо и мирно развелись, сообразив, что брак — это не только секс, но еще и масса дополнительных сложностей, которые тогда ни одному из них не годились.

У нее тоже не было никаких отягчающих обстоятельств, и, прогуливаясь за ручку и любуясь на луну, они как раз говорили друг другу о том, какие чудесные у них будут дети. Она говорила, что девочка будет похожа на него, а он говорил, что на нее, и они хохотали и целовались, и будущее казалось светлым и прекрасным.

Когда он спросил, почему аборт, она сказала, что еще слишком молода, чтобы иметь детей. Что у нее впереди вся карьера, а ребенок поставит на карьере большой жирный крест. Что кто-то из них двоих должен зарабатывать, раз уж он не зарабатывает почти ничего. Ей даже в голову не приходило, что разговоры о детях они вели... всерьез.

Он выслушал ее и задал самый главный и самый страшный вопрос — почему не сказала?!

Почему не сказала мне?! Ведь это же мой ребенок, точно такой же, как и твой, и я тоже вправе был знать, будет он жить или... или... погибнет.

Ах, оставь эти глупости, ответила его нежная и прекрасная. Ну что тебе ребенок?! Для мужчины, всем же ясно, ребенок — это двадцать секунд удовольствия во время зачатия, а все проблемы потом достаются женщине! Бессонные ночи, кормление, воспитание — разве мужчина станет всем этим заниматься?!

Ребенок для тебя будет развлечением в выходные, после рыбалки и перед баней, а у меня на всю жизнь обуза, да еще какая!

Он растерянно сказал какую-то глупость, вроде того, что не ходит он по выходным в баню, и на рыбалку тоже ездит редко, но она не стала слушать. Дело сделано, сказала она. И вообще, я на тебя обиделась, ты ужасно себя повел, устроил мне тут форменный допрос, и, если я тебе не подхожу, можешь проваливать. Сию же минуту!..

Он все что-то повторял про ребенка, о котором даже не знал, и потому не смог защитить, как будто оправдывался перед кем-то или перед самим собой. Он еще бормотал о том, что такие решения не принимаются в одиночку, потому что это очень страшно. Он не мог поверить, что это все. Конец.

Он долго еще потом не верил, пытался как-то все наладить, хотя той женщины, которая по секрету от него отправила на тот свет его ребенка, он не знал. Он знал какую-то другую. Потом он пытался пить, потому что наладить отношения не получалось, а потом мужики с работы, которые ему сочувствовали, хоть подробностей и не знали, взяли да и выставили возле ее дома наружное наблюдение. Ну, распечатку звонков добыли. Прокурор Валя Смирнов санкцию им подписал.

И все прояснилось.

Собственно, претендентов на ее руку и сердце все время было двое. Новый жених, то есть Максим Вавилов, и старый, давно и прочно женатый папик на представительской машине, то ли из Думы, то ли из Совета Федерации. Сначала при помощи Максима Вавилова она папика дрессировала, чтобы он, значит, нервничал и продвигался в сторону женитьбы. Из этого ничего не вышло, и, чтобы не упускать шанс, она решила, что выйдет за оперуполномоченного, а с папиком и без штампа в паспорте все будет по-прежнему прекрасно. Но тут всем крупно повезло — жена у папика преставилась. Говорят, она сильно пила, и много лет, сколько — точно неизвестно, но, так или иначе, тот освободился и оказался вполне пригоден именно в качестве мужа, что открывало перед ней невиданные перспективы.

Максим Вавилов стал не нужен ей ни в каком качестве — ни в качестве мужа, ни в качестве прикрытия, ни в качестве отца будущих детей. Был сделан аборт, и оперуполномоченный изгнан из ее жизни.

Светлое и долгое будущее, черт возьми!..

Он потом много думал. Много и как-то... мучительно очень. Навзрыд, если можно так выразиться о мыслях.

От мыслей его тошнило, наизнанку выворачивало, но он продолжал думать.

Он думал, что мог бы жениться на прелестной, нежной и доброй девушке и прожить всю жизнь с крокодилицей, ничего об этом не подозревая! Он никогда бы ничего не узнал о крокодилице!

«Никогда» — интересное слово. Под стать «вечности».

Он бы и помер ее мужем, в полной уверенности, что они «хорошо прожили», потому что чужая душа потемки! И лучше в них вообще не лезть, в эти потемки, особенно с фонарем, ибо чудовища, привычные к потемкам, пожрут тебя, как только ты к ним сунешься!

Его и пожрали чудовища. Его и его ребенка. А он даже не знал, мальчик там был или девочка!.. Не довелось узнать.

Самое главное в жизни, понял Максим Вавилов, это никакая не любовь, избави бог! Самое главное — это опыт, вот что он понял. Человек не может воспользоваться опытом тех, кто жил до него, шатался по миру и получал какой-то свой собственный, отдельный опыт. У человека есть шанс *научиться* и, самое главное, понять, чему именно он должен *учиться* — жизни с крокодилами или жизни с людьми, а для этого необходимо отличать людей от крокодилов, и все, круг замкнулся.

Я не могу жить с людьми, потому что я теперь не понимаю, люди они или крокодилы. Я буду один, пока не научусь в этом разбираться. Может быть, этого не произойдет никогда, и, вероятно, именно поэтому личности посильнее меня ударялись в монашество и схимничество. Потому что они боялись крокодилов, что совершенно естественно для людей!.. Я никогда не смогу никому доверять, я все время буду ждать подвоха, и самых лучших из людей я стану подозревать в том, что они... крокодилы.

Интересно, свидетельница Екатерина Михайловна крокодил или просто дурочка? Или сильно напугана? Или не в себе? Впрочем, его это решительно не касается!..

В это самое время подбежал лейтенант Бобров, увлек его в сторону от свидетельницы и зашептал на ухо, что в палатке, ясное дело, никаких трупов не видали, и он, Бобров, проверил: из окошечка лавку, под которой лежал голый покойник, не видно. Зато гаишники возле палатки останавливались и брали жвачку, сушеного кальмара и пиво. Пива взяли четыре банки, по числу присутствующих в машине. Кальмаров взяли восемь пакетов, а жвачки несчитано, потому что им сдачу жвачкой дали. Десяток не было.

— При чем тут гаишники? — не понял Максим Вавилов.

— Да они на перекрестке стояли! — торжествующе заключил Бобров. — Они взяли пива и кальмаров и на перекрестке встали с радаром. Прямо под светофором. Потому что ночью светофор на мигалку переключается, и все летят, как на крыльях!

Гаишники, тупо подумал Максим Вавилов. На перекрестке стояли гаишники.

— Искать надо гаишников этих, — вслух сказал он. — Давай, Вова, звони, ищи их! Кто у нас район Сиреневого патрулирует? Четырнадцатый дивизион? Кто там у нас заправляет? Цветков? Давай, звони Цветкову!..

Значит, труп из машины вывалили где попало, потому что гаишники стояли на перекрестке, не ровен час, от скуки да с пивка могли остановить, проверочку произвести, а в салоне труп мужика голого в наручниках! Неувязочка получается, так ведь?!

Только куда его везли по Сиреневому? В область? Тут до области, как до Китая пешком! В глухие нежилые дворы? Тут отродясь таких не было, потому что район сплошь застроен пятиэтажками времен Никиты Сергеевича Хрущева, отца русской демократии и разоблачителя отца русской тирании! На помойку?

Где здесь большая помойка, Вавилов не знал. Впрочем, везти туда труп резону никакого нету. На помойке всегда кто-нибудь обретается — нищие, бомжи и бомжихи, пацаны из микрорайона, пьянчужка-бульдозерист, который третьего дня мусор бульдозером ровнял и заодно завел полезные знакомства, чтобы было с кем выпить-закусить. Вот он и притащился, и чекушку принес! Это только в американском кино показывают свалку, на которой пусто, и лишь горит одинокий фонарь, и совершаются кошмарные преступления, и остовы полусгнивших машин маячат на фоне звездного неба!

Неизвестно, что там, в Америке, а у нас помойка —

центр жизни. Может быть, и не совсем привычной и не совсем гламурной, но жизни!..

Нужно опрашивать жильцов, может, Екатерина Михайловна не первая его обнаружила, но звонить никто не решился, а она решилась. Может, кто с собакой гулял, или с милой по телефону у окошка трепался, или маму до троллейбуса провожал! Надежды мало, но все же, все же...

Кроме того, внутренний голос подсказывал оперуполномоченному, что, даже если кто и заметил машину такую-то с номерами такими-то, ни к чему это не приведет. Машина наверняка в угоне, номера наверняка перебиты, и если это начало «серии» — пиши пропало!.. Накрылась премия в квартал!

И еще внутренний голос подсказывал ему, что все эти умопостроения хороши, если труп действительно привезли на машине, а не принесли на руках и не выволокли из подъезда, а такая вероятность есть! Нужно следы искать, а какие следы на асфальте! Хорошо было Шерлоку Холмсу, «шефу» британского сыска! Красная глина на ботинках покойника могла быть только с Риджен-стрит, где как раз начались строительные работы и недавно разобрали мостовую, значит, кэб преступник взял именно там!

— А когда вы меня отпустите? — прервал монолог его внутреннего голоса вопрос свидетельницы Екатерины Михайловны. — У меня завтра экзамен...

— Пока не могу отпустить, — сказал Максим Вавилов. — Пока вам придется побыть с нами, Екатерина Михайловна! А точно вы этого человека не знаете и никогда не видели?

— Я его не знаю, — отчеканила свидетельница. — Но я его видела. Около подъезда, совершенно мертвого. Я его увидела и позвонила вам.

— Шутить изволите? — поинтересовался Максим Вавилов.

— Да нет, — с досадой, которая ему понравилась, сказала она. — Я устала, у меня сил нет, и я... спать хочу. Можно я пойду домой? Я же никуда не денусь! Подъезд вы знаете, и, если вам понадобится что-то у меня спросить, в любую минуту сможете ко мне подняться. Квартира сто тридцать семь. Можно?

И он ее отпустил. Не должен был отпускать, но отпустил.

Квартира сто тридцать семь, чего проще!.. Он к ней поднимется, и она спросит, не хочет ли он кофе, и она будет варить этот кофе на тесной кухоньке, и вокруг не будет ни трупов, ни гаишников, ни ментов, ни федералов, никого.

И он с ней поговорит. Например, о том, что это за работа такая, на телевидении, чем они там занимаются? Может же он просто так с ней поговорить? Не думая о чудовищах в темноте?..

— Идите, — разрешил Максим Вавилов. — Но в любом случае вы понадобитесь, и мне придется вас потревожить!

Вот как он галантно сказал, прямо поручик Ржевский!..

Конечно, он не пошел ее провожать, именно потому, что она ему неожиданно понравилась. Давно ему никто не нравился, а тут вдруг понравилась Катя Самгина из Питера!.. И он не стал проверять, есть ли кто в подъезде или нет! Если бы он хоть отчасти представлял себе серьезность положения, конечно бы, проверил, а он не проверил, просто потому, что был уверен: труп в наручниках — это просто труп, и самое главное сейчас — сбагрить дело ребятам из управления. Чтобы, значит, «глухарь» на себе не тащить в новый отчетный квартал!

За «глухаря» Ерохин не похвалит.

По этой причине Максим Вавилов, старший опер-уполномоченный, не видел человека, который, как только за Катей Самгиной захлопнулась хлипкая подъездная дверь, неторопливо поднялся с холодной бетонной ступеньки на площадке пятого этажа, где все время сидел, и стал спускаться вниз. Он спускался не быстро и не медленно, как раз так, чтобы оказаться одновременно с ней на площадке третьего этажа.

Он совершенно точно знал, как должен встать, чтобы она его сразу не увидела и не начала сопротивляться. Он канул в темноту, поудобнее прилаживая к себе свое оружие, и, когда она шагнула на площадку, мгновенно и безнадежно накинул петлю ей на шею.

Она охнула и инстинктивно вцепилась руками в удавку — они все вцепляются, умирая, его это даже забавляло. Вот что значит инстинкт выживания!.. Ну не может человек руками порвать металлическую струну, даже смешно пытаться, а они все пытаются!

Он сильно и ловко затянул петлю, она даже не хрипела, и сразу же послушно осела на пол.

Ну вот. Готово.

Он аккуратно выпростал струну из складок ее порванной шеи, тщательно смотал и сунул в карман. Ногой перевернул тело — она когда упала, ее сюртук задрался до трусов, нехорошо, неприлично. Все должно быть пристойно и красиво, особенно в такой важный момент, когда совершается благое дело.

В то, что дело благое, он свято верил.

Потом он поднялся по лестнице, выглянул в окно, какое-то время смотрел, а затем тихонько засмеялся, обнаружив, что менты разматывают вокруг трупа полосатые ленточки и слоняются вокруг.

Он презирал их от души. Ленивые, жирные, убогие умом скоты. Тупые и лживые, не способные ни на что.

ОТЕЛЬ ПОСЛЕДНЕЙ НАДЕЖДЫ

Он сильнее. Он каждый раз побеждает их и будет побеждать всегда.

Он добрался до чердачной двери, ловко, как кошка, вскарабкался по железной лестничке, потянул дверь и еще какое-то время повозился в полной темноте.

Потом шагнул на чердачную балку, аккуратно и нежно закрыл дверь, прижал поплотнее и ударил точно в середину. С той стороны в пазы плотно упала железная перекладина, только чуть задребезжала.

Теперь домой и завтра в Питер. А тупые скоты пусть поищут!.. Пусть думают, что душитель кто-то из жильцов этого убогого подъезда, где сильно пахло кошками и тянуло затхлым сквозняком.

Он победитель. Он умнее. Он сильнее всех.

Управляющий сильно нервничал, и следом за ним нервничали все менеджеры, которых собрали на совещание.

Нервничала служба приемки и размещения, нервничала служба персонала, нервничала служба охраны, банкетная служба, служба консьержей, служба дежурных по этажам, которую недавно отменили и слили со службой персонала, но они по-прежнему держались кучно, потому что затевали революцию и мечтали освободиться из-под гнета нового начальства. Нервничали повара, нервничал Коля Саньков, отвечавший за «лагидж-сервис», то есть за подносчиков багажа, грузчиков и прочих. Даже доктор, безобидный пожилой алкоголик Трутнев, нервничал, и в его мутных тоскливых глазах явственно читалось единственное и всепоглощающее желание удрать и поскорее напиться.

Только Лидочка не нервничала и из-за колонны строила Надежде рожи.

Когда управляющий драматически возвышал голос, Лидочка поднимала брови. Когда управляющий произносил слова «американские коллеги» и отдавал легкий поклон в сторону набычившихся коллег, Лидочка делала сладкое лицо и при этом тоже отдавала поклон, не совершая, кажется, никаких движений. Когда вступал кто-то из американцев, Лидочка делала очень кислое лицо и вооружалась очками, которые почему-то немедленно съезжали на кончик носа, и она их ловила.

Лидочка проработала в отеле тридцать лет, и для нее не существовало никаких авторитетов.

Она была богиней отельного дела, и все, включая управляющего, об этом знали. Сам сэр Майкл Фьорини, владелец сети, в которую входил отель, прилетая в Питер, в первую очередь прикладывался к Лидочкиной нежной ручке, и только во вторую очередь пожимал мужественную длань управляющего.

Сейчас Лидочка старалась исключительно для Надежды. Надежда об этом знала, и приходилось ей несладко. Как только Лидочка проделывала очередной фокус, Надежда, чтобы не захохотать в голос, начинала усиленно работать лицом — тянуть себя за нос, кусать губы и тереть подбородок. От усилий она немедленно теряла мысль и все время пугалась, что управляющий сейчас обратится к ней — начальник службы портье, как-никак! — а она в это время тянет себя за нос и понятия не имеет, о чем идет речь!

Управляющий-ирландец говорил по-английски как-то не так, как говорят англичане, со странным, еле уловимым акцентом. Лидочка называла акцент «кельтским», и управляющего было приятно слушать. В другое время Надежда и слушала бы с удовольствием, но предстоящий президентский визит и подготовка к нему уже сидели в печенках у всех сотрудников отеля, включая швейцара Пейсаховича, который каждый раз при слове «визит» возводил к небу глаза и говорил так:

— Да что вы убиваетесь за этим визитом! Вот если

бы мы ожидали в нашу гостиницу Моисея, вот был бы визит! Только не надейтесь, Моисей этой осенью к нам все равно не приедет!

— ...это означает, что стандартные процедуры по обеспечению безопасности первого лица будут проведены в соответствии со всеми существующими международными требованиями. Позвольте вам представить, дамы и господа, полковника Уолша. С американской стороны он отвечает за безопасность первого лица и его окружения.

Встал огромный детина, геометрическим образом постриженный, как в боевике, и двинул бычьей башкой — кивнул.

Надежда вдруг подумала, что, наверное, он очень тупой. Сто килограммов хорошо разработанных мышц, пригодных, чтобы бегать, прыгать, стрелять из всех видов оружия, которое в принципе стрелять может, и из некоторых видов оружия, которое в принципе стрелять не может. Ну, и в голове сто граммов инструкций на разные случаи жизни.

Следует ли пускать президента — нет, они говорят исключительно «первое лицо» и никогда «президент»! — в сортир, если ему туда срочно понадобилось, а сортир не был должным образом оборудован системами безопасности? Следует ли направиться за «первым лицом» в сортир, если оно все же настаивает на его посещении, несмотря на отсутствие там систем безопасности?

И так далее.

— Полковник Уолш на два месяца, пока будет готовиться визит, — продолжал управляющий, — получает все мои полномочия. Все вопросы, связанные с проживанием и размещением первого лица, сопровождающих его лиц, мы будем решать непосредственно с ним. Как всем вам известно, наш отель с сегодняшнего дня закрыт для обычных гостей, и все наши силы будут всецело отданы подготовке к визиту. С завтрашнего дня наши американские коллеги заменят детекторы и «рамки» на всех входах и выходах из отеля.

Тут управляющий вдруг слегка улыбнулся, как будто извинялся перед своей командой. Все же он был ирландец, кельт, и, наверное, его, как и остальных, слегка забавляла серьезность, с которой к делу подходили американцы.

Ну, Моисей-то ведь точно не приедет, прав швейцар Пейсахович!

— Таков порядок, — заключил управляющий. — Всем службам запрещается проносить в отель колющие, режущие предметы, оружие, газовые баллоны, легковоспламеняющиеся аэрозольные вещества любого типа.

— Так у нас все вещества аэрозольного типа, — взволновалась служба уборки. — Куда ж мы без них? Мы и стекла, и мебель, и паркеты только аэрозолями чистим! Да у нас ничего другого и нет!

— Мы проверим аэрозоли и вернем их вам в том случае, если они безопасны, — провозгласил полковник Уолш и улыбнулся американской улыбкой во все свои сто шестьдесят восемь зубов. Щеки резиново натянулись. Вообще, казалось, что при чрезвычайной полковничьей упругости кожа натянута на нем слишком сильно, как будто он сделан из высококачественного каучука.

— Девочки, вы не должны беспокоиться, — по-русски сказала из-за колонны Лидочка. — Это же совершенно естественно! Если вам нечем будет мыть полы, полковник Уолш возьмет их помывку на себя. Верно?

Последнее слово она выдала по-английски, обращаясь к полковнику и улыбаясь самой-самой из своих улыбок.

— Surely, — немедленно согласился полковник, уверенный, что его поддерживают. — Конечно.

Управляющий хихикнул, а по всем остальным лицам прошла судорога. Хихикать они не смели.

— Госпожа Лидия Арсентьева, директор по персоналу, — быстро представил Лидочку управляющий. — Наш самый главный помощник во всех делах. Имеет огромный опыт работы, и весь нынешний коллектив отеля сложился исключительно благодаря ее четким рекомендациям и профессионализму.

Лидочка вскочила и поклонилась.

Надежда опять взяла себя за кончик носа.

Выглядела Лидочка безупречно, как английская королева, — строгий костюм строгой длины, светлая блузка, консервативные, но изящные туфли на умеренных каблуках, консервативная, но изящная стрижка строгой формы.

Никто не знал, что утром она бегала по отелю и искала булавку, чтобы заколоть юбку, которая падала из-за того, что оторвалась пуговица.

— Представляете, — говорила Лидочка плачущим голосом, — что выйдет, если на совещании я буду левой рукой придерживать юбку, а правой здороваться с американцами, дай им бог счастья!

Все веселились, и юбка была закреплена на Лидочке надежно.

Потом искали золотой значок с символикой отеля, полагавшийся менеджерам высшего звена, а Лидочка свой подарила сыну Пейсаховича. Сын приехал за папой на работу на велосипеде и, по мнению Лидочки, выглядел недостаточно счастливым. Лидочка его осчастливила, но сама осталась без значка.

— Вечно со мной истории, — сокрушалась она, но ничего не предпринимала для того, чтобы истории с ней не происходили. Она любила себя такой, какая есть, и все окружающие обожали Лидочку именно такой.

— С завтрашнего дня начнут завозить оборудование для службы безопасности, — продолжал управляющий. — Его разместят на складе, в секторе «Б». Это секретное оборудование, и, кроме работников склада, доступ всем остальным сотрудникам будет закрыт. Кроме того, вводится особая система передвижения по отелю.

Лидочка за колонной сделала ногами нечто типа антраша, словно демонстрируя, как именно теперь все станут передвигаться.

— Карточка-ключ, блокирующая все лифты, будет передана мной полковнику Уолшу. Как вы знаете, эта карточка существует в единственном экземпляре и используется только во время визитов первых лиц государств и правительств. Вы все получите особые ключи от лифтов и черных лестниц. Любые перемещения с этажа на этаж разрешены только парами — сотрудник отеля и сотрудник службы безопасности. Один ключ без второго не откроет двери и лифты. Прошу все время это учитывать, особенно службу уборки, которая в любом случае должна передвигаться по всем этажам. Первое лицо займет третий этаж, сопровождающие — второй и четвертый. Все остальные этажи на время визита будут закрыты.

Управляющий замолчал и обвел взглядом своих сотрудников.

Ну вот, было написано у него на лице. Началось. И неизвестно, когда закончится! До визита еще два месяца, и все это время американцы будут иметь нас, как пожелают. Они начнут играть здесь в шпионов, потому что им так положено, а мы все станем им подыгрывать.

Домой хочу, подумал управляющий скорбно. В Дублин.

— Быть может, американская сторона хочет что-то добавить? — вслух спросил он. — Прошу!

И присел на свое место. Полковник Уолш не встал, видимо, считал, что в этом нет никакой необходимости.

— Мы все, — начал он, — осознаем важность доверенной нам миссии. Вы обеспечиваете первому лицу максимальный комфорт, мы обеспечиваем безопасность. И то и другое одинаково важно. Сейчас мы играем в одной команде, и только от нас самих зависит, насколько наша игра будет слаженной, а работа точной и оперативной. Мы сделаем все, что в наших силах, для того чтобы во время визита ни наша, ни ваша сторона не испытывали никаких проблем и дискомфорта.

Надежде все казалось, будто полковник ожидает, что все менеджеры сейчас хором крикнут: «Всегда готов!» — или что там полагается кричать в таких случаях? «Но пасаран!»?

Впрочем, говорил он так, что его все слушали, надо отдать должное. Даже доктор Трутнев вытянул куриную шейку и сверлил американца глазками.

— Мы глубоко уважаем русскую культуру и традиции вашей страны, мы тронуты гостеприимством русских. Репутация вашего отеля так высока и надежна, что первое лицо лично пожелало остановиться именно в нем и уведомило об этом службу протокола.

Надежда посмотрела на Лидочку, а Лидочка на нее.

Даже представить невозможно, сколько взяток было роздано — и каких! — чтобы первый американец планеты жил именно у них! Сколько роздано взяток, сколько сделано ходов, сколько кляуз написано на конкурентов! Сколько пролито слез, сколько нервных клеток потрачено, какой удар хватил управляющих конкурирующих отелей, которых в Питере было еще два, такого же класса и уровня комфорта.

Сколько было написано писем «в инстанции», суть которых сводилась к тому, что «мы лучше» — нам сто пятьдесят лет, и из наших окон виден знаменитый Исаакий, а из ваших не виден! И городские крыши вокруг больше всех остальных крыш пригодны для того, чтобы на них залегли американские снайперы, а за ними русские снайперы, когда подъедет кортеж! И мы уже принимали у себя американского президента двадцать лет назад, и сейчас опять готовы принять в лучшем виде! И королевы у нас живали, и принцы с принцессами, вот и списочек прилагается, читайте! И наш собственный президент однажды благосклонно явился в наш отель на чашку кофе, отобедав в ресторанчике на углу Вознесенского проспекта, вот и справочка прилагается и лист из книги почетных гостей, где он не менее благосклонно расписался!

Только к нам, и больше никуда! Только к нам, и больше ни к кому!

Проблем возникнет грандиозное количество. Ответственность такая, что даже страшно подумать, что станет со всеми, если вдруг что-то пойдет не так. Много месяцев отель будет существовать в военном режиме, и к этому придется привыкнуть. Персонал, не задействованный в обеспечении визита, будет отправлен в отпуска, и когда вернется, ему придется заново учиться работать, потому что все отвыкнут!

И все равно — только к нам!

Потому что это статус — в нашем отеле жил американский президент!

Потому что это почет — лучше всех в городе, а может, и в России мы умеем встречать высоких гостей!

Потому что это деньги — целая река денег! «Обеспечение визита главы государства» — это вам не конференция компьютерщиков или операторов мобильной связи!

Главный в вопросах безопасности между тем продолжал:

— Есть одно обстоятельство, о котором я обязан проинформировать начальников всех служб. — Каучуковое лицо стало еще серьезней, и надо лбом зашевелился геометрический ежик. — Незадолго до подтверждения визита в Россию мы получили агентурные данные о том, что одна из международных экстремистских организаций готовит террористический акт с целью вынудить глав наших государств пойти на уступки в отношении некоторых тоталитарных режимов. Никакие экстремисты не в состоянии нарушить планы нашего президента, и визит в Россию и Санкт-Петербург был подтвержден, но меры безопасности, которые мы вынуждены применить, будут беспрецедентными. Прошу всех с пониманием отнестись к ситуации, потому что, только действуя вместе, мы сможем дать решительный отпор тем, кто намеревается сорвать планы наших правительств.

Надежда вдруг подумала, что, наверное, он говорит это в сотый раз. Должно быть, перед каждым визитом появляется некая «оперативная информация» или «агентурные данные» о том, что некие «экстремистские организации» замышляют некое темное дело, и этому каучуковому человеку в безупречном костюме и полосатом университетском галстуке приходится говорить одно и то же — о том, что меры будут беспрецедентными, и только сообща мы сможем противостоять, и прочая, и прочая, и прочая...

Нелегкая у него работа — отвечать за президента.

Хорошо, если президент не болван, а если болван?.. Приходится тогда отвечать за болвана, а это грустно, наверное!..

Интересно, какой номер ему отвела Юля Беляева,

начальница службы размещения? Наверняка «сьют», окнами на Исаакиевский собор, все-таки шишка.

Потом началось «поименное представление», когда русских представляли американцам, а американцев русским, и Надежда старательно запоминала имена.

Каучуковый герой боевика носил имя Дэн. Интересно, Дэн — это Дэниэл? Или какие еще возможны варианты?

Доктора Трутнева тоже представляли, и он вскидывал головку на куриной шее и щелкал воображаемыми шпорами — очень старался.

Москвич Коля Саньков, переведенный из Москвы с повышением, сильно нервничал. Все-таки в столице он был всего лишь начальником отдела, а тут его поставили возглавлять целую службу! Служба, конечно, так себе — подносчики багажа, складские рабочие и грузчики, — но лиха беда начало! Надежда тоже когда-то начинала дежурной по этажу.

Вспомнив это, она улыбнулась.

Ее пристроила на работу Марья Максимовна, соседка. Марья Максимовна дружила с Лидочкой, а Надежда была без работы. После университета никуда не брали, пугались, что в дипломе написано «учитель английского языка». Никто не хотел брать на работу учителя! В конце концов ей удалось получить тепленькое местечко банковской операционистки, поспособствовали какие-то дальние знакомые. На поверку место оказалось никудышным. Банчок был не совсем «чистым», мягко говоря. Не совсем легальным. Бандитским, если одним словом. «Левые» платежки были делом практически ежедневным, а когда она растерянно сказала главному бухгалтеру, что ничего такого выписывать не будет, потому что не хочет оказаться в Крестах, тот посмеялся немного, а потом, глядя ей в глаза, объяснил, что к чему.

Объяснял он так, что Надежда потом несколько недель просыпалась от каждого шороха и пугалась любой милицейской машины.

Уволиться тоже оказалось проблемой, ее не отпускали, она «слишком много знала», как в кино, хотя что такого она знала!..

Почти ничего.

Ее выручил будущий муж, который придумал какую-то хитроумную схему, с кем-то договорился, и ее уволили без потерь и даже без «волчьего билета».

А потом Марья Максимовна помогла.

Однажды Надежда зашла к ней на кофе. Марья Максимовна была большая любительница кофе и пила его всегда по утрам, говорила, что на ночь не решается, опасается, что бессонница скрутит.

Надежда пришла и принесла рассыпчатое печенье, до которого Марья Максимовна была большая охотница, и Надежда покупала его всегда в одном и том же месте, в крохотной булочной на Сенной. Только там оно было таким, как надо, — толстеньким, масляным, не слишком сладким и не слишком мягким.

Она пришла и сразу поняла, что у соседки гости.

На холодильнике лежали перчатки, поразившие тогдашнее Надеждино воображение. Раньше она никогда не видела летних перчаток — тонких, как паутинка, очень изящных, с удлиненными пальцами, как будто специально сделанными для того, чтобы их носили женщины с длинными миндалевидными ногтями. От перчаток пахло духами.

Косясь на них, Надежда сунула Марье Максимовне коробку, которая уже слегка замаслилась с одного боку, и сказала, что, пожалуй, пойдет. Не будет мешать.

Перчатки ее смущали.

— Ну отчего же! — воскликнула Марья Максимовна. — Нет, нет, проходите, милая!

В комнате, заставленной старинной мебелью, про которую Марья Максимовна рассказывала, что знаменитый питерский режиссер Алексей Норман одалживал ее для съемок фильма о последнем российском императоре, сидела женщина. Она сидела так, как сидят королевы и принцессы на церемонии вручения Нобелевской премии — на самом краешке стула, скрестив безупречные ноги и сильно выпрямив спину. Сидеть так ей, похоже, было очень удобно. Она улыбалась и показалась Надежде сказочно красивой.

— Это Лидия Арсеньевна, — представила Марья Максимовна. — А это Наденька, моя соседка. Наденька, проходите, не стесняйтесь!..

— Здравствуйте, дружочек мой, — неожиданно сказала красавица басом. — Почему у вас такой вид, будто перед тем, как зайти сюда, вы спешно доедали в парадном лимон?

— Н-нет, — пробормотала Надежда.

— Или я ужасно выгляжу?

Теперь красавица сделала испуганное лицо и стала оглядывать себя, как бы проверяя, нет ли изъянов.

— Однажды я пришла на работу в разных туфлях, — продолжала красавица, перестав осматривать себя. — Спешила и не заметила, что туфли разные! Но, знаете, меня не выгнали. Они совершенно не представляют себе, что будут без меня делать, вот и не выгнали. И с тех пор я всегда ношу на работу разные туфли!

— Лидочка, — укоризненно сказала Марья Максимовна. — Что вы пугаете ребенка? Наденька, не обращайте на нее внимания, она просто шутит!

— Да я поняла, — пробормотала Надежда. У нее было такое чувство, что ее сразу приняли за дуру и разговаривают соответственно.

Было еще довольно рано, часов девять, и солнце, редко навещавшее эту квартиру, ломилось сквозь пыльные стекла, ложилось большими кусками на паркет, и хрусталь в шкафу горел торжественным огнем. Лидочка казалась продолжением солнца — яркая, победительная, уверенная в себе и упоительно пахнущая.

— Наша Лидочка, — продолжала Марья Максимовна, подкручивая винтик в кофейной машинке, — работает в гостинице «Англия», на Исаакиевской площади.

Как будто похвасталась.

Чопорная, аристократическая, величавая «Англия» соседствовала — стена к стене — с другой знаменитой гостиницей, в которой то ли покончил с собой, то ли был убит поэт Есенин.

В таком обществе было просто необходимо блеснуть интеллектом.

— Я знаю, — сказала Надежда. — Сергей Есенин...

— Нет, нет! — вскричала Лидочка. — Это не к нам! Это к соседям, к соседям! У нас, господь милостив, никто ничего подобного над собой не совершал! Я, правда, иногда подумываю, особенно когда заезжает японская группа, но все не решаюсь! Однажды у нас приключилась чудесная история с японской группой! После нее бы, конечно, в самый раз сделать себе харакири, но я малодушна, малодушна, признаюсь!

У Марьи Максимовны на лице было ожидание радостного удовольствия, как у ребенка, который ждет Нового года, и знает, что впереди подарки, веселье и все только хорошее. Надежда никогда не видела у нее такого лица. Обычно Марья Максимовна была строга и даже несколько надменна — со всеми, кроме Надежды.

Спиртовка под кофейной машинкой горела ровно и сильно, и кофе пахло упоительно. Этой машине, наверное, было лет сто.

Лидочка рассказывала:

— Японцы въехали, мы их разместили, и начался Содом вместе с Гоморрой! Боже мой, нельзя, нельзя возить большие группы в такие старые отели, как наш! Везли бы в «Мэдисон», и сеть хорошая, и те же пять звезд, что и у нас, и, главное, все номера одинаковые! А у нас номера разные! У нас двух одинаковых не найдешь, но они все одной категории!

— Лидочка, мы не понимаем, — с удовольствием сказала Марья Максимовна. — Какой такой категории?

— Ах, боже мой, какие тупицы! Есть номера стандартной категории, и они все одинаково стоят. Есть номера повышенной категории, и они тоже одинаково стоят. Есть люксы, сьюты, президентские номера и так далее. В каждой категории цена за номер одна и та же, но номера-то все разные! У кого-то ванная больше, но в ней нет двойной раковины! У кого-то раковина есть, но шкаф не в коридоре, а рядом с кроватью! У кого-то номер угловой, там два окна, а у всех остальных всего по одному жалкому оконцу! А платили-то все одинаково! Боже мой! Пока мы переселяли, объясняли, разбирались, прошло полдня. Да еще «Бритиш» опоздал и вместо восьми пожаловал к одиннадцати, а у нас еще не все японцы счастливы!

— Какой «Бритиш», Лидочка? И куда он опоздал?

— Ах, боже мой, если бы я знала, что вы такие тупые, ни за что не стала бы рассказывать вам про японцев! Японцы сметливы и деловиты, а вы на что похожи?!

— Лидочка, не отвлекайтесь, — приказала Марья Максимовна, принюхиваясь к кофе. Она не сводила с него глаз, чтобы вовремя снять с огня и не дать пенке осесть — целая наука!

— Самолет авиакомпании «Бритиш» опоздал в Пулково, а «Бритишем» всегда прилетает много народу, их нужно встречать, размещать, и как же я отпущу водителей, если гостей они не привезли?! На чем тогда поедут гости?! А водители хотят домой, между прочим, и... ну, в общем, это другая история. И все одно к одному, и самолет, и японцы, и мы разобрались только к трем часам ночи. А утром горничная ко мне подходит и говорит потихоньку: «Лидия Арсеньевна, у меня в четыреста восемнадцатом... проблемы!» Я ей: «Какие там проблемы! На унитаз встала, и он потек? Кран сорвала, вазу разбила?!» А она только поступила на работу. Ничего не знает, всего боится, и больше всех меня боится. И она говорит: «У меня в четыреста восемнадцатом в окне... рожа!»

Марья Максимовна покатилась со смеху:

— И дальше? Дальше что?!

— Я поднимаюсь на четвертый этаж, захожу в номер, а там в окне... летучая мышь! Висит. Вниз головой. И смотрит, гадина, прямо на меня, и вправду, рожа у нее хуже не придумаешь! А мы вчера из этого номера как раз переселяли японку, которая очень переживала, что у нее ванная меньше, чем у соседки. Я даже рулетку принесла, и мы вымеряли!.. Все одно вышло, что меньше, и пришлось ее переселить. Я думаю, может, это мышь японкина? Может, это ее любимое домашнее животное? Или она случайно залетела?! Мы давай искать кого-нибудь, кто разбирается в летучих мышах. Я позвонила в «Европу», я там раньше работала. — «Европой» называлась еще одна стариннейшая питерская гостиница, гордившаяся тем, что в ней пивал шампанское Шаляпин и гулял Мамонт Дальский, анархист, трагик, темная личность. — Нашла девочку, она у них возглавляла службу размещения, которая раньше работала в ЮАР с какими-то телевизионщиками. Они там снимали на киноаппарат живую природу, а потом делали из нее гербарии.

— Лидочка, — укоризненно сказала Марья Максимовна, — ну что вы выдумываете?! Мы пугаемся! Какие гербарии и киноаппараты?!

— Ах, извините, ошиблась, — как ни в чем не бывало выдала Лидочка и продолжала: — За этой юаровской девкой я послала машину, она приехала из «Европы» и сказала, что мышь уникальная, редкой породы. Ну что делать? Мы решили ее ловить! Пришел грузчик Сергей Петрович, у нас их три — Сергей Семенович, Сергей Анисимович и Сергей Петрович, самый запойный. Принес мешок. Гриша, швейцар, пришел ему помогать. А Пейсахович зашел просто так посмотреть. И мы ловим — наш запойный Сергей Петрович, Гриша, Пейсахович, горничная, дежурная, девка из ЮАР и я. Много нас то есть. Ловим мешком, поймать не можем. Мышь от страха мечется, Пейсахович кричит — заходи слева, заходи справа, но сам не ловит.

Марья Максимовна смеялась мелким смехом, как будто стеснялась, что ей смешно.

— Ну, Лидочка? И поймали?

— Ну, мышь в конце концов парализовало от страха, мы все навалились и скрутили ее! Теперь мышь у нас в мешке, и мы должны отдать ее японке, а вся группа на экскурсии! Тогда я, как самая умная, решила, что должна написать объявление, и когда группа приедет, хозяйка сразу объявление увидит и поймет, что мы спасли ее мышь! Нужно искать человека, который пишет по-японски! Полдня ищем, девка из ЮАР к себе в «Европу» не уезжает, а все талдычит, какая это редкая мышь, практически реликтовая. Или так нельзя говорит о летучих мышах?

— Нельзя, — простонала Марья Максимовна. — О мышах — нельзя!

— Находим, пишем объявление, вывешиваем на доску, мимо которой идут все гости. Приезжает японская группа, и мы все тут затаились, за колонной, мы же должны пожинать лавры, и предвкушаем, как счастлива сейчас будет японка, которой мы вернем ее редкой породы мышь!..

— И что? — спросила Надежда, которая очень живо представляла себе эту картину — аристократический холл отеля, мраморные полы, позолоченные светильники, люстры, ковры, конторки красного дерева, а за конторками люди в формах и Лидочка, подстерегающая японку!..

— Вся группа останавливается возле доски объявлений, читает, все начинают верещать, как будто друг у друга что-то спрашивают, и тут от них отделяются две дамы в панамках и бегут к портье. Я думаю — ну, точно, это наши, идут за мышью. А мешок в руках у Пейсаховича, он же участвовал, хоть и не ловил, но тоже хочет пожинать лавры!.. А Сергей Петрович сразу после поимки пошел отмечать это событие и к тому времени уже был никакой. Ну вот, японки бегут к портье, я следом, за мной Пейсахович с мешком, сладко улыбается, за нами переводчица, девка из ЮАР, толпа! Мы настигаем японок и суем им мешок. И...

— Что?! — не выдержала Марья Максимовна. — Да не томите вы нас!..

— Что, что! — Лидочка фыркнула и повела плечом. — Японка его открывает, лезет рукой, поднимает страшный визг, бросает мешок, у мыши там, наверное, уже инфаркт!.. Японка бежит, падает, сбегается охрана, портье, девушки из буфета, доктор и управляющий. Все поднимают с пола японку, а она вырывается и кричит!

— И что оказалось?!

— Оказалось, что по-японски «летучая мышь» и «зонтик» пишется одинаково. Одним иероглифом. Японка потеряла зонтик, а мышь приперлась на окно с какого-то склада или из Исаакия. И не была она никакой редкой породы, самая обыкновенная летучая мышь отечественного пошиба! Японка ушиблась, мы ее потом лечили, компенсировали моральный ущерб, а я еще с этой мышью перлась на Васильевский, чтобы ее выпустить, кроме меня никто не хотел. Вы, говорят, Лидия Арсеньевна, всю кашу заварили, вы и расхлебывайте, а мы ее выпускать не желаем. И не поехали, собаки, я одна перлась! Собиралась назавтра сделать харакири, но не решилась. Малодушна потому что.

Вот за этим самым кофе Марья Максимовна и «поспособствовала» Надеждиному трудоустройству. Лидочка обещала подумать и недели через три позвонила.

С тех пор они стали неразлучные подруги, несмотря на разницу в возрасте — Лидочка оказалась старше Нади лет на тридцать.

И все дальнейшее сложилось благодаря Лидочке — работа, карьера, знаменитости, с которыми Лидочка была дружна и охотно знакомила Надежду. Ей было не жалко. Ей никогда ничего не было жалко, такой у нее характер!

Надежда теперь тоже хотела для кого-нибудь стать Лидочкой, чтобы быть как она — благодетельницей, великодушной и щедрой.

Поэтому москвичу Коле Санькову она сочувствовала и все стремилась как-то помочь, тем более говорили, что у него в семье проблемы.

— Коля, вы не переживайте, — шепнула она ему на ухо, когда Дэн Уолш тряхнул своей ластообразной ручищей, Колю поприветствовал. — Все обойдется. Это в первые дни будет неразбериха и суета, а потом все наладится. Американцы начнут заниматься своим делом, мы своим, и к визиту уже все успокоятся. Потом несколько дней обморока и паники, и все!

Коля улыбнулся, и Надежда с удивлением обнаружила, что у него голубые глаза. По-настоящему голубые, как на картинке.

— Никогда не участвовал в таких мероприятиях, — тихо сказал он. — И главное, мне бы поработать подольше. Коллектив узнать, структуру понять! Нет, грянул этот визит, когда меня всего полтора месяца назад из Москвы перевели!

Краем глаза Надежда видела, что Лидочка о чем-то энергично и доброжелательно беседует с Уолшем. Ну о чем она с ним болтает! Договорились же после совещания сразу кофе идти пить!

Наверняка что-то затевает!

— То, что недавно перевели, это даже хорошо! — сказала она вслух. — И глаз не успел замылиться, и ни в каких группировках вы еще не задействованы!

— А у вас что? Группировки?

— А в Москве нет?

Коля Саньков засмеялся тихонько.

— И в Москве есть! Мне, чтобы в «Англию» попасть, столько геморроя досталось! Жена бросила, ей-богу! Ребенку не разрешает со мной по телефону говорить!

— Ужас какой, — искренне сказала Надежда.

Юля Беляева протиснулась мимо, улыбнулась и прошла и уже из-за двери показала на часы — давай, мол, кофе же пить собирались! Надежда чуть заметно кивнула. Во-первых, Лидочка все еще любезничала с полковником, во-вторых, Колю жалко.

— Меня тоже муж бросил, — сообщила она неизвестно зачем. Она никому в этом не признавалась, и в отеле, кроме Лидочки, еще никто не знал. И когда она вдруг это сказала, простыми будничными словами — дело-то житейское, что такого! — да еще почти незнакомому человеку, кровь вдруг бросилась ей в лицо и затопила всю голову разом, до самой макушки.

Крови было так много, что она не умещалась в черепе, давила на глаза и уши, вылилась красным нездоровым цветом на шею и щеки.

Ее тоже бросил муж. А что, разве вы не знали?! Ушел, ушел, еще в начале лета ушел! Житейское дело, что такого!

— Надежда, что с вами?! Вам... плохо?

— Мне хорошо, — проблеяла она овечьим голосом, — душно что-то только. Извините меня, я сейчас.

И она выскочила из белого зала с колоннами, где они совещались, собираясь бежать на лестницу, где можно остановиться, взяться за голову, переполненную кровью, и постоять в одиночестве, чтобы никто не видел, даже Лидочка, чтобы никто не догадался, как ей плохо, и что еще ничего не кончилось, несмотря на то что прошло уже шесть недель — сорок два дня, тысяча восемь часов!..

Уже тысячу восемь часов она приходит домой одна. Утром или вечером, вечером или утром, в зависимости от смены, дневной или вечерней. Дома все как прежде — две просторные комнаты в старинном питерском доме и неуютная кухня с наглухо заколоченной дверью на «черную» лестницу. На кухне Надежда не любила бывать и ужин всегда подавала в гостиную, на круглый стол. Уже тысячу восемь часов она никому не подает ужин, потому что себе подавать глупо, можно ведь и в отеле поесть, и повариха Эльвира Александровна любит ее кормить фирменными пирогами, которые пекут только в «Англии». Надежда ест пироги, думает о том, как ей не хочется домой, в свои две просторные пустые комнаты, а Эльвира Александровна рассказывает, как славился на весь Ленинград, да что Ленинград, на всю Россию кондитерский цех «Англии»!

— Надюш, ты куда? — Это Юля Беляева, озабоченная кофе, выскочила наперерез, но Надежда только махнула рукой и пробежала дальше.

Никого у нее не осталось, кроме Лидочки и Марьи Максимовны!.. Никого...

Она выбежала на лестницу, которая выходила окнами во внутренний двор, мрачный и глубокий колодец, где никогда не было солнца, и тут поплакала немного. На работе плакать нельзя, учила ее Лидочка. Как только увидят, что ослабела, живьем сожрут.

Когда под дверью застучали каблуки, она выхватила из кармана форменного пиджака платок, отерла глаза. Поймала свое отражение в стекле — вроде все нормально! — и надела на лицо улыбку.

Улыбка не пригодилась, потому что вошла Лидочка.

— Опять рыдаешь, дура? — спросила она. — Ну порыдай, порыдай, ладно уж!

— Да я порыдала уже, Лидочка.

— Самый сложный вопрос у тебя еще впереди, — сказала та назидательно и закурила. — Что ты станешь с ним делать, когда он вернется?

— Он не вернется, — понуро сказала Надежда. — Он даже не позвонил ни разу.

— Он вернется, — повторила Лидочка и прищурилась. — Это я тебе говорю! Ко мне все возвращались, и мне приходилось прогонять их взашей! А однажды вернулись сразу двое, а у меня в этот момент уже был третий. И на моей кухне они выясняли друг у друга, кто из них главнее и кто решил вернуться первым! При этом они еще жрали водку и на меня не обращали никакого внимания.

Надежда улыбнулась.

— Мой не такой. Мой гордый и... сильный человек.

— Ага, — согласилась Лидочка. — Какой-то идиот из пятьсот восьмидесятого, когда выезжал, подарил мне духи. Он-то идиот, а духи оказались приличные. Хочешь попробовать?

— Нет.

— Сильные и гордые мужчины не бросают женщин на произвол судьбы, — категорично заявила Лидочка. — Никогда. Им это даже в голову не приходит, именно потому, что они сильные и умные. У них в избытке имеется то, чего у твоего нет и в помине, — ответственность!

— Мой муж, — оскорбилась Надежда, — очень ответственный человек.

— Ага, — опять согласилась Лидочка. — Поэтому ты сегодня идешь развлекать еще одного ответственного. Нашего дорогого американского друга полковника Уолша.

— Я?!

— Я все равно не могу. — И Лидочка сделала плачущее лицо. — Я уже стара для того, чтобы развлекать тридцатилетних мужчин. Нет, то есть я-то не против, но, боюсь, коллектив не поймет, и меня повлекут на партсобрание!

— Партию давно отменили, — мрачно сказала Надежда, которая знала совершенно точно, что с Лидочкой спорить бессмысленно и теперь ей придется тащиться развлекать американца. — Что вы придумали, Лидия Арсеньевна?

— Ты бы еще сказала — госпожа Арсентьева, как любит говорить наш управляющий, — усмехнулась Лидочка. Отчество и фамилия у нее сочетались причудливо. — А тебе все равно делать нечего. Как говорит наш милый Пейсахович, твой Моисей сегодня не вернется! А вернется — тем лучше, подождет немного у порога!

— Что вы пообещали американцу?

— Что ты покажешь ему Санкт-Петербург ранней осенью или поздним летом, ибо у нас, на Неве, лето и осень весьма относительны. Ну и, разумеется, вверишь себя его заботам!..

— И он согласился?

— А куда ему было деваться? Я сказала, что в молодости ты работала экскурсоводом, и это такое русское гостеприимство — таскаться с иностранцами вокруг Исаакиевкого собора.

— Лидочка, я не хочу!

— Сама не хочу, — трагическим голосом сказала Лидочка. — Вдруг с тобой что-нибудь страшное приключится! Вдруг он затащит тебя в подворотню и воспользуется твоей неопытностью! И вообще, чего ты выламываешься? Старуха пыталась тебе угодить, припасла кавалерта, — она так и выразилась: «кавалерта», — в плечах косая сажень, на голове фуражка, а на поясе привязано несколько гранат, а она выламывается! Поблагодарила бы бабушку!

— Спасибо, бабушка, — машинально ответила Надежда.

— Как ты смеешь меня оскорблять, дрянь такая! — выдала Лидочка совершенно равнодушно. — Какая я тебе бабушка!..

Дверь на лестницу открылась, показалась Юля Беляева и с ней какой-то американец в очках, кажется, начальник программистов и, кажется, по имени Уилл, а может, Гаррис.

Юля стрекотала по-английски, у американца был напряженный вид, и Лидочка сразу включилась в стрекотание, спрятала за спину «бычок» и стала подвиливать задом и делать Надежде знаки. Та сначала не понимала, а потом поняла. Аккуратно вытащила окурок у нее из пальцев и незаметно спровадила его в урну.

Там у них, в Америке, никто не курит, и, похоже, теперь придется делать вид, что в России не курят тоже!

Оставалась еще некоторая вероятность, что Уолш не захочет таскаться вокруг собора с неизвестной русской, но он остановил ее в лобби-баре, где уже готовили пятичасовой чай для всей компании заехавших американцев, и корректно спросил, в котором часу она будет готова. Госпожа Арсентьева обещала ему незабываемую экскурсию по Петербургу, и он теперь всей душой этого жаждет.

Надежда сказала, что смена у нее заканчивается в семь, вот в семь она и будет готова. И ни за что не станет переодеваться, так и пойдет в коричневом форменном костюме и со значком «Англии» на лацкане! А что такое! Она же не на свидание собирается!..

Красные «маркизы» трепетали на свежем балтийском ветру, за окнами сияло солнце, день был в разгаре, и лето еще не кончилось, и можно будет съездить в Парголово, на дачу к Катьке Самгиной, давней приятельнице, которая как укатила в начале лета в Москву, так обратно и не появляется и не звонит уже месяц, а может, и больше!

Впрочем, Надежда сама виновата — она-то звонила ей всего один раз, да и то попала на какого-то дядьку, который сказал, что Екатерина подойти не может, и вежливо спросил, что ей передать. Надежда тогда еще грустно подумала, что подруга кого-то себе в Москве нашла, а вот она, Надежда, никого не нашла, только мужа потеряла!..

Решив, что сегодня вечером непременно нужно позвонить Катьке, Надежда раздала задание двум дежурным портье, обнаружила возле урны, больше похожей на древнюю греческую вазу, окурок, подобрала его и отправила по назначению и прислушалась к непривычной тишине.

Постояльцев в отеле не было, и казалось, что жизнь остановилась.

В холле на мраморных полах не свалены кучей чемоданы, подносчики багажа не носятся с тележками, в баре не видно людей, зашедших с улицы на чашку чая. «Англия» славилась своим чаем в «русском духе» из чашек Ломоносовского завода, с блинами и пирогами, с селедочкой и икоркой. Журчала арфа, пахло только что выпеченными булками, люстры сверкали, отражаясь в полах. Сюда приходили специально, чтобы попить чаю, и все работники «Англии» очень гордились — и у нас традиции, не только в «Ритце», куда на чай нужно записываться за несколько дней вперед!..

Внутренний телефон запищал у нее в кармане, и она ответила как обычно:

— Гостиница «Англия», Надежда Звонарева, служба портье, чем могу помочь?

Звонили девочки из приемки и размещения, что-то у них там пошло не так, а начальника смены они не смогли найти, и Надежда вернулась к конторкам красного дерева.

Главный американец вместе с управляющим куда-то проследовал мимо нее и дружески ей кивнул, и она кивнула в ответ.

...что это Лидочка придумала, какая такая экскурсия?!

У приемки и размещения сложность оказалась в том, что расселявшиеся американцы оказались китайцами, и по-английски они говорили так, как будто по-китайски, и никто не мог их понять, а Надежда поняла, и все моментально разрешилось.

— Слушай, — тихонько сказала ей Люба Глущенко, полная, розовая, похожая на персик, — а у них багажа-а-а!.. Они к нам на веки вечные переселяются, что ли?

— А ты как думала?! Два месяца в гостинице! Конечно, они все барахло с собой притащили!

— У-ужас!.. И говорят, везде камер понаставят! Зачем еще камеры, у нас свои кругом стоят!

— Они кое-где наши поменяют на свои. — Надежда тоже не понимала, зачем столько камер, но делала вид, что так и должно быть. Мол, мы еще и не такое видали! — А кое-где к нашим еще и свои добавят, вот и все.

— И в туалетах?

Надежда пожала плечами.

За ее спиной подносчик багажа грузил на тележку упаковки с водой, а рядом стоял Коля Саньков и смотрел, как тот грузит.

Надежда кивнула Любе и подошла к тележке.

— Коль, — осторожно сказала она. — У нас на кухню вода через центральный вход не заезжает. Для этого есть другие двери и другие лифты.

— Да это не на кухню! — произнес Саньков с досадой. — Это гость с собой привез. Чтобы хватило на два месяца!

— Как с собой?! — поразилась Надежда.

Подносчик уже наставил упаковок в свой рост, и теперь ему приходилось закидывать их наверх. На мраморном полу оставалось еще примерно столько же.

— Хватит, больше нельзя, увози, — велел Коля подносчику. — Представляете? Это кто-то из службы охраны минералочки с собой захватил американской!

— Да они и так всегда воду привозят свою, — в изумлении сказала Надежда. — И кулеры везде ставят, такие здоровые кипятильники с пластмассовыми стаканами! Но чтобы кто-то в номер столько воды завозил, я первый раз в жизни вижу!..

— Ну, а этот привез личную, общественной ему мало или она не подходит. — Коля был раздражен, то ли из-за воды, то ли из-за того, что подносчик теперь никак не мог заехать в лифт — телега билась о порожек и внутрь никак не переваливала. — Надежда, извините меня, пожалуйста, я ему помогу.

— Да, Коль, бегите!

Он пошел к лифтам, но остановился и спросил негромко:

— Покажете мне Питер? Такой сказочный город!.. Мне хочется, чтобы показал кто-нибудь, кто его любит. И у меня машина здесь, я из Москвы на машине приехал.

Девочки за конторкой, которые все продолжали селить китайцев, замерли, как будто в игре «море волнуется». Надежда спиной чувствовала их взгляды и напряженные уши, которые ловили каждое слово. Ну конечно!..

Ну, сейчас начнется — романы, истории, трагедии, комедии, фарсы, любовная лирика, пьесы из русской жизни, пьесы из американской жизни и напоследок пьеса «Чайка» с Ниной Заречной!.. Служба безопасности, компьютерщики, электронщики, которые начнут менять провода, — а в отеле будут менять все провода, все, до самого последнего жалкого шнура, идущего к телефону! — такие незнакомые, странные, говорящие на другом языке, живущие по другим законам, все они в основном мужчины!..

Помогай нам бог, целая толпа совершенно новых мужчин, которые проживут здесь много месяцев! Это вам не обремененный семьей швейцар Пейсахович, тут дело посерьезней будет!

Надежда оглянулась, и, как в комедии, все моментально отвели глаза.

— Коль, мы с вами это обсудим, — сказала она с деловой сердечностью в голосе. Этой деловой сердечности ее научила Лидочка. И не обязывает ни к чему, и собеседник вроде доволен. — Сегодня я точно не могу.

Люба Глущенко за ее спиной что-то быстро шепнула на ухо Тане Наумовой, боковым зрением Надежда видела это ее движение. Должно быть, сообщала, что сегодня Звонарева прогуливает главного американца.

Сегодня я позвоню своему мужу, мрачно и твердо решила Надежда. Будь что будет! Я без него не могу.

Я чувствую себя проституткой, которую пытаются пристороить к ремеслу!

В лифте что-то загрохотало, обвалилось, и оказалось, что верхняя упаковка свалилась с пирамиды, полиэтилен треснул, бутылки раскатились.

Коля Саньков позеленел. Еще бы, в центральном лифте, на глазах у всех сотрудников его служба работает из рук вон!..

Пока собирали бутылки, пока составляли их обратно на тележку, пока явившаяся неизвестно зачем уборщица подтирала пол, хотя на нем не осталось никаких следов, в центральном лифте застрял кто-то из американцев. Зачем-то он нажал кнопку шестого этажа, которая еще накануне была заблокирована, лифт закрыл двери, поехал и остановился. Побежали за монтером, и выяснилось, что по непонятной причине «обесточилось целое крыло, мать его за ногу!», и дело вовсе не в том, что шестой этаж был заблокирован!.. Пробежала Лидочка, управляющий проскакал, и началась обычная нервотрепка, которая происходит в отеле, когда готовится президентский визит.

Уборщица Зина со своими швабрами и пластмассовым ведром потихоньку убралась в свою каморку, замкнула дверь на ключ, пристроилась на узенькую кушетку, выложила из кармана папиросы, а из шкафа достала теплую чекушку.

Пить на работе строго воспрещалось, и эта зараза Лидочка Арсеньевна, если поймает, обязательно уволит ее, она уже так Машу Пронину уволила в прошлом году, поэтому у Зины была припасена еще бумажечка, а в ней толченый лавровый лист. Посыпал на язык, и никакого тебе запаха, и не докажет никто!..

Из кармана полосатого форменного платья Зина достала американскую бутылочку — они с телеги-то посыпались, раскатились, и она одну прибрала, хоть попробовать, что это за вода такая, раз ее из-за моря прут!

Предвкушая удовольствие — все тут у нее есть, и чекушка, и чем запить, и лаврушка, чтоб зажевать, и папироса, чтобы покурить на свободе, — она открутила пробку, нюхнула, зажмурилась и опрокинула в себя примерно половину бутылки водки.

Лицо у нее сначала сморщилось, но постепенно разгладилось, стало довольным, она подышала открытым ртом, осмотрела американскую бутылку, вздохнула и попила из нее.

Вода как вода, успела подумать Зина. Ничего такого особенного в ней и нету.

Подумав так, она вдруг схватила себя за горло, которое стиснула судорога, глаза у нее вылезли из орбит, и сначала она увидела поле, полное васильков и ржи, а в поле дорогу. По дороге идет мать и машет ей, Зине, платком, а она, маленькая еще, бежит, бежит навстречу, и пяткам щекотно и тепло бежать по дороге, по которой только прошел трактор.

Потом она еще подумала, что Виталику всего пятнадцать, пропадет теперь, в колонию его отправят, и напоследок удивилась, зачем так плохо жила.

Все словно начерно, все будто надеялась, что вот-вот заживет в полную силу, как и должен жить человек, все думала, что времени у нее навалом!.. А времени не было вовсе, вот как все обернулось.

И еще не сказала Виталику, как она его любит и как он на отца похож, а отец был хороший, добрый.

Так ничего и не успела уборщица Зина, потому что умерла.

Она повалилась вперед, ударилась лицом о край стола, американская бутылка выпала у нее из руки и покатилась, и закатилась под кушетку.

Из нее потихоньку выливалась американская вода.

Человек, следивший за ней от самого лифта, через час вошел в комнатушку, равнодушно посмотрел на Зину, нагнулся, нашарил бутылку, аккуратно завернул крышку и сунул ее в карман.

Вышел, прикрыл за собой дверь, посмотрел по сторонам и тихо и сильно ударил в замочную скважину. Замок щелкнул, закрылся.

Человек еще постоял и пошел по коридору.

— Выпишу, да и все! — Главврач брал из высокой стопки толстые истории болезней, наспех читал и складывал в низкую стопку. Таким образом получалось, что высокая стопка становилась все ниже, а низкая стопка все выше. — Куда мне ее девать, товарищ милицейский?!. Вот видите, истории?

Максим Вавилов подтвердил, что видит.

— Ну так вот, это все умершие! Умершую бы родственники взяли, а она живая! У меня тут не санаторий и не платная клиника! Жива, очухалась малость, и домой, домой! Что она, просто так лежать будет!

Максим в десятый раз повторил, что свидетельница ему нужна, что, как только она выйдет из больницы, ей опять станет угрожать опасность, а охранять ее у него возможностей никаких нету.

— Так это ваши проблемы, товарищ милицейский! — энергично возразил главный врач, черкая в «историях». — Она же питерская? Ну вот, и отправьте ее в Питер, и пусть там кому надо, тот ее и охраняет! А у нас ей делать больше нечего! Она вполне здорова. Горло у нее зажило, не совсем, конечно, но все-таки, так что... В добрый час, в добрый путь!

— Да вы понимаете, что как только станет известно, что она жива, ее тут же убьют?! — закричал Максим Вавилов беспомощно. — Она и так чудом выжила! Если бы не соседи, померла бы!

— А я тут при чем, товарищ милицейский? — спросил главврач и снял очки. — Или вы объявление в газете хотите дать, что такая-то и такая-то после покушения на ее жизнь осталась жива и теперь каждый желающий может ее убить, потому что проживает она по такому-то адресу? Или как?..

Максим Вавилов не знал «как». Он знал только, что свидетельницу нельзя выпускать из больницы, и в Питер возвращать тем более нельзя!..

— Ну, будет, будет, — успокаивающе сказал главврач и опять нацепил очки. — У меня в четырнадцатой палате юноша лежит. У него в животе гной, и я знаю, что гной, и все знают. А операцию мы сделать не можем, потому что томограмму нужно прежде сделать. А на томограф очередь на месяц вперед. И он лежит себе, с гноем в животе, с температурой сорок один, и ждет, когда томограф освободится! А вы мне про каких-то дамочек толкуете, которые вполне здоровы! Так что завтра с утра и выпишем мы больную Самгину, помолясь, и заживет она нормальной хорошей жизнью, без всякого томографа! А безопасность ее — это ваши проблемы, молодой человек, уж извините! Мы ее от смерти спасли, будет с нее и этого!

Максим Вавилов подумал, потом мрачно сказал «спасибо» и вышел в больничный коридор.

В коридоре было скверно, пахло дезинфекцией и ходили странные люди в халатах. Они были похожи то ли на тени, то ли на могильщиков из «Гамлета», какими их когда-то, много лет назад, показывали в театре на Таганке. Это считалось верхом диссидентства и режиссерского мастерства — могильщики из средневековой пьесы, вроде и не могильщики, а как бы юродивые из советской больницы.

Максим встал у окна и уставился во двор, чтобы не смотреть на больных.

Значит, Катю Самгину выпишут, она уедете в Питер, и вместе с ней уедут все ниточки к этому голому трупу на Сиреневом бульваре!.. Впрочем, и ниточек-то никаких нету, только труп один есть и свидетельница, на которую покушались сразу после преступления! Не то чтобы Максима очень волновал труп, но то, что он прошляпил покушение на свидетельницу, его убивало!

И как это он ее отпустил, даже в подъезд с ней не зашел!.. Профессионал, твою мать, сыщик, «шеф» из историй про русский сыск!..

Если бы не ее сюртук с высоким воротником, в который она тогда была одета, — тю-тю!.. Придушили бы ценного свидетеля, как слепого котенка, и на его совести была бы смерть человека!..

Он даже плечами передернул от отвращения к себе.

Теперь бы с ней поработать поплотнее, вроде она очухалась и может отвечать на вопросы!..

Кто на нее покушался и зачем?! Кто ждал ее в подъезде и зачем?! Кто решил убить ее практически на глазах у оперов — и зачем?! Ведь это такой риск?! А если бы капитан Вавилов с ней пошел?! А если бы он того, кто поджидал ее в подъезде, засек?!

Да, да, он не пошел и не засек, и от Ерохина уже получил за это, и выговор ему вкатили, и дальше что?! Или она никакая не свидетельница, а соучастница, только не признается? Тогда зачем она ментов вызвала на свою голову? И зачем тот тип ее душил? Чтобы избавиться от соучастницы?!

Глупо, неубедительно.

Тогда что убедительно?.. Нужно работать со свидетелем, а как с ним работать, если его завтра выпишут и он в Питер укатит?!

За спиной у него что-то прогрохотало, как будто поезд по рельсам прошел, и он оглянулся. Все больные в халатах смирно стояли по стеночке, а по середине коридора катилась телега с железными бочками. Из бочек выплескивалось на дно телеги, и пахло невкусной едой.

— Обед повезли, — мечтательно прошелестел кто-то из больных, и коридор вновь пришел в движение — все потянулись следом за грохочущей телегой.

Все было бы ничего, если бы Максим Вавилов не чувствовал себя виноватым — а он чувствовал.

Он точно знал, что Катя Самгина ни в чем не виновата, знал, и все тут, и понимал, что из-за его промашки, непрофессионализма она чуть не погибла, и — вот что хотите делайте! — найти того типа, что душил ее, было для него делом чести.

Все же он офицер.

— Вот вы где, — шепотом произнесли у него за спиной. — А мне Света, сестра, сказала, что вы уже ушли.

Он обернулся.

Свидетельница стояла у него за спиной и улыбалась. Горло у нее было замотано бинтом, в неаппетитных желтых пятнах йода. Еще на ней был застиранный халат и серые резиновые тапки, которые здесь выдавали всем бесхозным больным.

По сравнению с ней Максим Вавилов чувствовал себя неприлично здоровым, неприлично высоким и неприлично жизнерадостным, как голландский огурец.

— Выписывают вас завтра, — сказал оперуполномоченный неприятным голосом. — Добро пожаловать в нормальную жизнь!

— Слава богу, — отозвалась свидетельница. — Как мне здесь надоело, если бы вы знали! Хотя и сестры, и доктора — отличные люди!

Он посмотрел ей в лицо. Нет, вроде не шутит и не прикидывается.

Поначалу ее сильно рвало — один раз даже при нем вырвало, когда он пришел «побеседовать», — и сиделка кричала на нее так, что даже у бывалого Максима уши сворачивались в трубочку, как осенние листья в костре.

— Что ты развела тута свинарник?! — кричала сестра милосердия. — Я тебе чего тута, нанималась убирать блевотину?! Давай, давай, вставай, небось не при смерти! Вставай и убирай за собой, ишь чего наделала! Я убирать не стану! Давай, поднимайся! Понаехали всякие, и на пол тута мне будут блевать! Вставай, кому говорят! Вона ведро, вона тряпка, с тобой в палате еще шестеро, они тута ни при чем, раз ты весь пол заблевала!..

Максим Вавилов тогда вытолкал добрую женщину взашей и собрал с пола лужицу, которая натекла из свидетельницы. Сама свидетельница тяжело дышала, и из-под синих век у нее выглядывала полоска глазного яблока, мутного, желтого, наводившего на Максима ужас.

В другой раз он приехал и обнаружил, что она лежит прямо на матрасе, без простыней и пододеяльников, прикрытая каким-то солдатским сукном, впоследствии оказавшимся одеялом.

— Рвет ее все время, — пожаловалась одышливая бабуся-соседка. — Спасения никакого нету! Мы уж просили заведующего, чтобы перевел ее от нас! Мы-то тоже люди, чего нам на эту какофонию смотреть!..

Сейчас свидетельница улыбалась, и лицо у нее было совершенно счастливым.

— Скажите, — спросил Максим Вавилов, вложив в вопрос всю язвительность, на которую только был способен. — Вы, уважаемая, не родственница Иешуа из Назарета, который называл кентуриона Крысобоя «добрый человек»?!

— Вы образованный, — сказала она с уважением. — А почему вы вспомнили про Крысобоя?

— Потому что вы говорите, что здесь все отлично и все люди очень милые.

Она пожала плечами.

— Да ничего здесь нет отличного, — объяснила Катя серьезно, — это же понятно. Но они спасли мне жизнь, эти люди. Просто так, ни за что. Даже не за деньги. Взяли и спасли. Поэтому на все остальное можно не обращать внимания, понимаете? Конечно, они... грубые и неприятные, но у них тяжелая работа. И именно они спасли мне жизнь.

Она подумала немного и добавила назидательно:

— Нужно уметь быть благодарным.

Максим пожал плечами.

Так всегда говорила его мать.

Нужно уметь быть благодарным. Наша жизнь в миллион раз лучше жизни среднего человека — мы здоровы, хорошо образованы, у нас есть дело и любимые люди. Это очень много, Максим, а ты все время недоволен — собой, отцом, работой, системой!.. Это неправильно. Нужно уметь быть благодарным!..

— Там тепло? — вдруг спросила Катя, перебив его мысли.

— Где? — не понял Максим Вавилов.

— На улице.

— Жарко, — ответил он. — С утра было двадцать семь. Такой жаркий август!..

— Я все никак не могу привыкнуть, что уже август, — сказала Катя. — Мне все кажется, что июль.

— Это потому, что вы в больнице столько времени провели, — заметил Максим Вавилов глубокомысленно.

— Да, слава богу, что выписывают, — согласилась она. — Мне и к бабушке надо, и вообще домой. Вот только экзамены я не сдала. Зря столько времени в Москве пробыла.

— Вам так зачтут, — пообещал Максим Вавилов. — Мы позвоним, и вам зачтут.

Она засмеялась странным смехом, как будто зав-схлипывала.

— Да что вы! Конечно, не зачтут! Вы не знаете теле-видения!

— Да вас чуть на тот свет не отправили!

— Ну и что? Это никому не интересно! Сдал — мо-лодец. Не сдал — до следующего раза. И не видать мне повышения.

— Да вы господу молиться должны, что он вас из милости своей в живых оставил, — возмутился Максим Вавилов. — А вы все только про повышение!..

Катя Самгина посмотрела на него.

— Я молюсь, — сказала она просто. — Только в по-вышении тоже ничего плохого нет.

— Нет, — согласился Максим Вавилов и понял, что совершенно запутался.

Какая ему разница, будет у нее повышение или нет? Сдаст она свой экзамен или не сдаст?! Это не имеет ни-какого значения! Имеет значение только, что она уедет в Питер, и он так и не поймет ничего в этой дьяволь-ской истории!

— А задержаться в Москве вы не можете? В интере-сах следствия?

Она пожала плечами. Застиранный халат пусто ше-вельнулся на ней.

— Да мне и жить негде. Хозяйка меня давно потеря-ла, наверное. Я ей даже за июль не заплатила! И где мои вещи, я не знаю. И денег у меня нет. Мне зарплату так и не дали.

— Значит, нужно поехать и получить зарплату, — раздраженно сказал Максим Вавилов.

— Я получу, — как бы оправдываясь, заверила Ека-терина Самгина, питерская журналистка. — Только... потом. Сейчас у меня сил нет. Как я на телевидение по-еду в таком виде?! Мне теперь только водолазки но-

ОТЕЛЬ ПОСЛЕДНЕЙ НАДЕЖДЫ

сить, горло-то у меня... и в эфир в таком виде нельзя. Мне заведующий отделением сказал, что, наверное, придется операцию делать на горле, только все это недешево, а у меня бабушка. Впрочем, должно быть, вам это не слишком интересно.

Он вздохнул.

Почему женщины такие дуры?! Почему ее интересует шрам на горле и совершенно не интересует, кто именно на нее покушался?!

— Екатерина Михайловна, — начал он серьезно. — Вы понимаете, что вам нельзя домой? Человек, который пытался вас убить, узнав, что вы живы, непременно попытается сделать это снова?! И если на вас не будет сюртука или бронежилета, он вас обязательно убьет.

— А куда мне можно, Максим?.. Не знаю, как ваше отчество.

— Петрович.

— Куда мне деваться, Максим Петрович? Если только в тюрьму вы меня посадите, чтобы на меня там никто не напал!

— В тюрьму не посажу. Прокурор санкцию не даст.

— Вот видите. Кругом проблемы. Даже в тюрьму не попасть!..

Она улыбнулась, и он улыбнулся тоже, и со страхом, скрутившим сердце, вдруг подумал, что она — не крокодил.

Она человек.

У нее бабушка, Питер, порванное горло и невыданная зарплата.

Она — человек!..

И что теперь ему делать?..

— Так, — сказал он и посмотрел на ее профиль, очерченный солнцем, падавшим из окна, до половины закрашенного краской. — Но если я придумаю, куда вас деть, вы сможете еще на недельку задержаться в Москве?

Она глянула на него.

— Вы шутите?

— Нет. Я должен найти человека, который на вас напал, и понять, как он связан с трупом. Да мы, черт возьми, так и не установили, кто такой этот труп! Примет нет, и заявлений о пропаже людей никаких не поступало!..

Катя пожала плечами:

— Я не знаю. Мне бы бабушке позвонить... Она уже очень пожилая, и не все помнит, но я должна. И Нине Ивановне, это сиделка, она каждый день к ней приходит. Она мне, наверное, сто раз звонила, но я не знаю, где мой телефон.

— У меня, — признался Максим Вавилов. — Мы его изъяли, когда вас нашли в подъезде. Проверяли номера.

— В моем телефоне?! — поразилась Катя. — Зачем?!

— Мы же не знали, кто вы! Свидетельница, соучастница, сообщница!..

— Да нет, — сказала она. — Я не сообщница.

И в этот момент, в этот самый момент, когда она так сказала, он вдруг принял решение.

Впрочем, не вдруг. Все и так было ясно, и он знал, какое именно решение напрашивается само собой, и оно, это решение, как будто стояло в сторонке и ждало, когда до него дойдет дело.

— Я вас заберу и отвезу к себе на дачу, — заявил он решительно. — Там никого нет, и вы просто отдохнете. И вы там будете в безопасности. В таком виде вы и до метро не доберетесь, не то что до Питера!

— Это неудобно, — тут же отказалась Катя Самгина. — А как же ваша семья?

— Моя семья на другой даче, — уверил ее Максим Вавилов, что было чистейшей правдой. — Вы никому не помешаете.

Похоже, и в самом деле человек, а не крокодил!

Или все-таки крокодил, искусно замаскировавшийся под человека?!.

— А... сколько у вас дач?

— Две. У моих родителей и у меня. Вы будете совершено одна и в безопасности. Какое-то время точно.

— Почему какое-то время?

— Потому что человек, который хотел вас убить, — профессионал. И если мы не разберемся, почему он так старался убить вас, до того, как мы выясним все обстоятельства этого дела, он узнает, что вы живы, и обязательно вас убьет. Арифметика простая. Он шел на такой риск, чтобы следствию не достался ценный свидетель в вашем лице, что никакая дача его не остановит! И вы должны это понимать, Екатерина Михайловна.

Она смотрела на него, моргала и, кажется, ничего не понимала.

Зато он понимал совершенно точно, что приговор подписан и будет приведен в исполнение при первой же возможности.

И теперь только от него зависит, кто успеет первым — он или тот, другой.

Последней точкой экскурсии должен был стать Исаакиевский собор, и стал ею. К тому времени, когда Надежда подвела к нему американца, собор, ясное дело, был уже закрыт, и, собственно, в этом и состоял ее план.

Тащиться с ним на «групповую экскурсию», подниматься на колоннаду, откуда «открывается один из красивейших видов на Санкт-Петербург», осматривать модель лесов, которые соорудил Монферан для того, чтобы поднимать колонны, было выше Надеждиных сил.

Кроме того, она все время думала о том, что, как только американец сгинет обратно в «Англию», она тут же позвонит мужу.

Ну нельзя же так, на самом деле!.. Ну не может она больше без него, и все призывы к гордости оставались без ответа.

Какая гордость? Где она, эта гордость? Молчит-помалкивает! А может, и нет ее вовсе.

Какая гордость, если Надежда каждую минуту, когда голова у нее не занята работой, думает только о том, что ею... пренебрегли. Она оказалась не такой уж хорошей, и ее муж, ее собственный муж спокойно сказал ей: «Я тебя больше не люблю!»

Значит, ее можно разлюбить, значит, она никуда не годится, и он твердо уверен, что встретит женщину, которая будет лучше ее!

Если уже не встретил!..

Наверняка встретил — столько времени прошло! Конечно же, встретил! И теперь у него в мобильном телефоне — самом дорогом, самой последней модели, Надежда подарила ему на день рождения — вместо ее фотографии лицо женщины, которая оказалась лучше! И ее мобильный номер в записной книжке вместо Надеждиного!

Это все потому, что жена оказалась никуда не годной.

Она все время думала одно и то же — что я сделала не так?.. Чем ему не угодила?.. Я же старалась. Я же так хотела, чтобы все было хорошо. Я так любила, что уж больше, кажется, нельзя любить, а он не захотел меня.

Он ушел, даже несмотря на всякие сложности, которых на поверку, должно быть, оказалось миллион. Они много лет прожили вместе, в центре старого Питера, в удобной и большой квартире, а про его квартирку в пригороде даже не вспоминали, и, наверное, ему там неуютно и тесно, и на работу далеко. И он все равно ушел, потому что больше не мог жить с Надеждой!

Как примирить это с чувством собственного достоинства? Как похоронить гордость, которая оказалась задавленной сознанием собственной никуда негодности?!

— Колонны Исаакиевского собора, — выпалила она, потому что они молчали уже довольно долго, — знамениты тем, что просто стоят на фундаменте и ничем не закреплены. Ни одно наводнение, ни один ураган, которыми славится Санкт-Петербург, не нанесли никакого ущерба колоннам, вы видите, они стоят прочно. Купол также был позолочен только один раз...

— Простите, — перебил ее американец. Должно быть, информация про колонны поразила его каучуковое воображение. — Как — не закреплены? Разве такие громадные колонны могут быть не закреплены? Это же опасно для жизни тех, кто проходит и проезжает мимо в автомобилях!

— Они стоят под действием собственной тяжести.

— Этого не может быть, — недоверчиво сказал Дэн Уолш, задрал голову и посмотрел вверх. — Они не могут так стоять.

— Они стоят, как стоит на столе стакан, — пояснила Надежда злорадно. Злорадно оттого, что оправдались ее подозрения в том, что он тупой. — Представьте себе, что вы поставили на стол стакан. Он не может вдруг просто так взять и упасть! А на эти колонны сверху еще давит портик, видите? Как бы придавливает их, и они стоят еще тверже!

— Это удивительно! Русские инженеры всегда славились своей смекалкой.

Видимо, он ожидал, что она возрадуется такой его высокой оценке, но она сказала, что Монферан не русский инженер, а французский архитектор, и про его смекалку она ничего не знает, зато знает, что он построил множество замечательных зданий в Санкт-Петербурге.

Американец посмотрел на нее внимательно и вдруг спросил, почему она так нервничает.

— Ай эм файн, — уверила его Надежда. — Со мной все отлично.

Американец пожал плечами.

— Это не праздное любопытство, — сказал он равнодушно. — Мне не нравится, как вы себя ведете, и этому должны быть какие-то объяснения.

— А как я себя веду?!

— Вы постоянно чем-то удручены, не находите себе места, много курите и стараетесь как можно меньше общаться с людьми. Вы или что-то скрываете, или у вас проблемы. Если проблемы, я бы хотел знать, какого рода. Вы должны с пониманием отнестись к моему вмешательству в ваши дела, ведь мне придется обеспечивать безопасность...

— Мои проблемы на безопасности главы вашего государства никак отразиться не могут!

Полковник Уолш посмотрел серьезно.

— Я могу настоять на том, что ваше присутствие в отеле нежелательно во время визита, — сказал он неторопливо. — В том случае, если я не пойму причины вашего странного поведения.

— Причины моего странного поведения в том, что от меня ушел муж, которого я горячо любила! — выпалила Надежда, ужасаясь тому, что говорит такие пошлости — «горячо любила», надо же!

Полковник очень разозлил ее. Даже не он сам, а то, что, оказывается, все переживания написаны у нее на физиономии, и он сразу заметил ее «странное поведение», и, должно быть, все заметили, — ужасно унизительно.

— Когда?

— Извините?..

— Когда ваш горячо любимый муж от вас ушел? —

Это прозвучало так, словно муж внезапно помер, и Надежду это вдруг позабавило.

Он и вправду ушел, как умер. Даже не позвонил ни разу.

— Полтора месяца назад.

— Вы подали на развод?

— Я нет, мне это не нужно, а он — не знаю. Скорее всего, нет, потому что... наверное... он предупредил бы меня.

Тут она поняла, что совсем не знает, предупредил бы он или нет. Это в прошлой жизни она все про него знала, а в этой не знает ничего!

— Моя жена тоже ушла, — вдруг сказал американец. — И тоже примерно полтора месяца назад, как раз когда стало ясно, что мы готовим визит и летим в Россию.

— Как?! — поразилась Надежда.

Ей почему-то казалось, что такая беда может быть только у нее одной-единственной в мире. Нет, конечно, теоретически она знала, что миллионы людей расходятся, чтобы встретить потом кого-то еще и начать так называемую новую жизнь, но в глубине души все же была уверена — ни с кем, кроме нее, этого не могло случиться.

— Она получила повышение и назначение в Сиэтл. А мы все восемь лет прожили в Вашингтоне. Она сказала, что не может больше жить с человеком, которого никогда нет дома. А тут еще наши знакомые купили особняк в пригороде, а я на государственной службе и такой особняк не смогу себе позволить никогда. И она ушла от меня.

И он стал смотреть на собор, и Надежда стала смотреть на собор.

«Храм мой храм молитвы наречеца» — было написано золотыми буквами на темном граните, и буквы сияли в свете заходящего солнца, и американец спросил, что именно там написано, Надежда объяснила.

— А вы ее любили? — спросила она после того, как объяснила.

— Да.

— И вы долго были женаты?

— Восемь лет. И еще жили вместе, когда учились в университете в Нью-Йорке. Она была смешная. Не умела говорить, не умела держаться. Потом всему научилась. Она талантливая и быстро все схватывает.

— И что вы теперь будете делать?..

Он не понял.

— Что именно я буду делать?..

— Да, да! Что вы будете делать? Как вы станете жить? Куда денете ваши восемь лет, университет, воспоминания, фотографии?! Куда вы денете жизнь, которой жили раньше и которой больше никогда не будет?!

— Вы так спрашиваете, — сказал он серьезно, — как будто я знаю ответы на эти вопросы.

— А вы не знаете?

— Нет.

— И я не знаю! Но я сегодня целый день хочу позвонить мужу, и все время думаю только о том, чтобы вы от меня отвязались и чтобы я могла просто набрать его номер и услышать его голос! Вы это понимаете?!

— Понимаю, — согласился Дэн Уолш. — Только ничего хорошего из этого не выйдет.

— Почему?! — закричала Надежда. — Ну откуда вы знаете, что не выйдет?! Вы что, пророк?! Кумская Сивилла?! А вдруг он сидит и ждет, и смотрит на телефон, и думает только о том, что я ему не звоню?! Вдруг он не решается мне позвонить, потому что он гордый и сильный человек и не может перешагнуть через себя?! А я позвоню, и все вернется и станет как было?! А вы мне мешаете! Вы и Лидочка!

— Я вам не мешаю, — процедил американец сквозь зубы. — Хотите, я отойду и стану под эту вашу колонну, которая может упасть на любого проходящего мимо, а вы звоните! Оттуда ничего не слышно, а вы мне потом скажете, изменилась ваша жизнь или нет! Хотите?!

— Да! — крикнула Надежда. — Да, хочу! Идите хоть под колонну, хоть к черту, а лучше всего в «Англию», а я прямо сейчас позвоню своему мужу!

И она выхватила из сумки телефон.

Слезы текли и капали на панель мобильника, и руки отчего-то тряслись, как будто она шизофреник или алкоголик. Нужно сходить к доктору Трутневу. Пусть он ей валокордин, что ли, дает! По тридцать капель ежедневно!

Американец не пошел ни к черту, ни в «Англию». Он оглянулся по сторонам, примерился и, опершись рукой, длинным прыжком перемахнул через заграждение, окружавшее запертый на ночь собор, проскакал по ступенькам вверх и исчез за колонной.

Надежда проводила его взглядом. В трубке длинно гудело.

— Да, — сказал совсем близко уверенный голос человека, по которому она так печалилась и который ее разлюбил. — Да, я слушаю!

— Павлуш, привет, — быстро выговорила она и утерла слезы. Господи, как она рада его слышать! — Это я.

Он помолчал.

— Привет.

И как только он сказал «привет», все стало ясно.

Он не ждал, не надеялся, не сидел с телефоном в руках. Гордость ни при чем. Он не собирался ей звонить и был не рад тому, что позвонила она.

У него изменился голос, и она, знавшая все его оттенки, поняла, что муж недоволен и боится. Недоволен тем, что позвонила, и боится того, что она будет страдать и плакать. Он не хотел ни слез, ни страданий.

— Что ты поделываешь? — продолжая игру, которую уже проиграла, спросила она бодро. — Где ты? Как ты?

— Да ничего я не делаю! — ответил он с раздраженной настороженностью. — Вот по городу гуляю. А тебе-то что?!.

— Как твои дела? — из последних сил продолжала она. — Все нормально?

— Да все у меня нормально! — Теперь он уже возмущался. — Все отлично!

— Ну и хорошо. — Сил не осталось, слезы лились все сильнее, попадали на губы и стекали по подбородку. — Тогда я больше не буду к тебе приставать, извини меня, пожалуйста.

— Пожалуйста, — извинил он ее и положил трубку.

Американец ходил под колоннами и рассматривал что-то, задирая голову.

Ни за что не стану его окликать. «Англия» — вот она. Доберется сам. Мне необходимо побыть одной.

Может быть, мне просто дойти до Дворцового моста и утопиться в Неве. И чтобы никто, ни один человек в мире не смел мне мешать!..

Все кончено, вот что означали этот звонок и раздраженная настороженность его голоса в трубке. Ничего не осталось, совсем ничего.

Держа телефон в одной руке, а сумку, которая волоклась по асфальту, в другой, она пошла в сторону Вознесенского проспекта. За Адмиралтейским садом вечернее солнце резвилось в Неве, и ветер с Финского залива трепал стяги, и Андреевский флаг сиял, как будто подсвеченный изнутри. Наверное, это был последний теплый ветер этим летом, несший с собой запахи речной воды и свежескошенной травы.

Скоро осень. Похолодает, и Нева станет свинцовой, и Петропавловский шпиль, потускневший и состарившийся, будет отражаться в темной воде. В Летнем саду полетят листья, и статуи оденут в фанерные белые саркофаги, как в саваны, и собака будет зарываться носом в опавшие листья, а первоклассники пойдут собирать багряные кленовые букеты, которые не проживут и одного дня — состарятся, пожухнут, станут трухой.

И я, подумала Надежда горестно. И я так же. Состарюсь, пожухну, стану трухлявой старухой. Буду сидеть на холодной крашеной скамейке над Невой, кутаться в куцую каракулевую кацавейку, и озноб будет пробирать меня до костей, и я никогда не согреюсь, потому что никому не нужна, и вместо крови у меня в жилах — тяжелая свинцовая невская вода!..

— Простите меня, — сказал кто-то рядом с ней. — Я не должен был вас провоцировать!..

Человек говорил на странном языке, кажется, не на русском, но Надежда почему-то его понимала.

Он пошел рядом с ней, и вдвоем они перешли дорогу и сосредоточенно перелезли через парапет Адмиралтейского сада. Сначала полезла она, а потом и он, сообразив, что именно нужно делать.

— Все правильно, — сказала Надежда этому человеку. — Все совершенно правильно. Я ему не нужна. Он даже испугался, когда я позвонила, и совсем не хотел со мной разговаривать.

Идущий рядом молчал.

Они миновали угол Адмиралтейства и вышли на открытое пространство, откуда уже было видно Неву, и памятник Петру Первому, и всю праздничную ширину набережной, по которой гуляли нарядные люди.

— Почему вы не говорите — «я же вас предупреждал»? — спросила Надежда.

— Потому что... — тут он сказал какую-то непонятную фразу, которую она перевела как «лежачего не бьют».

— А мне все равно, что вы обо мне думаете, — продолжала она.

Ее горе искало выхода и, кажется, уже почти нашло. Выход — немедленно оскорбить, унизить, растоптать этого американца, такого целлулоидного, такого самоуверенного, такого здоровенного.

Через заборы он прыгает, ишь ты!.. А как колонны стоят, не понимает!.. Монферан — русский инженер, чудо русской мысли!.. Надо же!

Она остановилась, и он остановился тоже.

— Я просила вас убраться куда-нибудь, — начала Надежда дрожащим голосом. — Я не готова делить с вами свои проблемы! Вы кто?! Вы никто, американский боевой слон! Зачем вы пошли со мной?! Кто вас просил?! Я не желаю перед вами унижаться!

Должно быть, она кричала громко, потому что люди, сидящие на лавочках, оборачивались и вытягивали шеи, но ей было на это наплевать.

— Я не хочу вас видеть! Я никого не хочу видеть!! Вы можете это понять или нет?!

— Я все понимаю, — отвечал американец сдержанно, — но я прошу вас, говорите тише.

— Я не желаю говорить тише! Softly loud! Я хочу, чтобы вы немедленно убрались вон отсюда! Прямо сейчас!

Она кричала по-английски, и он отвечал так же, и, вероятно, их приняли за парочку чокнутых иностранцев, которые приехали в Питер, чтобы весело провести время, да вот неожиданно поругались посреди улицы!..

Она не успела сообразить, что произошло, но тут ее сильно толкнули. Так сильно, что она сделала судорожный шаг назад и повалилась на гравий. Кисть хрустнула, и боль, острая, как штык, прошла через руку и вонзилась в мозг. Она взвизгнула и правой рукой перехватила левую, которую проткнул штык.

— Держи! — закричали откуда-то. — Держи-и! Убегаю-у-ут!

— Ты смотри, что делается!..

Убегали какие-то двое с ее сумкой. Надежда видела, как она болтается на ремне, и тот, кто украл, на ходу деловито перехватил сумку поудобнее.

Господи, сумка! В ней все — ключи, паспорт, права, записная книжка, кошелек, все на свете!

Неуклюже, держа на весу руку, она перевалилась на колени и поднялась, чтобы мчаться за грабителями, которые, конечно же, были уже далеко, куда там мчаться!

Грязной рукой она вытерла нос, с которого капали то ли слезы, то ли сопли, то ли кровь.

Пусть бы деньги, пусть все, что угодно, но только не ключи и не документы! Ведь чтобы все это восстановить, нужно жизнь положить!..

Она не понимала, что происходит, но люди со всех сторон поднимались с лавочек и смотрели в ту сторону, куда большими прыжками уносились грабители, словно там какое-то представление начиналось.

Приставив руку козырьком к глазам, Надежда тоже уставилась туда и поняла, в чем дело!..

Представление шло полным ходом. В скверике перед Адмиралтейством давали боевик «Коммандос онлайн».

Каучуковый американский полковник, которого она только что поносила последними словами, никуда не спеша, с некоторой даже ленцой, с оттяжкой как будто, продвигался вовсе в другую сторону, чем двое с ее сумкой. Он перепрыгнул парапет и оказался на мостовой почему-то значительно раньше их, но они-то бежали от него, а не к нему!..

Карабкаясь, как обезьяны, они тоже перелезли через парапет, довольно далеко от Уолша, огляделись и вдруг, вместо того чтобы бежать в другую сторону, двинули прямо на него!..

Он просто стоял и ждал, когда они до него добегут.

И они добежали.

Весь сквер, все лавочки до одной дружно ахнули, когда они поравнялись с американцем, и какая-то бабуся сказала громко: «Господи Иисусе!», и какой-то мужик гаркнул во все горло: «Давай, действуй!», и...

И... и... и...

Надежда зажала руками уши и зажмурилась на всякий случай, но тут же открыла глаза.

И ничего.

Такое впечатление, что те двое со всего маху впечатались в скалу. Или увязли в болоте. Или провалились в незастывший цемент.

Несколько секунд они стояли возле американца, вытянувшись в струнку, и потом пошли за ним в сторону Надежды. Они не сопротивлялись, не вопили, и только странно вытягивали руки — один правую, другой левую, будто перед аналоем, а американец словно батюшка собирается их обвести вокруг иконы!..

Шли они долго и все тянули руки. Американец повел их в обход, через парапет не полез, и процессия, по мере приближения к Надежде, обрастала любопытствующими, сочувствующими и праздношатающимися. Все вышепоименованные приблизиться не решались, а двигались в некотором отдалении от троицы и громко обсуждали друг с другом чрезвычайное происшествие.

— А че он сделал? Шкаф-то?

— Да откуда я!..

— Не, а ты видел, как они сначала туда рванули, а потом прямо на него! Умора!..

— Он-то откуда взялся?!

— Первый раз вижу, чтобы уличных воришек с поличным поймали!

— Да надо еще разобраться, может, они никакие и не воришки! Ишь, этот, морду разъел! Небось сам народные деньги прожирает! А эти ху-у-уденькие! Че-е-ерненькие!

— Да чего разбираться, когда весь сквер видал!

— Они вон у той девки сумку вырвали, она упала, ну, они и понеслись!

— А этот?

— А этот как знал! Он за ними не побег, а прямо на асфальт вылез, а они и тут как тут!..

— На ловца и зверь бежит!..

Процессия приблизилась и остановилась.

— Возьмите вашу сумку, — приказал американец Надежде.

— А... где она?

— Вот, тетенька, — заскулил один из двоих. — Вот же она у меня! Да возьмите вы ее, сдалась она мне, и вообще это не я, это он хватал!..

И швырнул сумку на гравий.

— Подними, — по-русски четко и тихо выговорил американец. Надежда чуть не упала в обморок. — Подними немедленно.

Пацаненок опасливо взглянул на него, нагнулся — второй почему-то нагнулся вместе с ним — и нехотя поднял сумку.

И тут Надежда поняла, почему они шли, как к алтарю, и почему вместе нагибались. Они оказались прикованными друг к другу. Все как в боевике — одними наручниками.

— Это не я! Это все он!! Он мне сказал, что вон лохушка толчется, и мы ща у нее сумку подрежем. Он ее еще рядом с собором приметил! Только он думал, лохушка иностранная, а не наша!

— Заткнись, падла!

— Сам падла! Это ты мне сказал про сумку! Отпустите, дяденька, отпустите, я ведь больной, психический, и мне четырнадцати нету, все равно не посадят меня! А его заберите, он сумку резал!

— О чем они говорят? — осведомился Дэн Уолш у Надежды.

— Вы же понимаете по-русски!

— Не все.

Она вздохнула.

— Они говорят, что давно меня заметили и собирались отобрать сумку. Вот этот, — и она кивнула на правого, — говорит, что все придумал вон тот, — и она кивнула на левого.

— Да он че? Иностранец, что ли?! А лохушка? То есть вы, тетенька? Вы русская, да? Вы тута в скверике работаете, да?

— Она под Фазилем, что ль, ходит? — спросил приободрившийся второй и сплюнул в гравий. — Тогда пусть ему звонит, он нас хорошо знает!.. И слышь, ты, скажи этому, чтобы нас того... расцепил! Фазиль очень недоволен будет!..

— Не мучил бы детей, боров откормленный, — сказали из толпы сочувственно. — Па-а-адумаешь, сумка!.. У ней таких сумок небось не считано! На деньги, которые одним местом заработала!..

— Теперь они думают, что я проститутка, работающая в сквере, — деловито сообщила Надежда Уолшу, и тот вытаращил глаза. — Раз я гуляю с иностранцем, значит, так оно и есть. Публика утверждает, что вы мучаете детей. Дальше переводить?..

Историю с Робин Гудом, спасшим прекрасную Джейн от разбойников, как будто перекосило в некую непонятную сторону.

Вроде Родин Губ — вот он. Вроде и Джейн имеется. И толпа сочувствующих пейзан тоже присутствует. А красоты картины — никакой.

— Слышь, мочалка! А мочалка!..

Надежда не поняла, что обращаются к ней.

— Ты че, оглохла?

— А?!

— Ты скажи ему, чтобы нас... того... А мы тебя другой раз не тронем. Тебя и хахаля твоего. И остальным... того... скажем. Ты ему передай, мочалка, а?

— Мочалка? — переспросил по-английски Дэн Уолш.

Надежда вдруг захохотала и сморщилась от боли в руке.

Ситуация зашла в тупик.

— Отпустите их, Дэн, — сказала она. — Все равно нам некуда их девать. Если им нет четырнадцати, мы ничего не сможем поделать. У нас такие законы, и судебная система работает еще недостаточно хорошо.

— Совсем отпустить? — осведомился Дэн Уолш.

— Совсем.

— О'кей. Как хотите.

Странным движением, вывернув кисть, он открыл наручники, но убежать злоумышленникам не дал, хотя они было порскнули в разные стороны.

— Я приехал сюда надолго, — медленно и очень четко сказал он по-русски. — Очень, очень надолго. Если я вас увижу, я утоплю вас обоих в реке. Мне нет дела до того, как работает ваша судебная система. Я офицер федеральной службы безопасности Соединенных Штатов. Это понятно?

Злоумышленники смотрели на него, как обезьяны на удава, готовясь отправиться к нему прямо в пасть исключительно по собственной воле. Толпа тоже притихла.

— Это понятно?

Злоумышленники вразнобой покивали.

Американец разжал стопудовую длань, и их как ветром сдуло.

— Насилу выпустил, поганец, — сказали из толпы и послышался плевок. — Впору милицию вызывать! Такая образина детей обижает! А еще иностранец!..

— Да чего ему, иностранцу, милиция-то сделает! У нас любой немец важнее русского! Понаехало сволочей иностранных! Небось на органы собирался их сдать, мальчишек-то!

— Да они вон у той бабы сумку отобрали!

— И поделом ей! Нечего рот разевать! И чего, из-за поганой сумки живых людей на органы резать?

— Это когой-то тут зарезали?! Может, «Скорую» надо?

— Молодец мужик! Как он — раз, и готово! В первый раз вижу!

— Да он из английской морской пехоты, слыхал, сам же сказал!..

— Не из пехоты, а из спецназа!

— У вас юбка сзади порвана, — шепнул Дэн Уолш Надежде на ухо. — Отступаем по плану. Вы впереди, а я сзади, но плотно.

Надежда ахнула и немедленно начала ощупывать себя сзади.

— Вы привлекаете внимание, — тем же шпионским шепотом продолжал американец. — Вперед, я прикрою.

И они двинули — впереди Надежда с сумкой на ремне, деревянной походкой, за ней вплотную американец. За спиной у них обсуждали международную политику и еще то, что в Голландии разрешена проституция.

— Мы так далеко не уйдем, — выговорила Надежда, скосив рот в сторону.

— Далеко и не нужно. Вон моя машина.

— А там... сильно порвано?

— От начала до конца, — доложил американец. — Это, наверное, значит сильно.

— Как... как от начала до конца?! — в панике пробормотала Надежда, схватила себя за попу и начала шарить.

К своему ужасу, она нащупала голое тело, трусы, а вовсе никакую не юбку, и в соответствии с самой женской из всех известных логик стала судорожно вспоминать, какие именно трусы нацепила сегодня утром, и, вспомнив, пришла в совершенное отчаяние. Трусы никуда не годились, хлопчатобумажные, заслуженные, в ромашку. Ромашки раньше были веселенькие, но от многочисленных стирок повыцвели и посерели.

Надежда полвечера ругалась с человеком, который ближайшие несколько месяцев будет руководить жизнью отеля, где она работает. Ее дальнейшая карьера в известной степени зависит от того, что именно этот человек напишет в краткой характеристике, которую американская сторона даст каждому русскому сотруднику. Потом у нее отобрали сумку, и этот человек гнался за воришками и настиг их, а потом вынужден был отпустить. Теперь он идет сзади и любуется на ее целлюлитную попу в вытертых хлопчатобумажных ромашках.

Красота! То что нужно для первого дня знакомства с таким большим начальством!..

— Мы уже почти пришли, — сказал американец, когда они переходили площадь. — Сейчас сядем в машину, и все будет о'кей.

Вот интересно, у него машина с водителем или нет? По табели о рангах должна быть, разумеется, с водителем! И водитель, разумеется, свой, из «Англии»! Она же присутствовала на совещании, когда за каждым из американских начальников закрепляли машину и шофера! Присутствовала, а теперь не помнит!..

Нет, твердо решила Надежда. Если машина с водителем, я в нее не сяду. Площадь перебегу, а там и гостиница рядом, как-нибудь!.. В порванной юбке, да еще с американцем возвращаться из скверика перед Адмиралтейством!..

Никакого водителя в лимузине не оказалось.

Дэн Уолш распахнул дверь:

— Садитесь!

Надежда неловко плюхнулась и опять схватила себя за зад, проверяя, прилично ли расположилась юбка и не видно ли хоть теперь ее трусов!

Он сел на водительское место и посмотрел на нее. Она все щупала и поправляла складки. Вот Лидочке рассказать, не поверит!..

— Где вы живете?

— На Каменноостровском проспекте! Это далеко, и вы... города не знаете. Вы меня лучше к «Англии» подвезите, я прошмыгну тихонечко, а там что-нибудь придумаю.

— Город я знаю! — возразил Дэн Уолш энергично. — Я же готовился к поездке!

Он вырулил со стоянки перед Исаакиевским собором под светофор и включил левый поворотник.

— Это и есть памятник Петру Первому?

— Нет! Это Памятник Николаю Первому! Петр на набережной! Мы немного до него не дошли, когда...

— Когда на вас напали.

— Ну да. Про этот памятник говорят, что он все поспешает за Петром, но догнать никогда не сможет.

— Почему?

— Потому что Петр был великий император, а Николай так, ничего особенного. Его не особенно любили, потому что он казнил декабристов и многих сослал на каторгу и вечное поселение.

— В Сибирь?

— В Сибирь.

— А что сделали декабристы?

— Да ничего такого. Всего лишь подняли восстание против царя.

— Значит, царь правильно сделал, что их сослал?

— Боже мой, ну разве можно так прямолинейно оценивать историю! Генерал Ли правильно воевал против северян или не правильно?

Полковник Дэн Уолш выехал на Большую Морскую, осторожно перебрался через ямину, принял вправо от какого-то сумасшедшего на спортивной машине и посмотрел на Надежду с удовольствием.

— Вы знаете историю Соединенных Штатов?

— Нет, не знаю. Вернее, знаю только то, что когда-то проходила в школе.

— Вас в школе учили истории моей страны?!

— Странно, что вас не учили истории моей, — язвительно сказала она. — Впрочем, вас-то, наверное, как раз учили! В вашей лучшей в мире разведшколе!

— Я не разведчик.

— Ну какая разница!

— Очень большая. Почему-то моя бывшая жена тоже считала меня разведчиком, хотя я сто раз говорил ей, что безопасность и разведка — это разные ведомства.

Надежда махнула рукой:

— Мой бывший муж тоже никогда не понимал, чем я занимаюсь на работе! Ему все казалось, что гостиница — это такой... притон, понимаете?

— Притон?

— Ну да! Гнездо разврата. Ну, что делает портье, к примеру? Стоит за конторкой и строит гостям глазки!

— Глазки?

— Ну, то есть заигрывает с ними, понимаете? А то, что мне нужно поселить, сдать на регистрацию документы, не перепутать счета, взять именно столько денег, сколько нужно, — это все ерунда! Кроме того, мы решаем миллион бытовых проблем, ведь люди приезжают к нам в гости, и им должно быть удобно! Лидочка всегда говорит, что главная наша забота — чтобы было удобно гостям, а начальству, владельцам — это все потом! Однажды приехала писательница, пошла на улицу и упала. Приходит в отель, а у нее куртка спереди вся в грязи, и джинсы, и ботинки! А по правилам вещи в стирку забирают только утром, понимаете?! А ей в этой куртке завтра на какую-то встречу, и ее в лицо все знают, кто книги читает! И она меня умоляет помочь, и, конечно, я ей помогла! И всем помогаю!

— Вы давно работаете?

— Пять лет. Я как раз и начинала портье, за стойкой стояла, а теперь я начальник службы, и мне очень нравится!

Тут она вспомнила, что должна говорить ему, куда ехать, и с удивлением обнаружила, что они уже переезжают мост.

— Послушайте, — сказала она недоверчиво. — А вы вправду изучали карту города?

— Конечно.

— И запомнили, где именно находится Каменноостровский проспект?

— Санкт-Петербург простой город, — ответил Дэн Уолш. — Солнце садится, очень красиво, правда?

— Правда.

Они немного полюбовались на солнце, тем более что движение на мосту застопорилось.

— Париж сложнее, — продолжал Уолш. — Стамбул еще сложнее. Я знаю столько городов! Иногда они мне снятся. Но лучше всего я знаю Париж. Когда меня отправят на пенсию, я пойду работать в парижское такси. У меня будет машина с шашечками и надписью «Такси паризьен», я научусь курить трубку, заведу себе синий берет и бульдога. Бульдог будет сидеть на переднем сиденье, и я буду разговаривать с ним по-французски, когда мы станем поджидать пассажиров напротив «Комеди Франсез».

— Вы говорите по-французски?

— Нет, — сказал американец беспечно. — Но у меня же будет французский бульдог, и сам я буду французский таксист, так что придется выучить.

Надежда сбоку посмотрела на него.

Странно было ехать в лимузине в порванной юбке с начальником службы безопасности американского президента и разговаривать про парижское такси и бульдогов!

— Здесь нужно развернуться. Сквозной проезд закрыли, потому что затеяли ремонт.

— Налево или направо?

— Прямо, а на светофоре налево, под стрелку.

Надежда потерла нос, который, кажется, был чем-то испачкан.

Ну да, она же вытирала его грязной рукой, когда упала! Господи, скорее бы домой, скорее бы в ванну, осмотреть повреждения, снять разодранную юбку и позвонить Лидочке! Может, хоть она скажет, что теперь делать с американцем, который почему-то оказался лучшим другом.

Это было неправильно, и думать про него как друга было категорически запрещено, но с той минуты, как он перепрыгнул заграждение Исаакиевского собора и пошел прогуливаться под колоннами и потом сказал что-то вроде «лежачего не бьют», он стал казаться... своим.

Она и орала на него в скверике именно как на своего!

Вспомнив, как орала, Надежда решила, что должна извиниться.

— Господин Уолш, — сказала она, — я хотела бы попросить у вас извинения за то, что так... несдержанно вела себя по отношению к вам. Как правило, я этого не делаю, и кто угодно из служащих отеля подтвердит вам, что я всегда стараюсь быть корректной.

— Отличная речь, — похвалил Уолш.

Именно так сказал бы «старый друг», если бы она вздумала столь витиевато перед ним извиняться за какую-нибудь глупость!

— Вот у той двери остановите, пожалуйста.

Лимузин мягко причалил к бордюру, который в Питере неизменно именовался «поребрик», и американец посмотрел на нее.

— Наверное, вам лучше перевернуть юбку.

— Как?!

— Наоборот. — И он показал, как именно. — Чтобы ваш... разрез оказался спереди или сбоку. Так будет меньше заметно.

Надежда повиновалась и, отчаянно сопя, перекрутила юбку. Крутить сидя было очень неудобно, и сопела она от усердия.

— О'кей, — опять похвалил ее Уолш. — А теперь выходим, и я все время иду слева от вас.

— Благодарю вас, Дэн, не нужно так затруднять себя.

— Вот именно. Не нужно так затруднять себя, Надежда. И не выходите, пока я не открою вам дверь.

Она покорилась. Ну хорошо, хорошо, дверь так дверь!.. Мою сумку ты сегодня уже спас, поэтому я тебя слушаюсь.

Тут ее осенила мысль, что у нее может быть беспорядок, а американец явно вознамерился провожать ее до квартиры!

Нет, ничего ужасного нет, конечно, но кровать совершенно точно не застелена — с тех пор, как ушел ее муж, она ленилась убирать, — и чашек немытых полно, и кофе, наверное, кончился.

С тех пор, как муж ушел, она пила кофе в «Англии» с Лидочкой, а дома не пила!.. И хорошо бы Марья Максимовна не заметила ее триумфального возвращения в порванной юбке и с американцем!.. Она человек строгих правил и уже несколько раз с пристрастием допрашивала Надежду, почему не видно ее мужа и куда он так надолго подевался.

Надежда врала что-то насчет затяжных командировок и старалась прошмыгнуть побыстрее, чтобы избежать дальнейших расспросов, и, даже когда приносила печенье, погостить ни разу не осталась.

В парадной было прохладно и тихо, по чистым мраморным ступеням, стершимся по краям, скакало солнце.

Может, пронесет и никто не встретится?!.

И конечно, не пронесло!

На третьем этаже в лифт поместился сосед с того же этажа, тихий старичок в касторовой шляпе. Он вошел, учтиво приподнял свою шляпу и осведомился, вверх или вниз.

Надежда проскулила, что вверх, и судорожно запахнула располосованную юбку. Старичок ответствовал, что в таком случае и он проедется наверх — он выговорил по-питерски «наверьх», — и отдельно кивнул полковнику Уолшу.

Тот, конспиратор хренов, не нашел ничего лучшего, чем расплыться в каучуковой улыбке во все сто восемьдесят восемь зубов и пролаять в ответ:

— Хау ар ю?!

Старичок посмотрел в ужасе и забился в угол. Будет теперь в доме разговоров! Мало того, что муж ушел, так она еще иностранцев таскает!

У двери в квартиру Надежда начала было раздраженно прощаться — Уолш опять раздражал ее, как вечером, когда «экскурсия по Санкт-Петербургу» только началась, — но он не ушел, ждал, когда она откроет дверь.

— Бай-бай, — по-иностранному настаивала Надежда, гремя многочисленными ключами, каждым из которых нужно было попасть в свой отдельный замок.

— Гуд бай, — соглашался Дэн Уолш и не уходил.

Когда дверь распахнулась, стало ясно, что в квартире что-то произошло. Сильно пахло то ли паленой шерстью, то ли жженой бумагой, и, охнув, Надежда ринулась на кухню.

Неужели утюг?! Или чайник?! Или ковшик, в котором она утром варила себе яйцо?!

— Что случилось? — вслед ей прокричал Дэн. — Я могу войти?

— Да входи, входи! — на ходу пробормотала она по-русски.

На кухне все было тихо и спокойно.

Ни утюга, ни турки, ни ковшика. Но здесь запах был еще сильнее.

— Надежда! — позвал Дэн Уолш. — Сюда.

Он стоял в гостиной, рассматривал стол, на котором было навалено какое-то барахло, и вид у него был странный. Надежда подошла и почему-то сначала посмотрела на него, а потом на стол.

Посмотрев, она подняла обе руки и ладонями закрыла глаза. А потом отняла ладони и опять посмотрела.

На столе — кучей — были навалены вещи ее мужа. Он не успел их забрать, и до сегодняшнего дня они висели в гардеробе — шорты, в которых он ездил на море, майки, в которых занимался спортом, кроссовки и еще какая-то малозначащая ерунда. То, что это его вещи, Надежда поняла не сразу — они были изорваны и разрезаны, а некоторые как будто разорваны зубами.

Дэн Уолш за шнурок вытащил из кучи нечто, что

раньше, по всей видимости, было кроссовкой, с оторванной до половины и как будто оплавленной подошвой. Надежда с ужасом посмотрела на подошву, которая скалилась, словно улыбаясь.

В центре, на вершине кучи лежали фотографии. Видимо, они горели, а потом потухли, потому что на них вылили воду. Вся отвратительная куча в середине была мокрой. Фотографии тоже были порваны и смяты, обуглены по краям, но было и несколько целых.

Надежда посмотрела и сильно зажмурилась.

Это оказались фотографии ее мужа, и на всех были аккуратно вырезаны его глаза.

— Это вы сделали? — холодным, как айсберг, утопивший «Титаник», голосом спросил американский полковник. — И именно поэтому не хотели, чтобы я поднимался?..

— Нет.

Он помолчал.

— Мне придется это проверить, — сказал он еще более холодно. — Мне не нравятся истории, которые происходят вокруг вас.

Вот этого он никак не ожидал.

Стеклянная дверь на веранду была распахнута настежь, огромный букет роз отражался в темном лакированном полу, и большая миска поздней малины царила на белой скатерти.

Вот невезуха!..

— Куда вы меня привезли? — тихо спросила свидетельница Катя Самгина. — Вы же сказали, что мы поедем на вашу дачу!

— Это и есть моя дача, — ответил он сквозь зубы. — Вы... э-э-э... пока постойте здесь, а я...э-э-э... схожу посмотрю.

— Может, я лучше домой поеду? — спросила свидетельница с иронией. — В Питер, вечерней лошадью? И вам свободней, и мне удобней...

— Постойте пока здесь, пожалуйста! — попросил он грозно и двинулся к веранде, но далеко ходить не пришлось.

На широкие ступени вышла мать в короткой юбочке и плотной маечке. Она что-то жевала и улыбалась.

— Макс, привет! — Она сбежала со ступенек и пошла по дорожке к ним. — Девушка, здравствуйте!

— Здравствуйте...

— А почему вы шепчете, девушка? В радиусе трех домов нет ни одного спящего младенца, если мой сын не завел себе оного, конечно.

— У нее ангина, потому и шепчет, — буркнул Максим Вавилов. — Мама, познакомься, это Самгина Екатерина Михайловна...

— Боже, как официально!

— ... она проходит у нас свидетельницей по делу и пока поживет здесь у меня.

— А-а, — уважительно сказала мать. — Понятно. Екатерина Михайловна, проходите, пожалуйста! Впрочем, я здесь не хозяйка, Макс, приглашай.

— Это моя мама, — представил Максим Вавилов. Он с каждой секундой мрачнел. — Татьяна Ильинична. Мам, почему ты не позвонила, что приедешь?

— А ты почему неделю не звонил вообще?

— Я был занят.

— Я тоже была занята, — беспечно сказала мать. — Давайте я вас все-таки провожу, Катя. У вас болезненный вид.

— Я только что из больницы, — объяснила Катя Самгина.

Она чувствовала себя очень неловко, как будто поутру ощупью пробиралась от любимого в ванную и по ошибке зажгла свет в спальне родителей.

И до этого положение было... двусмысленное, а уж теперь стало хуже некуда!..

Задержаться в Москве она согласилась, потому что у нее на самом деле не было сил и голова начинала кружиться, как только она проводила на ногах больше чем пять минут, и сразу же хотелось сесть. И все еще подташнивало — врач сказал, это из-за того, что в горле повреждены какие-то мышечные ткани, и подташнивать будет долго. А Максим Вавилов производил довольно приятное впечатление.

Кроме того, он «из милиции», а это как бы автоматически означало, что Катя в его присутствии находится в полной безопасности и «проходит по делу», а не просто так невесть зачем едет на дачу к незнакомому человеку!..

Дача оказалась не совсем такой, какую она ожидала увидеть.

То есть, положа руку на сердце, совсем не такой.

Катя была уверена, что ее привезут в маленький домик с терраской, двумя оконцами и облупившимися струпьями белой краски на подгнивших балясинах крыльца. В домике будет комнатка со щелястыми полами, а в ней тахтюшка и никелированная кровать, покрытая домотканым покрывалом. Еще будет этажерка с книгами — журнал «Октябрь» за семьдесят восьмой год, «Анна Каренина» в растрепанном переплете, «Робинзон Крузо» вовсе без обложки, таблица натуральных логарифмов, изданная Учпедгизом в пятьдесят шестом, томик стихов под названием «И чувства добрые я лирой пробуждал» и парочка журналов «Искатель», очень затрепанных, с вылезающими страницами. На запущенном участке непременно будет сирень, пара яблонь и серый от времени забор, кое-где завалившийся в сторону соседей.

Никакой такой дачки не наблюдалось.

Максим Вавилов долго петлял по ухоженной шоссейке, свернув с запруженной машинами Ленинградки, и уже тогда Катя Самгина заподозрила неладное, потому что вокруг не было никаких старых дач, все сплошь лес, поля — впрочем, очень живописные — и крыши одиноких особняков.

Потом они въехали в поселок. За высокими решетками не было видно домов, только лес, засыпанные гравием дорожки, ухоженные газоны и альпийские горки. В одном месте открылся даже теннисный корт. Там гоняли мячик два пацаненка лет десяти и с ними мужчина в белых шортах и без майки.

Возле одной из решеток Вавилов остановился, покопался в «бардачке», что-то такое нажал, и кованые ворота в ажурных виноградных листьях стали медленно отворяться, и машина, шурша колесами по гравию, въехала на территорию.

— Вы уверены, что нам сюда? — спросила Катя, и Максим кивнул.

Она заметила, что он мрачнел с каждой секундой, а уж когда показалась красивая и моложавая женщина, его мать, помрачнел окончательно...

— Ка-тень-ка, — по слогам позвала красивая женщина. — Идите сюда, я вам все покажу!..

Катя прошла под раскидистыми соснами, стоявшими просторно, как в парке, по ухоженной траве до широких ступеней и возле них нерешительно разулась.

— Обувь можете не снимать, — сказала Татьяна Ильинична.

Широкая веранда в финском духе переходила в застекленную террасу, а та еще куда-то переходила, и кругом было дерево, беленые стены, высокие потолки, камин посреди зала, выложенный из речного камня, какие-то рыцарские доспехи на стенах.

— Я сейчас уеду, вы не беспокойтесь, — говорила

между тем Татьяна Ильинична. — Это кухня, это ванная... ах нет, это сауна, я сама здесь редко бываю, все забыла! Вот ванная. Это все гостевые. Вы, наверное, будете на втором этаже, да? Макс, Катя будет жить на втором этаже?

— Мама, она будет жить, где захочет.

— Это переход в бассейн, и там же, в бассейне, джакузи, Макс вам потом покажет. Покажешь, Макс?

— Мама, если Катя захочет, покажу.

— Я бы в этой самой джакузи жила, — продолжала мать. — Или джакузи — он? Не знаете, Катя? Вот дурацкая привычка учителя русского языка! Я все время думаю, правильно так сказать или неправильно, словно тетрадки проверяю!

Услышав про учительницу, Катя обрадовалась так, как будто много лет прожила среди монголов и вдруг увидела соплеменника!..

— Моя бабушка тоже учительница русского, — сообщила она. — Много лет в школе проработала. Заслуженный учитель России. Она на пенсии давно, и уже... совсем старенькая. Но она тоже меня всегда поправляет. Она иногда не помнит, как меня зовут, но помнит, что говорить «в этой связи» нельзя. Нужно говорить «в связи с этим»!

— «В этой связи» — это когда «кто-то состоит в этой связи уже давно», — с поучительной интонацией сказала Татьяна Ильинична и засмеялась. — Видите, мы все, учителя, одинаковые! Лестница наверх там, это холодильники, тут лед сам морозится. Вы любите пить со льдом?

— Люблю, — призналась Катя Самгина. — Я лед кладу даже в кофе, если пью холодный.

— Мама, — сказал Максим Вавилов громко. — Тебе пора уезжать.

— Малина на столе. И не обращайте на него внимания. Пусть он себе где-нибудь тихо бухтит, а вы отдыхайте, Катя. Кстати, что у вас с горлом?

— Мама, она свидетельница по делу, и ее чуть не задушили.

— Боже мой, что ты говоришь, Макс! Как — чуть не задушили?!

— Мам, я сейчас не могу тебе это рассказывать.

— Ну хорошо! — Татьяна Ильинична пожала плечами и покрутила коротко стриженной головой. — А ты где? Ты откуда с нами разговариваешь?

Максим Вавилов вышел из-за камина.

— Здесь я.

— Хорошо. Не время так не время. Хотя мне бы с тобой обязательно нужно поговорить, — добавила она серьезно. — Отец очень переживает, и вообще.

— Мам, я не могу с ним разговаривать.

— Это потом, потом, — торопливо сказала мать, и на лице у нее промелькнуло огорчение. — Катя, но вы пообещайте, что непременно заедете к нам в гости. Максим вас привезет. Вы из Питера, да? Мы с мужем очень любим этот город!

— Мама, она не заедет!

— Нет, почему, — вдруг вступила Катя Самгина, которой надоел Максим Вавилов, — конечно, заеду, спасибо. Я могу сама заехать, не нужно меня везти!

— И я могу водителя прислать, — сказала Татьяна Ильинична. — Макс, можно тебя на два слова?

И Катя осталась одна.

Комната была огромной, просто каких-то невероятных размеров. Может быть, так чудилось еще и потому, что высоченные окна выходили на веранду и там, где они были открыты, трава и сосны казались продолжением дома.

Она подошла к стене и потрогала ее рукой. Обыкновенная беленая стена, прохладная и шершавая на ощупь. Вдоль стены стояли глиняные горшки, в некоторых росла трава, а в других ничего не росло, а из одного, широкого и плоского, торчали газеты и какие-то журналы. Пол был темный, гораздо темнее стенных панелей, и там, где на него падало солнце, теплый, почти горячий.

...Интересно, сколько нужно денег, чтобы купить такой дом? И сколько нужно денег, чтобы содержать его?

Катя Самгина работала на телевидении и общалась с разными людьми, разного достатка и общественного положения, и еще ни разу ни у кого не видела такого дома.

Видимо, только старшие оперуполномоченные и учительницы русского языка на пенсии могут себе позволить нечто подобное.

Она обошла камин со всех сторон, присела и потрогала рукой коврик, переливавшийся в солнечном свете. Коврик оказался шелковый, и Катя пошла дальше.

...Может, уехать? Вот прямо сейчас?.. Милиционеры, которые живут в таких домах, лгут самим фактом своего существования!

А Катя Самгина не выносила лжи, несмотря на то что работала журналисткой!

С улицы потянуло теплым ветром, откуда-то донеслось стрекотание газонокосилки, и от сквозняка чуть приоткрылась дверь, за которую удалились хозяева эдема и аркадии.

— ...должен поговорить! — настойчиво уверяла мать.

— Я ничего никому не должен, — отвечал сын.

— Но поговорить-то ты можешь?!

— Нет, мама, он взрослый человек и знает, что я никогда не буду... плясать под его дудку, черт возьми!

— Максим, это неправильно! Он твой отец! И кстати, кто эта девушка? Зачем ты ее притащил сюда?

— Она свидетельница по делу. Ее нужно где-то передержать.

Катя усмехнулась, трогая рукой стену. Передержать — вот как! Как будто она собака, которую некуда деть.

— Она чуть не погибла, а дело у нас так в управление и не забрали — говорят, раз нет серии, сами и разбирайтесь. «Глухаря»-то никому несхота!

— Макс, ты говоришь на каком-то птичьем языке, я ничего не понимаю. И сколько она здесь пробудет?

— Сколько надо, столько и пробудет.

— Кому надо? Ей? Или тебе?

— Мне, — сказал Максим довольно громко. — Мам, ты прости меня, но я уже большой мальчик.

— Большой мальчик, а с папой поговорить все никак не можешь!

— Ма-ма!

— Ну хорошо, хорошо. Но ведь ты никогда не привозил свидетельниц по делу — я правильно называю? — к себе домой. Даже с предыдущей... свидетельницей по делу... ты жил в бабушкиной «хрущевке».

— Это совсем не то, что ты думаешь, мама! И хватит уже!

— Боюсь, что это не то, что *ты* думаешь, сынок!

Катя Самгина опять усмехнулась и решила, что лучше всего будет обнаружить свое присутствие.

— Я все слышу, — прошипела она в щель так громко, как только могла. — Дверь открылась!

Голоса затихли, и через секунду в дверном проеме возник Максим Вавилов.

— Если открылась, нужно было закрыть, — сказал он не слишком любезно.

— Если бы я закрывала, она бы заскрипела, и вы все равно бы поняли, что я подслушиваю, — объяснила Катя Самгина.

Татьяна Ильинична протиснулась мимо широкого Максимова плеча, посмотрела на Катю и сказала задумчиво:

— Да. Умная девушка. Берегись, сынок.

Катя, усталая, серая, с бинтом под водолазкой, в которой ей было жарко, но зато она закрывала шею, вдруг вспылила.

— Ваш сын в полной безопасности, — выговорила она с ледяной отстраненностью в голосе. — Я не сплю с милицией, гаишниками, ветеринарами и службой горгаза.

— Ого, — задумчиво произнесла Татьяна Ильинична, пристально ее рассматривая, а Максим Вавилов почему-то засмеялся.

— Кроме того, я замужем, и мой муж прекрасный, успешный человек...

— Зачем вы врете? — неожиданно спросил старший оперуполномоченный. — Я же видел ваш паспорт! Вы давно в разводе!

Катя Самгина, ненавидевшая ложь, смешалась:

— Да, но мой второй муж... Я вышла замуж сразу после развода...

— И опять врете, — скучным голосом сказал Максим Вавилов. — Нету у вас второго мужа.

— Штампа нет, но у меня есть гражданский муж!

— И этот гражданский муж ни разу за все время, что вы были в больнице, вам не позвонил?!

— Откуда вы знаете, что он не звонил?! Да он каждый день звонил!

— Ваш телефон у меня, — напомнил Максим Вавилов. — И никто не звонил, кроме неких Нины Ивановны и Надежды.

— Пожалуй, я поеду, — заявила Татьяна Ильинична решительно. — Вы тут пока разбирайтесь, у кого есть муж, у кого нету, а я поеду. Отец там один, а нам завтра в Италию лететь, и чемоданы не собраны. У Макса мужа нет, это я точно помню.

— Мама! Что за шутки!

— До свидания! Катя, надеюсь, вы заглянете к нам до отъезда в Санкт-Петербург. Мы вернемся из Рима в субботу. Я передам вашей бабушке гостинцы. Все-таки мы коллеги!

— Спасибо, — пробормотала Катя.

— Я тебя провожу, — сказал Максим Вавилов.

— Я заезжала с другой стороны участка.

— Я знаю, потому что мы не видели твою машину.

И они ушли, а Катя осталась.

Итак, что мы имеем?.. Журналистская привычка давала себя знать — быстро проанализировать имеющиеся данные и, может быть, использовать их.

Он работает в милиции, а его мать — бывшая учительница русского языка, которая завтра летит в Рим. Он никак не соглашается повстречаться с отцом, хотя мать на этом очень настаивает. Этот дом стоит по меньшей мере миллион долларов.

Какие из этого можно сделать выводы?..

Его отец — Дон Корлеоне отечественного пошиба? Вор в законе? Главарь банды ликвидаторов, которая работает на ФСБ и ликвидирует по миру неугодных политических деятелей и руководителей террористических организаций? А может, он сам и есть террорист, только замаскировался? Может, по выходным он летает в Афганистан, чтобы получить специальное задание лично из уст Бен Ладена? Может, он привез сюда Катю Самгину, чтобы без помех зарезать, после того как он так неудачно пытался ее придушить?! Соседи далеко, воплей Кати никто не услышит, а к тому времени, как ее хватятся, ее труп давно сгниет в каком-нибудь колодце?! Или под сосной?!

— Хотите есть? — спросил сподвижник террориста

номер один. — Мать привезла малину, и, кажется, есть яйца и какое-то мясо.

Катя Самгина, которая только что представляла себе, как он зарежет ее и кинет в колодец, оглянулась, попятилась и чуть не упала.

— Вы что? — спросил Максим Вавилов. — Вам плохо?

— Не подходите ко мне, — сквозь зубы процедила она. — Не подходите, или я закричу!

— О господи, — пробормотал он и мимо нее большими шагами ушел в дом.

Он ушел и не возвращался.

Прошло десять минут, потом двадцать.

Прошло еще полчаса.

Катя устала сидеть на широких ступенях на солнцепеке. Ей и вправду очень хотелось есть и еще очень хотелось снять водолазку, под которой по спине текло, и она все время заглядывала себе за плечо, чтобы понять, нет ли на ней белых разводов от пота. И горло болело, и хотелось лечь и попить чего-нибудь холодного! И еще ей было очень жалко себя. Надо же было угодить в такую мерзкую историю!

Угодить в историю и очутиться на чужой даче, с чужим неприятным человеком — она уже забыла, что утром он казался ей довольно приятным, — истекать потом и мечтать только о стакане холодной воды и о том, чтобы сделать перевязку!..

Посидев еще немного, она решилась.

Поднялась со ступеней и пошла внутрь дома, казавшегося совершенно пустым, как в фантастическом фильме, — словно обитатели только что покинули космическую станцию, и здесь все осталось, как было, хотя уже никого нет.

Летний теплый, вкусный ветер, который бывает

только в августе, шевелил шторы, и пахло кругом хорошо.

И ни следа присутствия хозяина.

— Ау, — шепотом позвала Катя Самгина. — Ау, вы меня слышите?..

Никто не отозвался. Только шевелились тонкие шторы на окнах — там, где они были, — и теплый ветер гулял по просторным и чистым комнатам.

Катя походила еще немного, внезапно наткнулась на холодильник и, поколебавшись, открыла его. Он был чист, как операционная, и почти пуст, только батареями лежали бутылки.

Она посмотрела. Пиво и сок.

Немного подумав, она вытащила бутылку с соком, с некоторым усилием отвернула крышку и с наслаждением хлебнула прямо из горлышка. Холодная влага пролилась в ее измученное горло, и от удовольствия она даже всхлипнула.

Держа бутылку в руке и прихлебывая из нее, она пошла дальше и бродила довольно долго, пока не вышла на какую-то другую террасу, где было прохладно и на деревянных полах лежала плотная разноцветная тень от витражей, которыми были заделаны окна.

Здесь висел гамак, а в гамаке болтался оперуполномоченный Максим Вавилов.

Одна нога у него свешивалась до пола, и он время о времени лениво ею отталкивался. Гамак плавно качался.

Катя Самгина обошла гамак и стала перед ним.

Оперуполномоченный не обращал на нее никакого внимания, молчал и качался, деревья шелестели, и все вокруг было сонным, летним, знойным.

Катя еще немного попила из бутылки.

— Хотите? Пока холодный.

Он приподнял веки, глянул и протянул руку.

— Давайте.

Она отдала ему бутылку, походила по террасе, потом неловко взобралась на широкий подоконник, выходивший в тенистый сад, и повозилась немного — устроилась сидеть.

Он попил и аккуратно поставил бутылку на пол.

— Спрашивайте, — предложил он и опять начал качаться. — Я отвечу.

Она подумала и взялась рукой за фигурный столбик.

— Вы кто?

— Милиционер, работаю в дежурной части. Обещают повысить и перевести в управление, потому что я работаю хорошо.

— Чей это дом?

— Мой.

— Вы его получили в качестве взятки за то, что приостановили дело о контрабанде наркотиков в особо крупных размерах?

Максим Вавилов открыл глаза:

— Вы что? Сдурели? Таких взяток никому не дают, разве что генеральному прокурору! Да и для него, по-моему, слишком!..

— Тогда почему...

— Потому что мой отец — очень богатый человек. И точка.

— Чем он занимается?

— Гостиничным бизнесом.

— Что это значит?

Максим Вавилов перестал качаться и посмотрел на Катю Самгину с удовольствием. Ему нравилось, как она ведет допрос.

— Это значит, что у него крупный гостиничный бизнес.

— Не-ет, — сказала Катя решительно. — Это не ответ! Он может быть владельцем казино, которое находится в гостинице, может быть начальником охраны, а может быть владельцем. Кто ваш отец?

— Владелец. У него сеть гостиниц. То есть не у него одного, конечно, но он один из самых крупных акционеров сети «Ясон Ин». Очень известная в мире сеть.

— Я не слышала, — отрезала Катя Самгина.

— Все их отели входят в группу «Ведущие отели мира». Ну, например, «Англия» в Питере. Вы же наверняка знаете.

— Знаю, — мрачно заявила Катя. Ничего подобного она не ожидала. «Англия», надо же! — Ковры, хрусталь, паркеты и все прочее. Такая нарочитая роскошь, немного побитая молью.

— Вам виднее. Я там никогда не был.

— То есть этот дом принадлежит вашему отцу.

— Этот дом принадлежит мне. Отец мне его подарил лет... пять назад.

— Из-за чего вы поссорились?

— Да вот из-за дома и поссорились! — сказал он и перестал качаться. — Мне не нужны дома и «Эстоны Мартины». Мне вполне достаточно того, что я зарабатываю!

Она еще немного подумала.

— То есть вы стремитесь к благородной бедности, а ваш отец все время заставляет вас жить в богатстве и роскоши?

Вот черт побери! Девчонка все угадала с полуслова! Да еще так... язвительно это определила!..

— Ну, не совсем так, но что-то в этом роде.

— Вы могли бы отдать дом колонии малолетних преступников. В качестве благотворительности. У них здесь был бы летний кинотеатр и библиотека! Зачем вы так утруждаете себя жизнью в нем, если богатство и роскошь вам чужды и отвратительны?

— Да я в нем и не живу, — пробормотал Максим Вавилов, как бы оправдываясь. — Так, бываю.

— Неправда, — отрезала Катя Самгина. — Живете. Там, в вазе, газеты, и самая старая из них недельной давности. Вы приезжаете и читаете здесь газеты, следовательно, живете!

— А может, это моя домработница читает!

— Чушь, — фыркнула Катя. — Домработница читает газету «Жизнь знаменитостей»! «Власть», «Деньги» и «БизнесЪ» домработница не читает! А там нет ни одной газеты «Жизнь знаменитостей», зато «Власти» и «Денег» сколько угодно!..

Он просто наслаждался. Нет, надо же такому быть!.. Как она с ним разговаривает! Как она моментально поймала его с газетами — наблюдательная, умная!

— А чего это вы ко мне пристали? — спросил он с удовольствием. — Почему вас волнует, живу я здесь или не живу?

— Да меня не волнует! — сказала она с досадой. — Просто вы грубо разговариваете с матерью и не хотите встречаться с отцом, я была уверена, что ваш отец по меньшей мере вор в законе и держатель общака, а он, оказывается, просто бизнесмен.

— Он-то бизнесмен, — взорвался Максим Вавилов. Просто так взорвался, для проверки, чтобы дальше испытать девчонку. Ну нравилось ему ее испытывать! — Только я не хочу и не могу быть бизнесменом! Я ничего не понимаю в бизнесе, в этих отчетах, программах, бизнес-планах! Я очень рад, что у него получается, ну и дальше что?! Почему я обязан быть таким, как он?! Почему я должен продолжать его дело, если у меня нет к этому бизнесу никакой тяги?! Я умею ловить жуликов и бандитов и считаю, что делаю нужное дело!

— А вас заставляют?..

— Что?

— Ну, стать миллионером? Заставляют, да?

— Мои родители считают, что я занят не своим делом, — отрезал он мрачно. Шутки кончились, он начал злиться. — А я делаю как раз то, что умею, и то, что мне нравится!

— Тем не менее вы живете в доме, который купил ваш отец, но зарабатывать деньги вы не желаете, правильно?

Он вышел из себя. Кажется, в последний раз он так выходил из себя, когда разговаривал с матерью на эту же тему, и она говорила именно то же самое: ты не желаешь зарабатывать деньги и тем не менее успешно их тратишь!

— Я никого ни о чем не прошу, — заявил он тихо и грозно. — Этот дом — подарок моего отца, и был страшный скандал, когда я отказался его принять. Отца в больницу увезли с сердечным приступом, и мама сказала, что я чудовище, раз не понимаю, как отец хотел сделать мне приятное! Я чудовище, и всякое чувство элементарной человеческой благодарности мне чуждо! Отец отказывался выходить из больницы, пока я не подпишу документы, что дом мой. И я подписал.

Катя Самгина посмотрела на него.

— Фу, какая гадость, — произнесла она печально. — А вы произвели на меня впечатление порядочного человека. Ну да ладно. Подумаешь.

И она слезла с широкого деревянного подоконника.

— Так, — выговорил Максим Вавилов. — Постойте. Я непорядочен? В чем?!

— Вы во всем обвиняете своих родителей. Они силой заставили вас жить во дворце, изверги и подонки. А вы благородный, вы на работе жуликов ловите.

— Разве я сказал, что они изверги и подонки?!

— А разве вы не сказали, что они силой заставили вас взять этот дом?!

— Да дело не в доме, а в том, что отец уверен, что раз я не хочу работать в его бизнесе, значит, я вообще ни на что не гожусь!..

— А вы не хотите? — спросила Катя Самгина язвительно. — Или не можете?..

Он смотрел на нее и молчал.

Растрепанный воробей залетел на террасу, покружил в бликах цветного стекла, уселся на подоконник, повертел головой и вдруг заскакал боком, скосил глаз и что-то склевал с доски.

— Ну ладно, — сказала Катя. — Извините меня, я полезла не в свое дело. У вас очень... приятная мама и очень... дорогой дом. Я просто ничего не поняла. Я... пойду, полежу.

Он все смотрел и молчал.

Она спросила:

— Почему вы молчите?.. Нет, если хотите, я уеду. Только, наверное, вам придется вызвать мне такси. Или здесь есть электрички?

Он молчал, потому что никак не мог разобраться, куда ее поместить согласно классификации, которая была у него в голове.

Если бы *та*, которая убила его ребенка, узнала, что он наследник империи, которая потянет, пожалуй, на много миллионов долларов, она бы вышла за него замуж в первый день знакомства, а во второй родила бы от него троих детей чохом, только чтобы он никуда невзначай не делся вместе с будущими миллионами! Он никогда ей не говорил об этом, потому что была у него такая идея, что она — и вообще любая! — должна любить его самого, а не миллионы его успешного и богатого отца.

Эта печально сказала, что он непорядочен, раз не умеет ценить заботу, и теперь собирается уезжать, потому что ей кажется, что она его оскорбила.

Вся классификация трещала по швам.

Он же твердо усвоил урок — чужая душа потемки и лезть туда с фонарем опасно для жизни, ибо чудовища, притаившиеся во мраке, пожрут! Максим твердо усвоил, что самое главное в жизни — это научиться разбираться, где люди, а где крокодилы, и он считал, что крокодилов значительно больше, чем людей, а тут вдруг крокодилом оказался он сам!

В глазах этой девушки он совершенно точно выглядел крокодилом!

Все это требовало обдумывания.

— Я вас провожу, — растерянно сказал Максим и вылез из гамака.

— Куда? На электричку?

— На какую электричку? Да нет, не на электричку, а в вашу комнату! Вы же хотели полежать!

— Я могу полежать на одном из ваших многочисленных диванов, — отрезала она. — Кстати, а кто строил этот дом?

Он даже сначала не понял вопроса, а потом сообразил:

— Андрей Данилов. Он такой... хороший архитектор. Довольно известный. Он мой друг.

— Его нанял ваш отец? — спросила безжалостная девица.

— Я его попросил, — буркнул Максим Вавилов. — Отец оплатил его работу.

— Какой ужасный, ужасный человек! — воскликнула Катя Самгина. — Он еще и оплатил работу! И он же купил диваны, на которых я собираюсь лежать?

— Да.

— Ужасный человек. Вместо того, чтобы дать вам свободу, он заплатил вашему другу бешеные деньги, да еще купил диваны! Как вам было бы хорошо, если бы вы сами разводили в корыте цемент и возили его на

тачке! Ваш будущий дом рос бы стремительно и не-
удержимо — примерно по сантиметру в год, зато вы никому и ничем не были бы обязаны!

— Вы решили меня перевоспитать?!

— Перевоспитывать вас поздно, да и не нужно. Но
я точно знаю, что уметь быть обязанным и благодарным — это очень человеческое качество. Тот, кто не
умеет быть благодарным, на самом деле просто свинья
без роду и без племени!

Она пошла было прочь, но остановилась в дверях,
взявшись за косяк. Черная сиротская водолазка делала
ее похожей на монахиню, которую матушка из мона-
стыря послала в город за керосином.

— Мы все обязаны нашим родителям, даже если
они не строят нам домов и не покупают диванов! Они
нас растили и любили, они продолжают нас любить, а
мы им ничем не обязаны?! Опомнитесь, Максим Вавилов! Так не бывает!

И она ушла, а он остался.

Он остался думать о крокодилах, об отце, об этой
странной девушке, о том, кто собирался ее убить, и о
том, что, если б убил, Максим бы никогда ее не узнал!

Никогда — довольно жуткое слово. Под стать «вечности».

Как бы он стал проводить свою вечность, если бы
не узнал ее?!

Она не разговаривала бы с ним презрительным и
резким тоном и не сидела на широком подоконнике, а
рядом с ней не скакал бы боком встрепанный воробей.

Максим отталкивался ногой, качался и думал — кто
распорядился так, что она оказалась у него на подоконнике? Кто это за него решил? Кто вдруг подумал, что
его теория людей и крокодилов никуда не годится, и
подкинул ему эту девушку, которая не лезла ни в какие
теории?

Потом он стал думать о трупе в наручниках, о странном способе убийства — профессиональные душители в его практике еще не попадались, может быть, потому, что это довольно трудно с первой попытки задушить человека, не дав ему и пискнуть, — и совершенно позабыл обо всех девушках на свете.

А потом зазвонил телефон.

«Катя, возьми трубку», — вежливо сказал телефон придурочным ненатуральным голосом, и Максим чуть не свалился с гамака.

Ее телефон был у него в кармане, он выхватил его и уставился в окошечко — за это время он изучил все ее звонки. Собственно, ей почти никто не звонил.

Надежда, видимо подруга. Один раз.

Нина Ивановна, как выяснилось, бабушкина сиделка, раз восемь.

Личность по фамилии Галапагосский, который разговаривал с Максимом хамским тоном и зачем-то сообщил, что он писатель. То есть он именно так и представился: «Это Галапагосский, писатель». Он звонил раза два и, когда Максим сказал, что Екатерина в больнице, кажется, не поверил.

Секретарша с телевидения, которая равнодушным голосом спросила, будет ли Самгина сдавать зачетную работу. Максим сказал, что она в больнице и неизвестно, выживет ли.

— То есть Самгина у нас не сдает, — уточнила секретарша, а Максим подтвердил, что нет, не сдает.

А больше никто не звонил, и все номера он помнил наизусть.

Номер, определившийся в окошке, был незнакомым.

— Да, — сказал Максим Вавилов.

— Катерина? — спросили в трубке.

— Нет, я не Катерина.

— Катерина, — продолжали в трубке вежливо, — мы хотели бы побеседовать с вами по очень серьезному вопросу. Вы говорите по-английски?

— Я Маша, — ответил Максим Вавилов. — И я не говорю по-английски.

В телефоне помолчали, а потом быстро положили трубку.

Максим подумал и быстро перезвонил своим, чтобы «пробили» номер, и через полчаса ему сообщили, что номера, определившегося в Катином телефоне, не существует.

— Таких у нас нет вообще, — сообщил ему Леха-компьютерщик. — Это какой-то китайский или монгольский. Где ты его взял-то?

Максим поблагодарил и повесил трубку.

— Вот так номер, — сказал он сам себе задумчиво и пошел искать диван, на котором спала Катя Самгина.

У него в доме просто пропасть диванов!..

Пока разговаривали о погоде и о том, что булка нынче очень свежа, —Марья Максимовна как раз успела в булочную к тому моменту, когда хлеб разгружали, и она взяла самая первая, потому что не любит, когда хлеб долго лежит, мало кто его трогает! — все было ничего.

Надежда, повинуясь ее приказанию, отрезала себе ломоть свежей «булки» — так в Питере почему-то испокон веку называют белый батон — и положила на него кусок желтого холодного масла. Марья Максимовна велела еще сверху положить варенья из черной смородины, и Надежда положила и варенья.

Кофейный аромат был упоителен, шторы раздвинуты, в плотных солнечных лучах неторопливо танцевали пылинки, и огонь спиртовки почти пропадал в неистовом сиянии солнца.

— Повезло нам с августом, — строго сказала Марья Максимовна. — Такой нечасто выпадает. Обычно в августе уже дожди и пахнет осенью.

Надежда согласно промычала что-то. Она ела свой королевский бутерброд, и по подбородку, кажется, уже потекло варенье, как в детстве.

— Сейчас будет кофе, — заявила хозяйка и заглянула под серебряную крышку.

Несмотря на тепло и жарившее солнце, она была в шали. У нее имелось несколько шалей, и Надежда никогда не видела ее просто в платье. Почему-то соседке нравились эти шали, делавшие ее похожей на актрису Гоголеву в роли «пиковой дамы».

— Расскажите же мне, в чем дело, — сказала Марья Максимовна, когда кофе был разлит и состоялась церемония вдыхания аромата.

Вернее, они даже не вдыхали, а внимали аромату, поднимавшемуся от крошечных турецких чашечек.

Покойный муж Марьи Максимовны, кажется, был дипломатом, всю жизнь прослужившим на Ближнем Востоке, как и покойный Надеждин дедушка. В этом доме были турецкие чашки, странной формы джезвы и даже ковер ручной работы, которым Марья Максимовна очень гордилась.

— Что случилось? Где Павел? Вы что-то такое мне наврали про то, что он в командировке, но я же понимаю, что это неправда! Кто этот человек, с которым вы на днях пришли домой? И что вообще происходит?

Надежда вздохнула, утерла подбородок, облизнула измазанный вареньем палец, отпила из чашки маленький глоточек огненного и очень сладкого кофе и заревела.

— Хватит реветь! — приказала Марья Максимовна строго. — У меня мало времени!

И Надежда все ей рассказала — о том, что муж ушел

и с тех пор даже не позвонил ни разу, а когда позвонила она сама, не стал с ней разговаривать!.. О том, что в отеле у них событие, приезжает иностранный президент, а она оказалась в опале, потому что главный по безопасности, тот самый, с которым она приходила, уверился в том, что у нее нестабильная психика!

— А как он попал к вам в дом? — требовательно спросила хозяйка, подавая ей салфетку, твердую, переливающуюся от крахмала. — Зачем вы его привели?!

— Он... он сам пришел, — провсхлипывала Надежда. — У меня возле Адмиралтейства сумку отобрали, а он вернул! Он грабителей догнал и вернул мне сумку, ну и привез меня, потому что я упала и юбку порвала. А в порванной юбке идти было... неприлично.

— Час от часу не легче! — воскликнула Марья Максимовна и откинулась на спинку кресла. — Еще и сумку отобрали! И при чем здесь ваша психика?

— Ах, ну как при чем, Марья Максимовна! Мы пришли в мою квартиру, а на столе вещи Павла, все изорванные, изрезанные, свалены в кучу. И фотографии, порванные, да еще и... обгоревшие, обуглившиеся, ужас! — Она закрыла глаза, потому что вспоминать было жутко. — И он решил, что это я сделала, понимаете? Что это я порезала вещи и пожгла фотографии!

О том, что она еще и вырезала на них мужу глаза, Надежда решила не говорить.

— Он осмотрел замки, сказал, что ничего не взломано, значит, дома у меня никого из посторонних не было, понимаете?! А я при нем звонила Павлу, плакала, и... — Она горестно махнула рукой. — А до этого я еще ему сказала, что жить без Павла не могу, что измучилась, и больше всего на свете хочу, чтобы он вернулся!..

Марья Максимовна тяжело поднялась и отошла к

круглому столику, где в коробке с цаплей держала папиросы.

— Все вы, молодые женщины, страшно несдержанны, — сказала она сердито. — Кто тянул вас за язык?! Зачем вы стали совершенно постороннему человеку рассказывать о своих проблемах?! Зачем вы обсуждали с ним, что от вас ушел муж?! Это же так унизительно!

Надежда слушала, понурившись. Кофе остывал в маленькой турецкой чашечке.

Марья Максимовна раздула ноздри.

— Вас бросают, как... какую-то вещь, какую-то... ненужную тряпку, и вы еще посвящаете в это посторонних?! Я была о вас лучшего мнения, девочка! Никто не должен видеть вашего унижения, никто не должен знать, что вас растоптали, смешали с грязью, что вы ничто! Вы нуль, никто, по крайней мере в глазах вашего мужа, который променял вас на другую! Он же променял, да?

— Я не знаю, — растерянно произнесла Надежда. — Он сказал мне, что просто... разлюбил.

— Разлюбил! Ну конечно, он нашел другую, получше вас, — продолжала Марья Максимовна гневно. — Они не уходят просто так, непременно к кому-то! И вам не хватило чувства собственного достоинства, чтобы скрыть это от людей?!

— Марья Максимовна, — сказала Надежда тихо. — Но ведь это... не так уж и страшно. И позорного ничего нет, по крайней мере для меня. Я честный человек, и я его любила много лет, и это было его решение — уйти! Я же не бросила беспомощного инвалида и не сдала в детский дом ребенка! В чем... мой позор?

— Да в том, что вы хуже, девочка! И вам теперь всю жизнь придется с этим прожить! — отрезала Марья Максимовна. — Вас вычеркнули. Вами попользовались, и больше вы не нужны. Вы хуже всех женщин до единой, которых не бросили мужья, потому что они смогли их удержать рядом с собой, а вы нет!

— А нужно было держать?

— Конечно! Любыми способами, любой ценой! А ля герр ком а ля герр! Угрожать, умолять, стоять на коленях, предпринимать попытки самоубийства, красть его документы, без которых он не может и шагу ступить! А как же иначе?! Просто так сдаться без боя?!

— Но к чему тут бой? — не поняла Надежда.

Слезы у нее высохли, и она смотрела на разошедшуюся старуху с изумлением и некоторой опаской.

Впрочем, старуха говорила почти то же самое, что Надежда думала все эти шесть недель, — что она хуже всех, что ее променяли на кого-то, что ее выбросили из жизни, как ненужную вещь!..

Именно так, и все же старуха говорила как-то иначе. Как-то слишком всерьез, слишком убежденно. Да, да, все это было совершенно правильно — разлюбил, бросил, променял, ушел, нашел получше и, может, помоложе, и все потому, что старая жена, то есть Надежда, никуда не годится, но в глубине души, в самой-самой серединке она все-таки знала, что это не так!..

Никого нельзя остановить, если он решил уйти. Никогда, ничем. Будь ты хоть сто раз красавица, умница и мадонна Рафаэля, он все равно уйдет. Не потому что ты недостаточно хороша, а потому, что у него в голове что-то изменилось. Ты ничего не можешь поправить у него в голове — такой закон! Раньше там было как-то по-другому, и там была Надежда. Нынче там все изменилось, и Надежды не стало.

Чужая душа потемки. Чужие мысли — хаос.

А Марья Максимовна всерьез утверждала, что нужно давать какой-то бой, возвращать, умолять! Зачем?! Может быть, его и возможно как-то вернуть, но ведь больше никогда не удастся приставить ему прежнюю голову!

Вот так всерьез, истово Надежда никогда не думала о том, что должна строить козни, придумывать ходы, разрабатывать стратегии — и достигнуть успеха, водрузить мужа обратно в супружескую кровать!

— Бой? — переспросила Марья Максимовна. — Как к чему бой?! Чтобы победить, разумеется! Вернуть его обратно! Раньше это можно было сделать на работе, тогда еще существовали какие-то нормы. А теперь, когда никаких норм не существует, вы должны бороться сами!

— Но если он больше меня не любит?! Я же не могу силой заставить его жить со мной!

Марья Максимовна поразилась:

— Как не можете?! Именно можете и должны!

— Но он меня не любит!

— При чем здесь любовь, девочка? Он женился на вас, он обещал вам поддержку и свое присутствие на всю жизнь! В былое время за такие штуки ставили к барьеру негодяев, которые бросали своих жен! Чем ты там на стороне занимаешься, никого не касается, для того и существовали бордели и доступные женщины, но жену будь любезен содержать, и так, чтобы она могла жить пристойно! Если ты не можешь выполнить элементарных обязательств, значит, ты не мужчина, а холоп и дрянь! И любовь тут вовсе ни при чем! А верность отечеству как же? Или тоже можно другое выбрать, а свое предать?! Мол, нет у меня больше любви к отечеству, найду себе другое!

— Марья Максимовна, это разные вещи, — сказала Надежда осторожно. — Я и сама не смогла бы жить с человеком, который бы каждый день ненавидел меня за то, что я не дала ему уйти... к любимой женщине!

Соседка пожевала сухими губами, словно хотела

что-то добавить резкое, уничижительное, все расставляющее по местам, и не стала.

— Хорошо. Значит, Павла вы упустили, — констатировала она. — А что за вещи и фотографии?

— Его вещи и его фотографии. Они у меня оставались, он не все забрал. И полковник Уолш уверен, что это я все натворила, понимаете?! Он говорит, что в мою квартиру не входили посторонние, потому что замки открыты ключами. А ключи есть только у меня и у Павла!

— Ну, вряд ли Павел стал бы жечь и резать свои фотографии!

Надежда умоляюще посмотрела на нее:

— Марья Максимовна, но вы же не думаете, что это я жгла и рвала его фотографии!

— Не знаю, не знаю, — отрезала соседка. — Вы же, совершенно не отдавая себе отчета, зачем-то рассказали все чужим людям! Вдруг вы неадекватны, Наденька?

Это была шутка, и прозвучала она как шутка, и Надежда успокоилась немного.

— Не знаю, — повторила Марья Максимовна задумчиво и затушила в пепельнице папиросу. — Не знаю.

— Что?..

— Я не знаю, кто мог это сделать, — продолжала она, едва взглянул на Надежду. — Ваша мать, конечно, в Финляндии?

— Конечно.

— Значит, она исключается.

— Да что вы! — Надежда даже засмеялась. — Мама? Пришла, изорвала одежду и сожгла фотографии Павла?!. Ни за что на свете!

— Я бы на ее месте так и поступила, если бы муж моей дочери от нее ушел, — заявила Марья Максимовна. — Только я бы еще за волосы притащила его обратно, на глазах у всех соседей, знакомых и незнакомых, чтобы в следующий раз было неповадно!

— Да ну что вы, — смешалась Надежда. Ей все казалось, что соседка разыгрывает перед ней спектакль, вроде актрисы Гоголевой, на которую она была похожа из-за шали. — Мама и Ристо люди мирные, спокойные, вы же знаете!

— У вашего финского батюшки не слишком приличное имя! — провозгласила Марья Максимовна, и Надежда опять надулась.

Она хорошо относилась к отчиму, и ей нравилось, что он любит мать, которая расцвела и помолодела, когда он на ней женился! И зря говорят про финнов, что они холодные и заторможенные, ее отчим совсем не такой! Ристо научил мать финскому языку и смешно пел по-русски «Калинка-малинка моя», у него это выходило как «каринка-маринка», а гостям объявлял: «Доррогие гости! Н-не обращайте вни-мания, ког-да мы с Ма-шей на-чи-наем говор-рить по-фински! М-мы делаем это только в том сл-лучае, когда хо-тим сказать гадость о наших дор-рогих гостях!»

— Выходит, круг замкнулся, — продолжала Марья Максимовна. — Родители в Хельсинки, Павел вряд ли бы стал жечь свои вещи, а больше ни у кого нет ключей! Вы точно их никому не давали? Впрочем, в доме не было посторонних. Я все время в квартире и всегда сижу у окна.

— Вы рассуждаете, как полковник Уолш, — пробормотала Надежда.

— Я хочу вам помочь, — возразила Марья Максимовна, — раз уж вы сами себе помочь никак не можете! Вас уволили с работы?

— Боже сохрани! Нет! Просто теперь я как бы под подозрением, и меня проверяет служба безопасности на предмет стабильности моей нервной системы. Заодно они проверяют, не состояла ли я под судом и не была ли связана с террористами.

— На предмет террористов мы тоже должны беспокоиться?

— Нет, Марья Максимовна, — устало сказала Надежда. — В моей жизни не было никаких террористов.

— Ну, и на том спасибо.

В сумке у нее отдаленным звоном зазвонил телефон, и она помчалась в переднюю, радуясь тому, что закончен такой неприятный и странный разговор.

Нужно будет его обдумать хорошенько!.

И что это Марья Максимовна так разошлась, когда узнала про Павла?

Звонил Коля Саньков, и голос у него был озабоченный.

— У нас происшествие, Надюш, — сказал он, не здороваясь. — Зина умерла.

— Какая Зина? Когда умерла?!

— Уборщица Зина, — пояснил Коля. — Что-то ее не видно вчера было, а сегодня пришла сменщица, а комната изнутри на щеколду заперта. Вскрыли, а она там... Мертвая.

— Господи, — пробормотала Надежда. — Еще не хватает! А Лидочка знает?

— Конечно. Ей первой позвонили. Спускайся, я тебя отвезу. Я под твоими окнами стою.

Надежда оглянулась на открытые двери в комнату, за которыми царила Марья Максимовна, и прикрыла трубку ладонью.

— Зачем, Коля?! — приглушенно зашипела она. — Я бы и сама доехала! Или Лидочка машину прислала?

— Водители все в разгоне, американцы сегодня стекла завозят, их прилетело еще человек пятьдесят! Так что давай спускайся, я жду!

— Хорошо, хорошо, — быстро сказала Надежда. — Сейчас.

Она сунула телефон в сумку, и он тут же снова затрезвонил. Звонила Люба Глущенко, дежурный портье. Ну, теперь пойдут бесконечные звонки!

Надежда снова выхватила трубку, выпалила быстро:

— Люба, я все знаю, перезвоню!

Выключила звук у телефона и вернулась в комнату.

— Марья Максимовна, мне нужно ехать. У нас в отеле беда, уборщица почему-то умерла, да еще прямо на рабочем месте!

— Старая? — осведомилась Марья Максимовна.

— Да нет, совсем не старая. Лет сорок пять.

— Алкоголичка?

Надежда пожала плечами:

— Выпивала, да.

— Тогда туда ей и дорога, — заключила соседка. — Терпеть не могу пьющих женщин!

— Она несчастная была, — сказала Надежда. — И сын у нее хороший, Витюшка или Виталик. Учится хорошо. Когда он в гостиницу приходит, наша главная кондитерша Эльвира Александровна все его пирогами кормит...

— О нем позаботится государство, — равнодушно процедила Марья Максимовна. — Или уборщицы находятся в вашем ведомстве, Надежда? И вы теперь должны беспокоиться о ее сыне?

— Уборщицы, — не без злорадства объявила Надежда, — в ведомстве Лидии Арсеньевны Арсентьевой. Это персонал, а всем персоналом у нас заведует она!..

— Значит, она и позаботится о покойной. А вам спешить некуда.

— Мне все же лучше пойти. Я и так на плохом счету! После визита в мою квартиру полковника Уолша.

— Если это так необходимо, я вас не задерживаю, — торжественно провозгласила Марья Максимовна. — И жду на кофе, обязательно, когда вам не нужно будет за стойку к восьми утра.

— За какую стойку? — не поняла Надежда.

— Разве портье не стоит за стойкой?

— У наших портье конторки. — Надя едва удержалась, чтобы не добавить, что конторки антикварные, красного дерева, а не пластмассовые или фанерные! — И я — нет, не стою. Я давно уже начальник службы и сижу в кабинете. Хотя иногда я бываю за стойкой, когда девочек не хватает или большой заезд. И это самая лучшая и самая интересная работа на свете! Когда приезжают люди, и ты селишь их в просторные, чистые и уютные комнаты! И подписываешь им карточки, в которых говорится, что отель очень рад тому, что они приехали! А они читают и радуются!

Соседка помолчала.

— Возможно. Все возможно. И все же не бросайте где ни попадя сумку с ключами! Погодите! У вас же ее отобрали! Может быть, и отобрали именно затем, чтобы вытащить ключи?!

Надежда подумала немного.

— Да нет. Они не успели. Дэн догнал их очень быстро, и этими ключами я потом открывала свою дверь.

— Возможно, — опять повторила соседка. — Ну, отправляйтесь, отправляйтесь, я же вижу, что вы нервничаете!

Надежда даже не стала ждать лифт, скатилась по лестнице, хотя в старинном парадном были высокие пролеты. Высокие и широкие, как в Смольном. Маленькой Надежда садилась на широкие, отполированные тысячами рук перила и катилась один пролет.

Потом кричала: «Э-эх!» — спрыгивала, перебегала площадку и следующий пролет опять ехала верхом.

Если Марья Максимовна — в широком светлом пальто, даже летом, в затейливой шляпке — ловила ее за этим занятием, то приходилось несладко! Ох, как несладко приходилось Надежде!

Почему-то соседка никогда не сдавала преступницу бабушке или дедушке, а предпочитала с наслаждением отчитывать ее сама.

— Ты сорванец, разбойник, — распекала она Надю на все парадное. — Тебя в нахимовское училище надо определить! Что ты раскатываешь, как мальчишка?! Себе голову снесешь, не жалко, а если людей заденешь! Твои родственники ничего не понимают, но тебе-то я сколько раз говорила, чтобы ты не смела озорничать в парадном! А ты все не соображаешь!

Так получилось, что ни бабушка, ни дедушка ни разу не вышли и не спасли ее, должно быть, они не слыхали громкого голоса Марьи Максимовны, но Надежда хорошо помнила то чувство громадного облегчения и освобождения, которое наступало, когда соседка выпускала ее из плена!..

Опрометью, сигая через ступеньки, Надежда неслась вниз, изо всех сил хлопала дверь парадного, чтобы у зловредной тетки в летнем пальто уж точно отвалились уши, и уже на улице в последний раз кричала: «Э-эх!» — на весь двор.

Сегодняшний кофе напомнил Надежде то давнее катание по перилам, и она даже тихонько крикнула во дворе: «Э-эх!» — но так, чтобы никто не слышал.

Коля Саньков стоял у самого подъезда, черт бы его побрал, более того, дверь машины была распахнута, и он будто дежурил возле нее! Вот какой политес развел москвич ради Надежды Звонаревой!

— Привет, — сказала она, изо всех сил стараясь ни разу не посмотреть наверх, потому что там, в окне, она это точно знала, дежурила Марья Максимовна. — Спасибо, что заехали, Коля, но напрасно! Я бы и сама прекрасно добралась.

Коля обошел машину, сел за руль, интимно положил руку на спинку ее сиденья и сказал негромко:

— Кажется, мы уже перешли на «ты».

Надежда улыбнулась.

— Петербуржцы с трудом переходят на «ты».

— Ты так старомодна? — И он даже голосом подчеркнул это самое «ты».

Надежда не умела играть в такие игры. Она была патологически замужней женщиной и понятия не имела, как именно следует обращаться с мужчиной, которому пришла в голову фантазия за ней ухаживать!

...Или он не ухаживает?

А если не ухаживает, зачем он тогда пристроил руку на спинку ее сиденья, от которой ей так неудобно и хочется занять какое-нибудь другое положение, подальше от руки?..

— Ты обещала показать мне Питер, — напомнил москвич, когда они вырулили на Каменноостровский проспект. — А то американцу показывала, а мне нет! Слушай, в гостинице говорят, что он какой-то героический поступок совершил, чуть ли не от смерти тебя спас! Это правда?

Надежда смотрела в окно, на серые дома, залитые теплым августовским солнцем.

Откуда в гостинице известно про то, что у нее чуть было не отобрали сумку?! Она об этом не сказала ни единой живой душе, только Лидочке да Марье Максимовне сегодня! Значит, полковник Уолш оказался не в меру болтливым?!

— Надюш? Почему ты молчишь?

Она терпеть не могла, когда ее называли Надюшей! Во всех книгах Марии Прилежаевой и в фильмах Ильич именно так называл свою боевую подругу Надежду Константиновну!

— Да ничего он такого не совершил! — сказала Надежда сердито. — У меня пытались отобрать сумку, а он не позволил, только и всего!

— Герой, — то ли похвалил, то ли осудил Коля Саньков...

В «Англии» дым стоял коромыслом.

У черного входа теснилась вереница грузовиков — привезли первую партию стекол.

Все стекла в гостинице, даже на тех этажах, где никто не будет жить, поменяют на пуленепробиваемые. Американцы везут стекла с собой, нашим не доверяют, как не доверяют и нашим проводам — вдруг КГБ или ФСБ понаставят подслушивающих устройств и какие-нибудь сверхсекретные материалы, которые президент будет обсуждать по телефону с министром обороны или главой госдепартамента, станут известны русской разведке?!

Все люки, в которых стояли электрические щиты и коробки, были открыты, и кое-где поднят паркет, и люди в незнакомых желтых комбинезонах и почему-то в касках сверлили какие-то дыры. Дрели визжали, сыпалась цементная пыль, и казалось, что «Англия» превратилась в огромную строительную площадку.

На мраморных полах перед конторками портье стояли газосварочные автоматы, шнуры от них исчезали за поворотами коридоров, откуда доносился ровный гул и рев, и девочки-портье взирали на всю вакханалию с ужасом.

Вакханалией управлял полковник Уолш, который с озабоченным лицом носился из одного крыла в другое.

Монтировали камеры наблюдений, врезали новые замки, склад принимал стекла в невообразимых количествах, и места уже не хватало, а грузовики все прибывали.

У Лидочки на лице было озабоченное выражение, которое редко кто у нее видел.

— Зина-то, — с ходу сказала она Надежде, — взяла и померла, дура! Управляющий в шоке. Как будто не могла другого времени найти, чтобы помереть, ей-богу! Мы все в мыле, а она померла, видишь ли!

— А где?..

— Зина? Да ее увезли уже! Этот твой, — и она кивнула в сторону, куда только что промчался американец, — велел вскрытие делать, хотя наш Трутнев сказал, что ничего такого с ней нет и быть не может, просто инфаркт, остановка сердца, и готово дело!

— А управляющий?

— А что управляющий, — сказала Лидочка грустно. — Орет не своим голосом. И еще программисты!..

— Что?

— Да этот Лари или Гарри, который у них главный, сказал, что в номерах недостаточно одного сетевого выхода. Так они теперь будут дополнительные интернетовские линии тянуть, чтобы, значит, у них было не по одному, а по пять выходов у каждого!

— Зачем?!

— В целях безопасности, — объяснила Лидочка туманно. — Если один выход захватят террористы, они смогут вызвать подкрепление из НАТО в виде ракет «земля—воздух» через другой выход! Я с утра ни разу кофе не пила, а время, между прочим, пол-одиннадцатого. Кстати, кто тебя привез? Московский мальчик, да?

И это уже известно, подумала Надежда обреченно. Да что же это такое?! Почему всем есть до нее дело, начиная с соседки и кончая Лидочкой!

— А кто ее нашел?

Лидочка посмотрела непонимающе.

— Зину кто нашел? — спросила Надежда. — Сколько она пролежала в каптерке, бедная?

— Да больше суток, — ответила Лидочка жестко. — Помнишь, подносчик, из новеньких, с тележки упаковку воды уронил?

— Помню.

— Вот тогда я ее видела, она что-то за ними подтирала, когда они уже в лифт сели и поехали. И с лифтом с этим беда! По одному ездить нельзя, только по двое, а мне, может, в сортир надо, и, может, на третьем этаже! На первом, допустим, я не могу!

Она оглянулась по сторонам, на весь бедлам и разорение, которые происходили в гостинице, и предложила:

— Пойдем кофе попьем!

— Куда, Лидочка?! В ресторане сейчас точно не дадут!

В ресторане, за распахнутыми двустворчатыми дверьми, звук дрелей и еще каких-то адских машин был особенно громким, казалось, там сотрясается паровой каток.

— Пойдем к Эльвире Александровне. Она, может, нам по булочке даст!

— У нее в духовке сейчас монтируют камеру наблюдения, — мрачно сказала Надежда. — Кондитерский цех сегодня пирогов не пек!

— Откуда ты знаешь? — тут же спросила Лидочка, и они обе засмеялись.

Кофе очень хотелось, и они, оглядываясь по сторонам, как волки, которые намерены стянуть жирную овечку из овина, пошли в сторону кухни, но были внезапно остановлены хозяином овина.

— Лидия, — окликнул управляющий, и они оглянулись.

Он подходил со стороны банкетного зала, и с ним рядом шагал какой-то огромный мужик в камуфляже, под стать полковнику Уолшу. Лидочка моментально сделала сладкое лицо и водрузила на нос очки, которые тут же съехали, и она их подхватила.

— Лидия, — сказал управляющий, приблизившись, — проводите, пожалуйста, майора на технический этаж. Он должен его осмотреть.

— Сожалею, но у меня срочное дело в кондитерском цехе, — с ходу соврала Лидочка. — У них проблемы с пятичасовым чаем, они не знают, на сколько человек его готовить, ведь заехало много американских коллег. Я должна проконтролировать.

Управляющий покорно покивал.

— Надежда проводит... господина майора. Да, Надежда?

— Конечно, — согласилась та. А куда было деваться?!.

Ей не хотелось провожать майора, не хотелось на чердак, и вообще не нравилось то, что происходит в ее гостинице!..

...и Зина умерла так некстати!..

...и разговор с соседкой был какой-то странный! Осталось неприятное чувство, как будто Надя собиралась погладить кошку, а вместо кошки случайно погладила змею. И теперь кажется, что на ладони остались ее чешуя и холод, вместо тепла и ласки мягкого кошачьего бока!

— Вы хотите осмотреть что-то еще, кроме технического этажа?

— Нет, — деревянным голосом сказал американец и счел необходимым объяснить: — Это для снайперов и наилучшей их дислокации.

— Поняла? — по-русски спросила Лидочка у Надежды. — Это для снайперов и дислокации!

— А Сергей Викторович где? Может, он проводит?

Сергей Викторович Кторов был начальником службы безопасности гостиницы «Англия».

Лидочка пожала плечами.

— Какая тебе разница, — сказала она сквозь зубы. — Тебе говорят, иди, вот ты и иди!..

И Надежда пошла.

Выбраться на чердак было делом достаточно сложным — на центральном лифте следовало доехать до четвертого этажа, потом пройти всеми коридорами, потом по черной лестнице подняться на шестой. Ключ-карточка, с помощью которого теперь можно было привести в движение лифт, болтался у нее на ремне, пристегнутый серебряным карабинчиком.

Карабинчик она нашла в кармане мужниных джинсов, когда вдруг от тоски решила перестирать его вещи.

Она заталкивала их в машину, по привычке проверяя карманы, и нашла карабинчик.

Его вещи пахли мужем — знакомым одеколоном, шампунем, чуть-чуть его телом, — и она их трогала, гладила, разговаривала с ними. И ей казалось, что он рядом, будто вещи хоть в чем-то могли его заменить. Хоть на пять минут. Хоть на одну — почувствовать, что он рядом.

И это было ужасно.

В лифте их перехватили полковник Уолш и Лари или Гарри, который тянул новые компьютерные провода.

Камуфляжный майор приложил руку к геометрически стриженной голове, и Уолш приложил тоже, и выглядело это смешно, потому что всем известно, что «к пустой голове руку не прикладывают», в том смысле, что на голове обязательно должна быть фуражка, а у американцев никаких фуражек не было, но они лихо прикладывали.

— Майор, вы на крышу? Мы с вами!

Надежду Дэн как будто даже не заметил.

Согласно инструкции, она подождала, когда закроются двери, сунула в прорезь свою карточку и нажала кнопку четвертого этажа. Лифт послушно поехал.

— Нам придется смонтировать одну дополнительную антенну, — негромко сказал Лари или Гарри Уолшу. — Помехи слишком сильные.

— О'кей. Я предупрежу своих.

— О'кей.

Это «о'кей», раздававшееся теперь отовсюду, просто сводило Надежду с ума.

Из лифта вышли гурьбой. Американцы, приученные феминистками к тому, что за придержанную перед женщиной дверь можно угодить под суд, ибо она усмотрит в этом сексуальные домогательства и поражение в правах, ринулись первыми и чуть не сбили Надежду с ног. Субординация соблюдалась только в отношении Уолша — его пропускали вперед беспрекословно.

— Сюда, пожалуйста.

Когда в «Англии» шел ремонт и весь персонал болтался без работы, Надежда с Лидочкой часто приходили на стройку, лезли на последний этаж по засыпанной бетоном лестнице и оттуда любовались окрестностями. Однажды они даже пили там джин с тоником и заедали его корюшкой, разложенной на чистой бумаге.

Они пили джин, ели корюшку и мечтали, как заживут, когда вновь откроется гостиница!.. Как они будут хорошо работать, как они много заработают, и жизнь сразу станет интересной и наполненной, и кончится это бесконечное ожидание, которым они живут так долго!..

Гостиница открылась, и управляющий-итальянец, самый первый из всех, оказался мало того что болваном и никудышным менеджером, так еще и тираном и националистом. На первом же совещании он во всеуслышание объявил, что русские гости должны получать самые плохие номера, кем бы они ни были по статусу.

— Таким образом, — радостно заключил он на ломаном английском, — мы постепенно отучим русских ехать в этот гостиница. Для русских есть русский гостиница, а этот хороший отель должен быть для турист из Европы и Америки и для уважаемый турист из Японии и Китая!

И началось!..

Чего только они не выдумывали, чтобы принимать русских гостей более или менее пристойно! Однажды приехал скрипач, гений и мировая знаменитость, Владимир Пермяков. И скрипку свою привез, Страдивари, подаренную испанским королем, и ему дали номер размером с носовой платок, окнами во внутренний двор-колодец, где никогда не бывает солнца, и неба тоже не видно!

Все остальные номера предназначались крикливым итальянским бабулькам в золотых браслетах и сальным итальянским дедулькам в необыкновенных усах.

Лидочка вышла из себя. Вместо «Владимир Пермяков» Лидочка написала в карточке «Воль де Маар Пермс» и поселила его в самом что ни на есть люксовом люксе.

«Воль де Маар Пермс» ничего не заметил. Он был гений, а гениям наплевать на все люксы в мире, именно потому, что они гении. Он был счастлив, что на его концертах аншлаги, что люди приходят его слушать, что им так нравится, что он много денег собрал на свою вечную благотворительность, и, улетая в Париж, целовал Лидочке руку и говорил, как он прекрасно провел в «Англии» эти три дня. Управляющий-итальянец тоже вышел прощаться, — в конце концов и он сообразил, кто именно живет у них в отеле, — и «Воль де Маар Пермс» благодарил и его, и жал ему руку, и хвалил за гостеприимство и теплое отношение!..

Потом контрольный пакет перекупили какой-то русский по фамилии Вавилов — должно быть, из эмигрантов — и сэр Майкл Фьорини. И они первым делом уволили управляющего, за что персонал отеля не устает поминать владельцев добрым словом каждый божий день!..

Из широкого светлого коридора Надежда свернула на черную лестницу и придержала перед многочисленными мужчинами дверь:

— Теперь сюда, пожалуйста.

Камуфляжный майор все время шел по схеме. В руках у него был план отеля, и он то и дело с ним сверялся.

Черная лестница оказалась узковата, и по ней приходилось подниматься гуськом, но все равно они Надежду вперед не пропустили.

Только когда дошли до железной сейфовой двери, движение застопорилось. Ключи были у Надежды, которая шла последней, а больше ни у кого их не было, и тут все пришли в замешательство.

Первым пришел камуфляжный майор, который оторвался от схемы и тяжело уставился на дверь. Вторым Лари или Гарри, который уставился на майора, а третьим Уолш, который посмотрел сначала на дверь, а потом оглянулся на Надежду.

— Разрешите мне пройти вперед. Если я открою дверь, вам будет удобней осматривать чердак.

— Ключи всегда у вас? — осведомился Уолш.

— Ключи всегда у нашей охраны, — любезно объяснила Надежда. — Сейчас ключи мне передал управляющий, чтобы я могла открыть вам дверь.

— Сколько экземпляров ключей существует?

— К сожалению, я не знаю. Мы редко ими пользуемся.

— Мы?

— Мы — это служба портье, которую я возглавляю, — еще более любезно сказала Надежда и потеснила Лари или Гарри, который мешал ей пройти к двери, а следом за ним и камуфляжного. — Нам, как правило, нечего делать на чердаке.

Уолш кивнул, как бы принимая ее иронию.

Камуфляжный майор спрятал в карман свой план-схему, что-то быстро сказал по-английски, Надежда не разобрала, что именно, и Уолш протиснулся мимо Лари или Гарри к нему, на последнюю ступеньку.

Вдвоем они зачем-то ощупали дверь — Уолш сверху, майор снизу, переглянулись и опять прострекотали что-то трудноопределимое.

Может, у спецслужб есть какой-то секретный язык, на котором они начинают говорить, когда хотят, чтобы их не понимали посторонние?!

Уолш вдруг положил обе ладони на дверь, навалился всей тушей, тряхнул ее раз, другой и отнял руки. Железная сейфовая дверь, на которой не было даже ручки, запертая на несколько замков, вдруг дрогнула и медленно приоткрылась.

Надежда от неожиданности сделала шаг назад.

Уолш с верхней ступеньки стремительно обернулся к ней:

— Когда дверью пользовались в последний раз?

— Я не знаю.

— Как случилось, что она осталась открытой?

— Господин полковник, я не знаю!

— Как часто в гостинице происходят кражи и другие чрезвычайные происшествия?

Надежда стиснула зубы.

— Нечасто.

Уолш сбежал по ступенькам вниз, а майор, наоборот, полез наверх, распахнул приоткрытую дверь и стал осматриваться.

Сейчас там найдут склад оружия и боеприпасов, почему-то решила Надежда.

Однако майор про оружие и боеприпасы ничего не

сказал, вернулся на лестницу, плотно прикрыл за собой дверь и тоже сбежал вниз. Лари или Гарри смотрел поочередно то на одного, то на другого.

— Нужно установить, кто в последний раз поднимался сюда и зачем, — приказал Уолш майору. — У кого могут быть ключи и сколько их всего. Нужно ли разрешение для того, чтобы сюда подняться.

— Разрешение не нужно, — вставила Надежда. — Но ключи есть только у начальника охраны. И он просто так их не выдает, разумеется! Например, «рум сервис» сюда никогда не поднимается, потому что им здесь нечего делать, а электрики и монтеры часто.

Она знала, почему дверь была открыта, но говорить об этом Уолшу ей не хотелось.

И тут у нее зазвонил мобильный. Оба, майор и полковник, смотрели на нее.

Звонила Катя Самгина, потерявшаяся в Москве.

— Катюш, — быстро сказала Надежда, нажав кнопку. — Вот хорошо, что ты нашлась, но я сейчас не могу разговаривать! Я тебе перезвоню!

— Меня зовут Максим Вавилов, — представилась трубка незнакомым голосом. — Я майор милиции, и мне хотелось бы переговорить с вами по поводу Екатерины Михайловны.

Надежда похолодела.

Первый раз в жизни она поняла, что это такое — взять и внезапно похолодеть, как будто кровь разом остыла в жилах. Стало холодно в спине, и в кончиках пальцев закололо от мороза.

— Что с Катей?!

— Вас зовут Надежда?

— Да. Что с Катей?!

— Сейчас уже все в порядке, — сказал голос совершенно спокойно. — Но все равно мне необходимо с вами переговорить.

— Что значит — сейчас уже все в порядке?!

В трубке помолчали.

— Она здорова и в безопасности.

— Она была больна?!

— Она стала свидетельницей убийства, и на нее было совершено покушение, — так же спокойно сообщил голос. — Вы можете ответить на мои вопросы?

— Сейчас не могу, — дрогнувшим голосом сказала Надежда. — Я... на службе и не одна.

— Понятно. А когда сможете?

— Запишите телефон. — И она продиктовала номер. — Это мой домашний! Позвоните мне вечером, у меня смена заканчивается в одиннадцать, и я буду дома к полуночи. Сможете?

— Да, конечно.

— А с Катькой точно все в порядке? Где она? В больнице?

— С ней все в порядке, и она... у нас.

— В милиции?

Человек в трубке засмеялся.

— Ну, почти что в милиции. Значит, вечером я вам позвоню, и мы поговорим.

Надежда нажала кнопку отбоя, повернулась и чуть не уткнулась носом в грудь полковника Уолша.

— Что-то случилось? — вкрадчиво спросил он.

— Да, — горестно сказала Надежда. — Моя подруга в Москве попала в переделку. — Звонили из милиции. У них ко мне какие-то вопросы.

Уолш помолчал, а потом произнес по-русски:

— Это странно. У нас к вам вопросы. У русской милиции к вам вопросы тоже.

— Это никак не связано с моей работой и американским президентом, уверяю вас! — по-английски выговорила Надежда.

— Я готов вам поверить, но только после изучения информации.

— Проверяйте!

— Как зовут вашу подругу?

— Екатерина Самгина. Она работает на Санкт-Петербургском телевидении, на Четвертом канале. Делает молодежную программу.

— Она сейчас в Москве или здесь?

— В Москве.

Так они и разговаривали — он по-русски, а она по-английски.

— Сейчас звонила она сама?

— Звонил майор, кажется, по фамилии Максимов. Но по ее телефону, потому что номер у меня определился, можете посмотреть! — И она сунула свой мобильник под нос Уолшу.

Тот взял его и посмотрел. Надежда подумала, что у него в глазах сейчас сработают две крохотных фотокамеры, как в мультфильме про братьев-сыщиков, которые искали слона редкой породы.

Фотокамеры сработали, и телефон он ей вернул.

— Вы должны понимать, — сказал он строго. — Слишком много совпадений.

— Вам виднее, господин полковник.

В молчании они доехали в лифте до первого этажа и разошлись в разные стороны: Уолш к офису Кторова, который числился начальником охраны «Англии», но почему-то уже второй день не показывался, а Надежда отправилась искать Лидочку.

Та помогала с размещением — народу приехало слишком много. Сумки, баулы, рюкзаки и чемоданы заполонили весь холл. У Тани Наумовой было бледное от напряжения лицо.

Американцы, в шортах, панамах, с плеерами в ушах, в гавайских рубахах и в надетых поверх рубах плащах, громко разговаривали, хохотали, прихлебывали из банок неизменную колу. Несколько толстых женщин в мини-юбках и гольфах сидели на круглом диванчике в самом центре холла и вслух читали журнал. Одна спала, надвинув на лоб ковбойскую шляпу и положив ноги на свой чемодан. Юбка задралась, были видны эластичные, крепкие, хорошо пошитые трусы. Подносчики багажа метались со своими элегантными тележечками, на которых ничего не помещалось, а лифты работали только от карточек — каждого гостя приходилось провожать отдельно.

Лидочка стояла возле конторки и руководила всем этим светопреставлением.

— Между прочим, — прокричала она, завидев Надежду, — я делаю твою работу! Кто начальник службы портье?

— А кто послал меня на чердак? — огрызнулась Надежда, протискиваясь к ней.

Денис Давыдов с огромного портрета на дальней стене взирал на происходящее с ужасом. Казалось, даже его белоснежные рейтузы побледнели еще больше.

Рядом с Лидочкой стоял толстый швейцар и ныл:

— Ну, Лидия Арсеньевна, ну пожалуйста!.. Ну, Христом богом прошу!..

— Нет.

— Лидия Арсеньевна, ну, станьте родной матерью, ну, не оставьте!..

— Нет, говорю! Ты что, не видишь, что творится?!

— Лидия Арсеньевна! Отпустите! Теща не простит!..

— Далась тебе теща!

— Ну, Лидочка Арсеньевна!..

— А вместо тебя у дверей кто встанет?! Я?!

— Пейсахович здесь! Он меня подменит!.. Он обещал!

Лидочка в это время любезно улыбалась каким-то двум чрезвычайно лохматым молодым людям неопределенного пола, которые категорически заявили, что они будут жить только вместе.

— О'кей, о'кей, — пела Лидочка по-английски, — конечно, вместе, все наши гости размещаются так, как им удобно, и никак иначе!..

И, не снимая с лица улыбки, по-русски швейцару:

— Отстань, кому сказала!..

— Ну, Лидочка Арсеньевна, у тещи юбилей, а я здесь! Скажет, опять всю ночь прогулял!..

— Танечка, вот этим чудесным молодым людям предоставьте двухместный номер. Как вас зовут? Это для карточки, ничего особенного! Как?! Ганс и Франц, чудесно! Танечка, запиши, пожалуйста! Как чудесно! Нет, паспорта сюда, мы к вечеру вам их вернем!.. — И по-русски: — Отстань, бандитская морда, мать твою!..

— Пейсахович меня заменит!

— Сегодня не его смена! К лифтам туда, пожалуйста, правда, придется немного подождать.

— Лидочка, — тихонько шепнула ей на ухо Надежда. — Зачем вы лазали на чердак?

Лидочка как будто поперхнулась и посмотрела на Надежду тревожно.

— А... Нет, я не лазала. С чего ты взяла?..

— Я же знаю, — продолжала Надежда. — И дверь не заперли. Зачем, Лидочка?

Максим Вавилов пил чай и усердно старался не думать о Екатерине Михайловне Самгиной.

Сам перед собой прикидывался, что она его интересует только в качестве свидетельницы.

А как же иначе?.. Это и есть его долг! Программа защиты свидетелей существует только в Штатах, у нас такой программы отродясь не было и не будет, значит, он сам и есть защита свидетелей. Вот он свидетельницу и защищает!

Странно было думать, что она у него в доме, и он

улыбнулся, прихлебывая чай. Вообще странно было думать, что у него в доме кто-то есть в то самое время, когда он на работе, тем более такая... необыкновенная девушка, как Екатерина Михайловна!

...Почему же ее хотели убить, а? Да еще почти на глазах у оперов?! Чем это можно объяснить?!

Он сидел, прихлебывал чай, думал так и эдак, и выходило, что объяснить это ничем нельзя.

Нет, можно только одним — она как-то связана с голым трупом в наручниках, хоть и отрицает сей факт. Причем связана так крепко, что убийца не стал дожидаться, когда менты уберутся подальше, а подкараулил ее в подъезде.

Как она связана?! Как?!

Может быть, станет немного понятнее после того, как он поговорит с ее подругой, хотя, если вдуматься, что подруга?! Подруга в Питере, а все случилось в Москве!

Значит, если следовать простой и понятной логике, в Москве у Екатерины Михайловны были какие-то серьезные криминальные или почти криминальные связи, а она утверждает, что никаких таких связей у нее в Москве не было и она просто приехала учиться журналистике!..

Что-то тут не так. Что-то явно не так, что-то он упускает, все время проходит мимо. Максим Вавилов, опытный старший оперуполномоченный, знал, что, как правило, все преступления объясняются до смешного просто, так просто, что, к примеру, детективчик сочинить про его работу никак нельзя! Ну, даже если очень постараться!..

Вот нашли на прошлой неделе труп.

Самый обыкновенный, труп как труп, огнестрел. Стали разбираться, и что оказалось? Оказалось, что сожительствовал этот самый труп, когда еще не перешел в состояние трупа, с некой дамочкой. А дамочкин муж пребывал в местах не столь отдаленных, да вдруг по амнистии вернулся. Дамочка с ним развелась, конечно, только вернувшегося это нисколько не охладило. Он обнаружил в семейном гнездышке конкурента — конкурент в гнездышке уж лет семь счастливо проживал! — сначала побузил немного, потом попил с недельку, а после одолжил у старого кореша берданку, подкараулил конкурента у помойки да и стрельнул в него! И убил до смерти. Ну, а сам после этого героического поступка сразу в запой. Так его тепленьким и взяли на даче у того самого кореша, что берданку ему одолжил.

Ну разве годится эта история в детектив?!

А где же блеск ума «шефа» русского сыска?! Где искрометность?! Где ночная погоня под всполохами надвигающейся грозы?! А где логика, тайна, дедукция?!

Всего и ума нужно было — по адресу сходить, где потерпевший проживал, и с дамочкой переговорить. Остальное дело техники, и писанины вагон, вот и весь русский сыск!

Покушение на Самгину ни в какие понятные рамки не укладывалось, и Максим все время напряженно думал, и все время получалось, что думает он впустую, крутится, как белка в колесе, на одном месте!

Он допил чай и посмотрел на сложенные стопкой дела, по которым писанины было даже не вагон, а примерно небольшой железнодорожный состав.

Он потянул к себе верхнюю папку, и тут, на его счастье, в комнату ввалился Вова Бобров, лейтенант.

— Чего тебе, Вова? — мирно спросил Максим Вавилов. — Чаю нету. Я только что последний выпил.

— Зарплату дают, — провозгласил Бобров. — Только там пока народу много, бухгалтерия привалила, а кассирша считает долго.

— Нашу с тобой зарплату, Вова, долго считать курам на смех! Ее можно считать только быстро и с закрытыми глазами.

Вова бросил на соседний пустующий стол свою папку, уселся и посмотрел на Максима с ленинской хитринкой в глазах.

— Чего? — подозрительно спросил старший оперуполномоченный. — Выяснилось, что наш голый покойник полжизни провел на зоне и его биография пред нами как на ладони?!

Бобров обиделся.

— Бросьте издеваться, шеф! Про покойника ничего не знаю, а про гаишников могу вам рассказать.

— Про каких гаишников? — не понял Максим Вавилов.

— Гаишники на перекрестке стояли, — разъяснил Бобров. — В палатке пиво брали и кальмаров! Вы что? Забыли?

— Забыл, — признался «шеф» русского сыска. — Голый покойник был гаишником?

— Вам бы все шутить, — вдруг решил обидеться Бобров, — а я старался, как бы!

— А я учи-ил! — передразнил его Максим Вавилов.

Ему было тридцать два года, он был Вовиным начальником, и ему все еще хотелось быть... лучшим.

Вова Бобров не мог знать ничего такого, чего не знал бы Максим Вавилов. Ну просто по определению не мог, и все тут!

— Гаишники как бы пару машин проверили, ну, может, четыре, а потом снялись и уехали, когда пиво допили. Никаких подозрительных машин вроде не заметили, но они ж не каждую проверяли! Вроде помнят, что одна машина как бы к дому подъезжала, а потом на бульвар вырулила, но с такого расстояния ни номеров, ни марку они не разглядели как бы. Зато одна очень любопытная деталь выяснилась.

— Как бы, — подсказал Максим Вавилов, и Вова обиделся окончательно. Надулся и стал говорить, что если «шефу» оно не надо, то ему, Вове, оно и вовсе не надо, и стал бы он париться, если бы знал, что «шеф» так отнесется.

— Хватит языком молоть, — приказал Максим Вавилов. — Что за деталь?

— Мотоцикл, — заговорщицким тоном сообщил Бобров. — Там был мотоцикл!

— Где? — не понял Максим.

— Да у дома, где голого покойника нашли! Гаишники видели, как мотоцикл к подъезду зарулил и еще долго стрекотал. Во сколько свидетельница первый раз позвонила?

— Я не знаю. Да это можно у дежурного по журналу посмотреть!

— Вот! — как в детективном кино сказал Вова и поднял палец. — Вы смотрите в корень, шеф! Если там был еще какой-то мотоциклист, понятно, почему ее сразу не замочили, пока она рядом с трупом нас поджидала!

Максим подумал немного.

— Подожди, Володь! Свидетельница нам про мотоцикл ничего не говорила. Так?

— Так.

— Гаишники видели мотоцикл. Так?

— Так.

— Ну и что? Может, мотоцикл раньше приехал, еще до того, как труп под лавкой оставили?! Да скорее всего, так оно и было!

— Все может быть, шеф, — сказал Вова радостно. — Только это все очень легко проверить! Когда был первый звонок от свидетельницы, известно! А потом она Ерохину каждые десять минут звонила! Когда мотоцикл подъехал, тоже как бы известно, гаишники сказали! И они же, между прочим, доложили, что мотоцикл к дому завернул после того, как машина заезжала! После, понимаете?! Значит, мотоциклист этот мимо трупа и нашей свидетельницы точно не прошел бы! Тогда получается, что свидетельница врет и выгораживает мотоциклиста! А зачем она это делает?!

— Подожди, Вова, — жалобно попросил Максим Вавилов. — Зачем ей выгораживать мотоциклиста?!

— Вот и я спрашиваю — зачем?! Почему она вам не сказала, что мотоцикл к подъезду подъезжал уже после того, как она труп обнаружила?!

Максим вспылил. Ему страшно не хотелось думать о том, что Катя Самгина может невзначай из свидетельницы превратиться в сообщницу или подозреваемую.

— Да мы пока не знаем, до или после. Нужно по журналу звонков посмотреть и с показаниями гаишников сравнить.

— Конечно, нужно, шеф, — ласково сказал Вова Бобров. — Только все равно выходит, что свидетельница вам соврала как бы. А может, она и во всем остальном врет. Надо запрос в Питер отправлять, личность выяснять.

— Лейтенант, — произнес Максим веско. — Что значит — врет во всем остальном? Ты чего, подозреваешь, что она мужика удушила струной, раздела догола и в наручниках приволокла к подъезду?!

— Может, соучастница? — предположил лейтенант. — Кстати, мотоцикл я нашел как бы. Он в том подъезде только один, и рассекает на нем... сейчас скажу... да где ж она?! А, вот она где!

Он вскочил с места, схватил с пустующего стола свою папку, порылся в ней и прочитал:

— Василий Савченко. Живет в том же подъезде, что и подозреваемая...

— Свидетельница, — поправил Максим Вавилов.

— Ну да, как бы свидетельница. Савченко снимает квартиру у Голубкиной Анны Дмитриевны, тридцать девятого года рождения, бывшей дворничихи. Квартира на первом этаже, мотоцикл закатывает прямо в дверь. Все.

Вова подскочил, покрутился на месте и залпом выпил у Максима из кружки остывший чай.

— Шеф, сгоняю я к Боре, посмотрю, когда первый звонок от потерпевшей был! Чего гадать-то, когда как бы посмотреть можно?

— Давай.

— А потом к Савченко этому нужно подъехать! Если он труп видел и свидетельницу возле трупа, почему нас не дождался?! Почему свидетельница о нем промолчала?! А может, у них связь была как бы любовная? Надо его паспортные данные добыть и пробить, откуда он приехал, может, тоже из Питера следом за ней приволокся, и они того типа, в наручниках, вдвоем замочили?

— Пойди время посмотри, — приказал Максим Вавилов. — Возвращайся, и подумаем!

Хотя что тут думать!

Он посмотрел на закрывшуюся за Бобровым дверь.

В любом случае нужно ехать к этому Савченко с его мотоциклом и все потихоньку выяснять: во сколько приехал, что видел, кого встретил и так далее.

А если получится, что Катя Самгина врет? Что тогда?

Вот тогда и вступит в действие твоя любимая теория людей и крокодилов, и опять окажется, что ты ошибся! Вот тогда и получится, что ловкая и хитрая крокодилица обвела тебя вокруг пальца, а ты, как и в прошлый раз, распустил слюни и сопли, домой к себе ее привез!..

Одно утешение — «прошлый раз» длился больше года, а сейчас все прояснилось за несколько дней!

— Влюбился, — сам себе сказал Максим Вавилов и посмотрел на потолок. — Неужели влюбился, придурок?!

Да они и не разговаривали почти! После дискуссии о благородной бедности и развращающем богатстве беседовали они в основном о погоде, да еще о том, когда она сможет вернуться домой. Максим сказал, что не раньше, чем через неделю, а она заявила, что это слишком долго, а он веско ответил — посмотрим.

И еще добавил, ужасаясь тому, что говорит, мол, она обещала его матери заехать в гости. И если она об этом уже позабыла, то он ей напоминает.

Она серьезно и грустно посмотрела на него и ничего не ответила.

Он позвонил в Питер подруге Надежде, чей номер был в Катином телефоне, и подруга пообещала с ним поговорить, но вечером ее не было дома, а он звонил почти до двух часов ночи!

Еще он был удивлен тем, что у Самгиной в телефоне так мало номеров, и спросил ее об этом. И она объяснила, что у нее два мобильных — личный и рабочий, — и в тот день рабочий она позабыла в телестудии, а в личном у нее только самые близкие люди.

Выходит, писатель Галапагосский, разговаривавший хамским тоном, самый близкий ей человек?!

Все это черезвычайно занимало Максима Вавилова, путало его мысли, мешало спать, он несколько раз спускался на кухню и пил чай то с ромашкой, то с мятой, и ничего не помогало, ни мята, ни ромашка.

Катя тяжело и удушливо кашляла в своей комнате, которая была далеко от него, и он несколько раз подходил к двери и слушал, боялся, вдруг ей станет плохо.

Она затихала, он на цыпочках отходил от двери, и

все начиналось по новой: сбитое одеяло, духотища, проклятые комары, мысли, чай с ромашкой...

— Я не могу влюбиться, — сказал сам себе Максим Вавилов, пристально рассматривая потолок, по которому во все стороны шли лиловые разводы, оставшиеся после того, как зимой прорвало трубы на третьем этаже. — Я уже пробовал, и у меня ничего не вышло.

— Чего у вас не вышло, шеф? — спросил от двери Вова Бобров. — А вы... с кем говорите-то?

— С тобой, — заявил Максим сердито. — Вот спрашиваю у тебя: ну что, Вова?! Узнал, во сколько она звонила, или ничего у тебя, Вова, не вышло?

— Узнал. В три ноль-семь. Мы отсюда двинули примерно в три сорок восемь. Мотоциклист, гаишники сказали, подъехал между тремя и половиной четвертого. Так что врет наша свидетельница, что она там одна-одинешенька нас поджидала! Надо мотоциклиста допросить хорошенько, и сдвинемся мы с мертвой точки, шеф!

— Посмотрим, — пробормотал Максим Вавилов. — Поехали, разыщем твоего мотоциклиста! В том же подъезде на первом этаже, говоришь?

— Это не я говорю, это мне соседи сказали, когда я про мотоцикл стал спрашивать! Нет ли у вас в подъезде кого на мотоцикле! Ну, они мне и сообщили, что в дворничихиной квартире живет один... мотоциклист!

Почему-то Максим был уверен, что мотоциклист окажется дюжим байкером в бандане, косухе и высоких шнурованных штиблетах, но дверь квартиры на первом этаже открыл бледный худосочный юноша с бородкой и вьющимися волосами, которых было гораздо больше, чем требовалось, из-за чего он напоминал Карла Маркса из сериала «Юность гения».

— Вы ко мне? — спросил он и прищурился на Максима. — Или к тете Ане? Так она здесь не живет давно!

— А вы почему дверь открываете и не спрашиваете, кто пришел? — неприятным голосом начал Максим Вавилов. — Вы что, не знаете, какая у нас криминогенная обстановка?

Юноша вдруг сильно перепугался. Так сильно, что даже сделал попытку закрыть дверь перед самым носом у оперов.

— Так не пойдет! — Максим тихонько приналег плечом и протолкнул юношу внутрь. — Мы все равно уже здесь!

Тот переводил взгляд с одного на другого и отступал в комнату. Впрочем, отступать было особенно некуда — два шага, и стена, заклеенная страшными желтыми обоями. Юноша прижался спиной к стене и выговорил с усилием:

— Это не я! Это не я, говорю же вам!

— Не вы? А кто тогда?! — грозно продолжал Максим Вавилов, наступая на него. Впрочем, наступать было особенно некуда. Два шага, и он очутился почти вплотную к юноше, так близко, что стало видно, как двигается щетинистое горло, как будто он с усилием пытался проглотить собственный кадык.

— Н-не знаю! Я не знаю, может, она сама! Но точно не я! Я когда подъехал, он уже был, и она стояла! А я только подъехал!!

— Все тютелька в тютельку! — с удовольствием сказал за спиной у Максима Вова Бобров. — Слышите, шеф?

— Только не убивайте меня! — тихо попросил юноша. — Прошу, не убивайте! Я могу уехать, прямо сейчас! Я уеду, и никто ничего не узнает! Только не убивайте, мать не переживет!..

— А вы только не плачьте, — попросил Максим Вавилов. — Терпеть не могу, когда дети плачут! Вы в комнату пройдите. Пройдите, пройдите!

Не отрывая спину от стены, юноша бочком прополз крохотный коридорчик, нервно кося глазом на оперов, и все они оказались в комнате, где почти ничего не было, кроме мотоцикла, стоявшего прямо посередине.

Мотоцикл сверкал хромированным железом, усмехался отвратительными и страшными драконьими мордами, источал непередаваемо мужской запах бензина и масла, лоснился кожей сиденья. На полу возле окна на газетах были разложены инструменты, тоже сверкающие и тоже в идеальном порядке, а еще каска, нелепые наклейки, колесные спицы и какая-то мотоциклетная дребедень. Под батареей в уголку скатан тюфячок, и все. Больше в комнате не было ничего. То есть на самом деле ничего!

— Ты кто? — спросил Максим Вавилов, оглядев жилище. — Как тебя зовут?!

— Савченко Василий Игнатьевич.

— А паспорт у тебя есть, Василий Игнатьевич?

Юноша быстро кивнул.

— Покажи, — предложил Максим Вавилов.

Василию Игнатьевичу оказалось девятнадцать лет, и он прибыл из города Саратова, что на Волге-реке.

— Давно приехал? Из Саратова?

— Го... год скоро, а что?

— Чем занимаешься в столице? Ну, когда голых покойников возле подъезда не находишь?

— Вы меня убьете, да? Я знал, знал!.. Я не хотел! Я ей говорил, что не надо, а она все равно!.. Я ей говорил, что нельзя, а она!..

— Что она?

— Она все равно в милицию позвонила! Я ее просил, чтобы не звонила, а она — нет, нет, мы должны! Дура, блин!! — вскрикнул юноша фальцетом, запустил обе руки в шевелюру и рванул изо всех сил.

Опера переглянулись, и Максим вдруг вздохнул свободнее.

Значит, она звонила в милицию, а этот юноша говорил ей, что звонить нельзя?! Так получается?!

— Вы меня только не убивайте! — причитал Василий Игнатьевич. — Я ее знаю, она на третьем этаже живет, или на втором! Мы ее найдем, а я уеду! Вы ее найдите, а я ни при чем! Я когда подъехал, он уже лежал, а она рядом стояла!..

— Ты расскажи подробно, — посоветовал Вова Бобров. — Что ты кричишь!

— Я не знаю подробно! Я подъехал, а он лежал, а она над ним стояла и все про милицию говорила!

Максим Вавилов обошел мотоцикл, осмотрел со всех сторон — юноша шарахнулся от него, когда он придвинулся слишком близко, — подошел к окну и провел по подоконнику пальцем.

После чего нагнулся, оторвал от газеты, разложенной на полу, изрядный кусок, протер подоконник и сел. И похлопал ладонью о ладонь, стряхивая пыль.

— Ты неправильно рассказываешь, я просил подробно, — доверительно сказал он юноше. — Давай так. Ты где работаешь?

— Нигде!

— Учишься?

— Нет!

— А чем живешь?

— В... каком смысле, а? Я... просто живу!

— Отхожий промысел у тебя какой, Василий Игнатьевич?

— А?..

— В смысле, делаешь ты чего?! — повысил голос Максим Вавилов. — Зарабатываешь чем? Мобильники у прохожих тыришь?

— Вы меня только не убивайте, — снова заговорил юноша. Глаза у него были совершенно стеклянные, зрачки расширенные, и Максим вдруг подумал, что он, должно быть, ширяется, но так, по мелочи. — Вы только не убивайте, я не виноват ни в чем, ни в чем! Это все она!! Она уже стояла, когда я подъехал, и хотела милицию вызвать, а я ей не давал, ей-богу, не давал!

— Ты меня слышишь? Деньги на жизнь и на эту пукалку где берешь, Василий Игнатьевич? Или, может, тебе умыться пойти?

— Умыться? — переспросил юноша. — Зачем? Перед смертью?..

Максим отвернулся от него и стал смотреть в окно, на пыльный августовский бульвар, по которому шли мамаши с колясками, старухи с сумками и просто прохожие, и он вдруг подумал, что рабочий день в разгаре, но почему-то никто не работает, а все идут по своим делам по Сиреневому бульвару! Толстая тетка с лотка продавала баклажаны и яркие стручки болгарского перца, к ней стояла небольшая очередь из мамаш и старух, должно быть, дешево продавала!.. Листья летели, и было понятно, что, несмотря на жару, уже август, и лето кончается, и впереди ничего хорошего нету — дожди, мрак, холод, дрожащие на ветру голые ветки, лужи под ногами, мокрые спины и зонты в метро, унылые дни.

«Утро туманное, утро седое, нивы печальные, снегом покрытые. Нехотя вспомнишь и время былое, вспомнишь и лица, давно позабытые!..»

«Возьму Катю, и поедем-ка мы с ней на машине в Питер», — вдруг подумал Максим Вавилов.

Такая красота.

Деревья будут облетать потихоньку, и все вокруг будет красным, багряным и желтым, и пустая дорога вся впереди, как жизнь!.. Мы выедем рано, чтобы долететь до Твери, пока еще не пошли фуры и не вылезли на работу местные запаленные грузовички с полными кузовами картошки и капусты. Мы станем ехать и читать названия деревенек, и они будут нам нравиться — Малые Вяземы, Омутищи, Долгие Бороды! Мы будем болтать, слушать музыку, и все, что мы скажем друг другу, будет нам интересно — мы ведь ничего толком не знаем о том, кто как жил, что делал, что видел, до того, как мы наконец-то повстречались!..

И впереди у нас будет светлое и радостное будущее. И главное, долгая жизнь!..

И тут он очнулся.

Лейтенант Бобров смотрел на него вопросительно, а Василий Игнатьевич жалобно, и он вдруг возненавидел себя за свои слюнтяйские мысли.

Мало того что «шеф русского сыска», так еще и романтик, черт тебя побери!..

— Так чего с биографией-то, юноша? — спросил он неприятным и громким голосом — от отвращения к себе. — Не учимся, не работаем, без регистрации проживаем? Промышляешь чем?

— А... вот с ребятами... мотоцикл кому перегнать, кому помыть, кому спицы поменять... Там, в Мневниках, где байкеры крутые... Ну, и мать присылает.

— Мать тебе из Саратова присылает в Москву деньги, чтобы ты в Мневниках с байкерами тусовался?!

— Да она думает, что я в институте учусь! В финансовом. Ну, в платном, в смысле!

— А ты ей, значит, врешь?

Юноша повесил голову, украшенную диковинной шевелюрой, и поскреб под майкой. На нем была майка и какие-то лиловые шорты, больше похожие на семейные трусы.

— Обучение твое в финансовом на сколько тянет? Мать сколько дает?

Юноша затравленно глянул на Максима.

— В месяц триста долларов.

— Елкин корень, — присвистнул Максим Вавилов, — в Саратове на эти деньги можно жить и горя не знать!..

— Вы меня не убивайте, — попросил юноша. — Она не переживет. Мать, в смысле.

— Сэкономит сильно! — рявкнул оперуполномоченный. — Говори, что было, когда ты подъехал, а у подъезда труп! Ну, говори сейчас же!

Он все никак не мог понять, почему так злится, а когда понял, озверел окончательно.

Этот юноша, который казался ему младше лет на триста, этот придурок, завитый барашком, стручок в лиловых трусах, недоросль, обмылок, напоминал ему... его самого!..

Масштабы немного другие. Суть одна и та же.

Мать дает деньги, чтобы ребеночек выучился в финансовом, получил профессию и зажил как человек. Ребеночек, конечно же, гораздо лучше матери знает, что он должен делать — кататься на мотоцикле и с байкерами куролесить, — но деньги тем не менее берет исправно.

Родители Максима тоже надеялись, что он получит профессию и станет работать с отцом, но он лучше знает, что должен делать — писать бумаги, выезжать на огнестрелы и поножовщины, разгребая, таким образом, дерьмо и несовершенство мира. Деньги тем не менее он тоже берет у родителей исправно!..

— Я подъехал, на дорожку завернул, где лавочки стоят, и тут он лежит, и она над ним. Она на корточках сидела, — быстро заговорил юноша. Иногда он останавливался и шумно сглатывал. — Рядом с трупом, в смысле.

— Откуда ехал, во сколько подъехал, с кем был, — приказал Максим Вавилов.

— С Воробьевых гор ехал, там туса была, во сколько — не помню, и один я был, — отрапортовал юноша.

— Ну, в два, в три, в шесть утра? Приблизительно! Или, может, днем?!

— Да четвертый час был! Точно, четвертый, потому что Серега на часы смотрел, когда с Воробьевых двинули, и сказал еще, что у гаишников сейчас пересменок, можно мухой долететь, все равно никого нету!

— Дальше что было?

— Ну, зарулил я сюда, а тут, под лавкой, мертвец, и ни одной живой души нет! Только девка эта с третьего или со второго этажа рядом с ним, и глаза у нее бешеные были! Она мне говорит: телефон есть, давай, в милицию звони! А я что, лох, что ли?! Какая мне милиция, когда я тут на птичьих правах?! Я ей говорю — какие менты, дура?! Сама небось приезжая, труп нашла и хочешь в ментуру звонить! Да загребут они тебя, даже разбираться не станут, ты его замочила или не ты, блин! Пошла, говорю, вон отсюда, и думаю, сейчас уеду! Даже газ дал, ей-богу, уехать хотел!..

— А чего ж не уехал?

— Так она вцепилась и не дала!

— Как не дала?!

— Я думал, косуху порвет, так вцепилась! И еще говорит — я, мол, восточными единоборствами занималась, ты, мол, только попробуй дернуться, я тебе руку сломаю!

— Во дает свидетельница! — тихонько сказал лейтенант Бобров.

— Зачем ты ей был нужен?

— Да чтоб ментов ждать! Одна, говорит, я боюсь при трупе! Не могу, говорит, плохо мне! Стой тут, а я ментам позвоню! И позвонила, дура, дура, блин!

Максим все никак не мог понять, в чем состояли сложности Василия Игнатьевича.

— А ты чего не уехал, если хотел?!

Тут юноша вдруг замолчал, шмыгнул носом и стал смотреть в пол.

— Да говорю же, не девка, а ниндзя! Она... короче, когда я на мотоцикл сел, она меня... ну, короче, в ухо ударила! Потом неделю болело, вот как залепила, зараза!.. Я даже с мотоцикла упал!

Тут Максим Вавилов захохотал, и Вова Бобров захохотал тоже.

Ай да Катя Самгина, питерская журналистка! Ай да молодец!

Крутому байкеру в ухо залепить, так, чтобы тот с мотоцикла грохнулся, — это не шутки, это уметь надо!..

Сильная, значит. А раз сильная, да еще какие-то единоборства поминала, вполне возможно, могла и задушить!

Тогда зачем вся канитель с байкером, с милицией?! Задушила, и делу конец!

— Я упал, а она звонить стала! А я стал просить ее, чтобы она меня отпустила, когда менты подъедут, чтоб не видели они меня! Ну не могу я с ментами, у меня ни прописки, ни регистрации, ничего нету!.. И не работающий нигде! И я думал, что этого, который лежал, она сама и того...

— Чего? — переспросил Максим Вавилов.

— Ну... убила она его!

— А как она его убила? У нее в руках пистолет был или, может, топор? Или лом?

Юноша подумал немного, старательно вспоминая лом и топор.

— Да не, не было ничего такого!

— Так что же, она его голыми руками, выходит, замочила?

— А кто ее знает! Может, дала, как мне, в какое-нибудь такое секретное место, от которого человек сразу на тот свет! И все! Я читал, что некоторые так умеют, читал, правда!..

— После того, как ты с мотоцикла свалился, что было?

— Ну, она меня держала, а сама ментам звонила. За шею держала, так сдавила, тоже три дня болела!

— А ты чего?

— А я просил, чтоб отпустила, что мать у меня в Саратове и про мотоцикл ничего не знает, а если менты приедут, протокол начнут составлять, матери звонить, она от горя помрет! И девка сказала: как менты приедут, так и катись на все четыре стороны! Ну вот... Мы ждали, ждали, они все не ехали, а потом, когда мигалку увидели, она мне говорит: катись отсюда! И еще слово добавила непечатное.

— Я бы таких семь добавил, — сказал Максим Вавилов.

— Но она обещала ментам про меня не сообщать, чтобы мать не узнала.

— Да, — проговорил Бобров задумчиво. — Между прочим, она нам про него и не сказала, шеф.

— Не сказала, — согласился Максим Вавилов. — И понятно теперь, почему тот тип ее в подъезде дожидался. Потому что рядом с ней Василий Игнатьевич болтался. А сразу двоих убивать у него резона не было, тем более этот на мотоцикле, еще смылся бы, не дай бог! Лови его потом, чтобы горло перерезать!

Юноша сильно побледнел:

— Мне перерезать?! Мне! Не надо! Ну не надо, а?! Я не виноватый, это она ментов вызвала, она! Я говорил, что не надо ментов!

— Да что ты визжишь?! — громко спросил Максим Вавилов, которому надоел юноша. — Мы и есть менты! Ты бы чужим людям дверь не открывал или хотя бы документики спрашивал, что ли!

— Как менты? — оторопело спросил юноша. — А разве вы не бандиты?!

Максим Вавилов вздохнул и слез с подоконника.

— Ты, когда она тебе в ухо дала, ничего подозрительного часом не заметил?

— Где?

— Вокруг. Ну, никто никуда мимо не проходил, никто с другой стороны бульвара не стоял, собаку не выгуливал?

Юноша подумал. Горло у него по-прежнему ходило ходуном.

— Не было ничего такого. Я не видел. Она меня за шею держала, а я...

— А ты скулил, — закончил Максим Вавилов. — Значит, вот тебе адрес дежурной части. Я тебя вызову, ты сей момент вскочишь на свою пукалку и ко мне подъедешь. Понял, Василий Игнатьевич?

— Зачем?!

— Затем. Протокол составим, а ты его подпишешь. Не подпишешь, устрою я тебе и твоей тете Ане хорошую жизнь по линии участкового и паспортного стола! Хочешь?

— Я?! Не-е, я не хочу, что вы!

— Значит, подъедешь и подпишешь, понял уже теперь?

— Я... понял, да.

— Ну, ты сообразительный, Василий Игнатьевич, — похвалил его Максим Вавилов. — Будущий финансист, как-никак!

— И чтоб без глупостей, — солидно добавил Вова Бобров.

На Сиреневом бульваре старший оперуполномоченный купил у толстой тетки два яблока, старательно обтер их о джинсы и одно отдал лейтенанту, а от второго откусил сам.

— Слушай, Борь... — Он посмотрел на часы, а потом на подчиненного. — Странная штука выходит.

Ведь тот, который свидетельницу душил, по крышам ушел.

— Ну да, — согласился Вова, жуя яблоко.

— А пришел как?

— В смысле, шеф?..

— Ну, Василий никого не видел. Самгина тоже никого не видела. Почему он решил задушить Самгину, а не Василия?

Вова пожал плечами:

— По-всякому выходит, что она видела что-то, чего Василий не видел!

— Вот-вот, — подтвердил лейтенант. — Видела, а нам не говорит!

— Да нет, подожди ты! Не складывается ничего, разве ты не чувствуешь? Труп везли, чтобы где-то выбросить, так? Так. Впереди замаячили гаишники, и его выбросили у первого попавшегося подъезда, подальше от фонаря, так? Так. Свидетельница труп нашла, и ее тут же попытались прикончить, так? Так. Выходит, убийца видел, как она труп нашла. Значит, он наблюдал, что ли?! Зачем?! Вывалил труп, да и поехал быстрее, тем более его гаишники смущали! Он же не собирался труп у подъезда оставлять, а пришлось! Значит, он нервничал, но все равно остался. Зачем?

Лейтенант пожал плечами.

— Я не знаю, шеф. Чепуха какая-то.

— Вот именно чепуха, Вова! И способ убийства странный, и что он по крышам уходил, странно. — Максим доел яблоко, потом подумал и доел заодно огрызок. — Он что, террорист, что ли?! Это они все больше по крышам! Нормальные честные фраера по крышам не лазают, они не кошки!.. И личность трупа мы не установили!

— Свидетельницу надо дожимать, шеф! Думаю, все дело в ней! И мотоциклист сказал, что она его с мотоцикла свалила! Как она могла его свалить, она же вроде субтильная! Значит, приемчики знает!

Максим пошел к в машине, и Вова, громко чавкая, потащился за ним. Они уселись, включили кондиционер и некоторое время посидели, подставив потные лица холодной струе, лившейся из решетки.

— Зачем она ему сдалась, — задумчиво спросил Максим Вавилов самого себя. — Что такое она могла знать или видеть, зачем ее понадобилось убивать, да еще так срочно?..

— Дожимать, дожимать надо, шеф!

— Надо в Питер лететь, — решил оперуполномоченный. — Командировку выбивать долго, да и не дадут, я сам, быстренько. Прикроешь меня, Вова?..

А на следующий день Надежда нашла пистолет.

Как в кино.

Вышло так, что Пейсахович, вызвавшийся замещать толстого швейцара, предложил это не просто так, а с умыслом. Ночь он отдежурил, то есть мирно проспал в швейцарской, а утром подступил к Надежде.

Та была сердитая, невыспавшаяся, потому что моталась в Парголово, к бабушке Кати Самгиной. Бабушка уже несколько лет была не в себе, и Надежда очень ее жалела, как бы в память о собственной бабушке, которую сильно любила и ухаживала за ней до последнего дня. Днем с Катиной бабушкой была сиделка, а ночью оставалась сама Катерина, и Надежда даже представить себе не могла, что там творится, раз Кати нет так долго!..

Как ни странно, ничего особенно ужасного не происходило. Нина Ивановна, сиделка, была женщиной не слишком любезной, но честной и исполнительной. Надежда застала и бабушку, и Нину Ивановну в полном порядке, чистоте и покое.

— Насилу хоть кто-то явился! — с ходу начала Нина Ивановна. — Раз денег заплатили, так можно и носа не показывать, что ли?! Звоню, звоню Катерине, а она даже трубку не берет!

— Она в больницу попала, Нина Ивановна! — заступилась Надежда. — В Москве. Позвонить не могла.

— Свят, свят, свят, дай бог здоровья! Что такое с девочкой?!

— Вроде все уже нормально! Я вам денег привезла, вот тут продукты, и вы скажите, что из лекарств нужно купить, я завтра всю куплю!

— Деньги еще есть, три тысячи из тех, что были даены перед тем, как Катерина в столицу укатила, и все расходы, вон, в тетради! Лекарства вроде тоже пока все при нас. А вот если б меня отпустили пораньше, за то была бы вам большая благодарность!

И Надежда сиделку отпустила. Бабушка была в хорошем состоянии, хоть Надежду и не признала, называла почему-то Тамарой. Но они дружно напились чаю, потом долго играли в дурака, и бабушка все время выигрывала, а потом долго укладывались спать. Ночевать было не обязательно, но Надежда решила, что лучше остаться.

Она почти не спала, все прислушивалась к старухе, ее вздохам и храпу, и еле дождалась утра и Нины Ивановны. И в «Англию» примчалась с опозданием, всклокоченная и невыспавшаяся.

Да еще Пейсахович пристал как банный лист.

Она проверяла листы регистрации, телефон у нее непрерывно звонил, думала она о Кате Самгиной и о том, что могло с ней случиться в Москве, когда в дверь просунулась хитрая физиономия Пейсаховича.

— Я сильно извиняюсь, — сказала физиономия, — но нет ли здесь самой наилучшей начальницы службы портье за последние сто пятьдесят лет?

— Вам чего? — грубо спросила Надежда.

— Да она же здесь! — воскликнул Пейсахович, словно внезапно увидев Надежду, и протиснулся в дверь еще немного. — Я сильно рад ее видеть!

— У меня завал, видите, Сема?

Почему-то Пейсаховича в отеле всегда звали Семой, и никогда по отчеству.

— Я вижу ваш завал, моя девочка, только я не понимаю, при чем тут завал, когда я вас вовсе о нем не спрашиваю.

Надежда продолжала внимательно просматривать листы регистрации.

— Кофе только растворимый.

— Ах, боже ж мой, при чем тут кофе?

Так как она не ответила, Пейсахович вдвинулся еще поглубже и проговорил интимно:

— При чем тут кофе, когда я пришел поговорить вовсе за шины!

Надежда подняла на него глаза, заложив палец в ту карточку, которую еще не успела просмотреть.

— Сема, я вас не понимаю.

— Натурально вы не понимаете, моя девочка! — воскликнул Пейсахович с жаром.

Он вошел совсем, сел на шаткий стульчик, который стоял напротив ее стола будто для приема неких посетителей, которых никогда не было, и, перегнувшись к ней через стол, шепнул доверительно:

— Шины. — И еще раз, по слогам: — Ши-ны.

— Какие шины?!

— Зимние, — сказал Пейсахович. — Чудные зимние шины, совершенно новые!

Надежда смотрела на него, а он на нее.

— Вы что? Продаете шины? Так у меня машина немецкая, мне ваши шины не подойдут.

— Помилуй бог, — воскликнул Пейсахович. — Разве можно продавать такие прекрасные шины?! Я бы сам купил их у кого угодно, если бы они уже не были мои собственные!

Надежда поморгала, потом вынула палец из карточек — тонкие листы моментально и безнадежно сомкнулись — и взяла себя за лоб.

— Сема, — сказала она проникновенно, — вы бредите?

— Типун вам на язык, моя девочка!

— Тогда в чем дело, говорите толком!

Пейсахович еще немного приблизил к ней лицо и опять повторил:

— Шины.

Надежда вышла из себя.

— Да что такое с вашими шинами?!

— С ними все в порядке, дай бог здоровья доброму человеку, который смастерил такие прекрасные шины! Но они на складе! И я никак не могу их получить, хотя это мои родные шины, купленные за мои кровные деньги! И где справедливость, спрашиваю я вас? Куда она делась?

Надежда глубоко вздохнула и сильно выдохнула:

— Послушайте, Сема...

— Нет, это вы послушайте, моя девочка! Если бы к нам в отель приехал Моисей, Пейсахович понял бы все! Пейсахович первый бы сказал — плевать я хотел на эти шины, пусть они провалятся и сгниют на этом складе! Но Моисей к нам таки не приезжает! Так почему я должен страдать за чужого дядю, словно за Моисея?!

— Слушайте, — сказала Надежда. — Хотите, я вызову Трутнева, и вы с ним побеседуете про Моисея! Ну я правда сейчас не могу! У меня в двести восьмидесятом семья «голубых» поссорилась и хочет разъезжаться! А мне совершенно некуда их селить, понимаете? Рабочие тянули кабель и порвали обои в президентском номере, а они шелковые, восемьсот евро квадратный метр, и делают их только на заказ! Уолш считает, что я сумасшедшая, Зина умерла, и Лидочка не может найти ей замену, поэтому Галя работает уже третью смену подряд, а сама Лидочка...

Тут она запнулась, решив, что продолжать дальше не стоит.

Пейсахович во время ее речи благожелательно и сочувственно кивал.

— Вот я и говорю, — снова начал он, как только она замолчала. — Пейсахович ни при чем! Так за что он должен безвинно страдать в отсутствии шин, которые оказались на складе! Совершенно случайно! Абсолютно!

Надежда начала что-то понимать.

— Ваши шины на складе?!

— Девочка, я толкую вам об этом уже битых полчаса!

— В секторе «Б», куда американцы свозят свое оборудование?

Пейсахович откинулся на спинку утлого стула и простер к ней ладони, как бы призывая невидимую толпу восхищаться ею.

— Я знал! — провозгласил он. — Я знал, что она меня поймет! И она поняла!

— Как ваши шины попали на склад?!

— Отдал, — горестно признался Пейсахович. — Отдал, не подозревая о том, что на землю Гоги и Магоги пожалует такой важный иностранец!

— Земля Гоги и Магоги — это Питер? — незнамо зачем осведомилась Надежда, и Пейсахович торжественно кивнул.

У него были своеобразные представления о мироустройстве, и все в «Англии» привыкли с этим считаться.

В блокаду у него умерла вся семья. Пейсахович, родившийся то ли в сорок первом, то ли в сорок втором году, умер бы тоже, если бы его случайно не спас сосед по коммуналке, военный летчик. Сосед приехал в отпуск. Он воевал на Севере, то ли в Мурманске, то ли в Полярном, и правдами и неправдами пробился в Ленинград, где у него остались жена и младенец. Он привез еду — солдатский сидор, набитый союзнической тушенкой, салом и настоящим хлебом. Самым настоящим, из муки, а не из опилок и отрубей, это было невозможно в блокадном Ленинграде, а он привез! Ленинград сильно бомбили, но дом на улице Марата уцелел, и летчик пришел в свою квартиру, в которой из двух десятков человек не осталось никого, все умерли. Его жена умерла дней за десять до его появления, так сказала ему дворничиха Фатима, которая все время смотрела на его сидор, просто глаз не отрывала. Он дал ей банку тушенки и кирпич хлеба, и она взяла обеими руками, прижала к себе и стала что-то шептать, как будто молиться. Зачем-то он поднялся в квартиру, прошел по пустым и гулким комнатам, где не осталось ни мебели, ни обоев — мебель сожгли, а обои сварили и съели, потому что когда-то их клеили мучным клейстером. Годовалого Пейсаховича он нашел на окне. Тот лежал на подоконнике, закутанный в шубы и шали, разинув голубой, бескровный от мороза и голода ротишко, и летчик почему-то взял его и понес вниз, в дворницкую. Может, от горя и беспамятства ему показалось, что это его собственный ребенок лежит на окне, а может, он решил, что тот умер и его нужно свезти на Пискаревское кладбище?.. Ребенок был жив, он вдруг зашевелился, когда дворничиха стала распутывать и снимать с него шубы — чего хоронить в шубах, когда шубами можно прикрыть живых?! И летчик забрал его и увез с собой, то ли в Мурманск, то ли в Полярный, и всю дорогу отпаивал молоком из бутылки, заткнутой бинтом, и по кусочку скармливал хлебный мякиш, размоченный в сладком чае. Ребенок выжил, и в сорок шестом они вернулись в Питер, в ту самую коммуналку, где и у летчика, и у Пейсаховича умерли все, а им обоим нужно было как-то продолжать жить. Летчик сильно пил и вскоре умер, а маленький Пейсахович чистил ботинки на Невском, разносил газеты, чинил хозяйкам примусы, и безногий сапожник дядя Саша взял его к себе, и его жена, крикливая и добрая тетя Фая, подшивавшая соседкам шторы и подрубавшая простыни, кормила его фаршированной щукой и учила жизненной премудрости.

Одной из соседок, для которых тетя Фая день и ночь строчила на машинке, была мама Лидочки Арсеньевой, и маленький Пейсахович относил им перелицованные вещи и всегда получал взамен кусок хлеба с маслом, чай с вареньем и немножко больше денег, чем полагалось. А Лидочка, когда выросла, взяла его на работу.

У него была толстая, крикливая и добрая жена, разновозрастные дети, которых он без памяти любил, и машина «Москвич» восемьдесят восьмого года.

Может быть, в чопорной, богатой и официальной «Англии» и не все до единого любили швейцара Пейсаховича как родного, но уж точно никто не мог себе представить «Англию» без него!

Даже сэр Майкл, приезжая, всегда осведомлялся, где мистер «Петсаховитч» и как он поживает!

Надежда Звонарева поняла, что ее песенка спета, — шины от «Москвича» восемьдесят восьмого года на складе, куда американцы свозят свое сверхсекретное оборудование, и сейчас ей придется предпринять экспедицию, чтобы их оттуда добыть! Не бросать же Пейсаховича в беде!

— Зачем вам срочно понадобились эти дурацкие

шины? — горестно спросила она Пейсаховича, понимая, что отступать некуда. — До зимы далеко!

— Продаю, — так же горестно ответил он. — Продаю машину вместе с шинами!

— Как продаете?! Вы же минуту назад сказали, что никому не продадите свои шины! А на чем будете ездить?

— На новой, — еще более горестно ответствовал Пейсахович, — и лучше вам не спрашивать у меня, сколько она стоит, та новая машина, пропади оно все пропадом! Как говорит моя жена, может быть, и есть миллионщики, которым все равно, сколько стоит ихняя машина, а у нас еще не все дети выучены!

— Черт бы вас побрал, — сказала Надежда.

— Так минутное же дело! — жарко воскликнул Пейсахович. — Мы приходим на склад. Вы — чик! — и отпираете дверцу, и я забираю свои шины! И клянусь вам здоровьем жены, вы будете первой, кого я прокачу на новой машине, девочка!

— И полковник Уолш меня — чик! — и я в наручниках в ФСБ по обвинению в терроризме. — Надежда подумала немного: — А Коле Санькову вы сказали, что у вас там шины? Склад — это его служба.

— Сказал, конечно, сказал! Я только не объяснил ему, что трагические обстоятельства заставляют меня в нарушение всех правил забрать свои шины с его секретного склада.

— Вы бы лучше его попросили, — жалобно простонала Надежда. — Я-то при чем?!

Пейсахович поднял палец и провозгласил:

— Старый друг лучше новых двух! Коля — милый мальчик, и не нужно со мной спорить! Но доверить ему свою судьбу я не могу! Вот не могу и не могу!

Надежда подумала немного.

— Хорошо, — решила она. — Пойдем добывать ваши шины.

И они пошли.

Поначалу она непременно хотела идти после одиннадцати, когда оттуда разойдутся все американцы, но хитрый Пейсахович сказал, что нужно именно сейчас, когда там полно народу и на них никто не обратит внимания.

На складе действительно было не протолкнуться, и, когда Надежда открыла своей карточкой кодовый замок, ее вдруг поразило обилие света и людей в желтых комбинезонах, которые носили, возили, тащили, ехали на электрических карах. Склад, обычно заполненный лишь наполовину, напоминал космический корабль перед вылетом к Туманности Андромеды, путешествие к которой должно занять сто пятьдесят световых лет!.. Горели все лампы, открывались и закрывались двери, шустрые автопогрузчики везли фанерные ящики, на каждом из которых было черной краской написано «fragile», а на некоторых даже «top secret»!

— Где ваши шины? — шепотом спросила Надежда. Шептать не было никакой необходимости — на складе стоял шум и гам, и на них действительно никто не обращал внимания, все были заняты своими делами.

— Да вон, в уголке под брезентом.

— А как мы их понесем?! — вдруг сообразила преступница или, вернее, сообщница. — Нас же всего двое?!

— Пусть девочка не волнуется, — высокомерно ответил Пейсахович. — Мы их покатим!..

Перспектива катить шины к выходу — через весь склад! — на глазах у двух десятков американцев показалась Надежде отвратительной, но выбора не было. Хорошо хоть, она догадалась выписать материальный пропуск, чтобы показать охранникам при выходе!..

Прячась за стеллажами и ящиками, как две большие крысы, залезшие в амбар, чуть не пригибаясь, короткими перебежками Надежда с Пейсаховичем продвигались к заветным шинам, но тут вдруг явился Коля Саньков, а с ним куча грузчиков, и они стали что-то горячо обсуждать с американцем, руководившим разгрузкой.

Надежда была уверена, что Коля ни в коем случае не должен их видеть, уж ему-то она точно ничего не сможет объяснить про шины Пейсаховича, и поэтому они довольно долго сидели за горой коробок, а потом, когда Коля со свитой переместился в другой конец склада, двинулись снова, и все это напоминало сцену из фильма, когда Сильвестр Сталлоне и Арнольд Шварценеггер собираются украсть с секретной базы ядерную боеголовку!

Шины действительно лежали под брезентом, аккуратно накрытые и заботливо подоткнутые со всех сторон — Пейсахович любил свои шины!

И тут Надежда нашла пистолет.

Он лежал в шине, прямо внутри, и вывалился, когда Пейсахович стал ее поднимать. Надежда сначала не поняла. Какой-то сверток упал на цементный пол, глухо стукнулся, она подняла его и развернула.

Раньше Надежда никогда не видела пистолетов, и поначалу ей показалось, что это такая игрушка.

— Это ваше? — спросила она Пейсаховича и протянула ему пистолет в чистой тряпице. Он был холодный и довольно тяжелый.

Пейсахович глянул, попятился, выпустил шину, она поехала, а потом завалилась набок.

— Где ты это взяла?! — с ужасом спросил он, и Надежда вдруг поняла, что это *на самом деле* пистолет. Никаких игрушек.

Она посмотрела на оружие в своей ладони, аккуратно завернула его в тряпку. Пейсахович смотрел на нее.

— Быстро наверх, за Уолшем и Кторовым, — четко и громко сказала она. — Вы слышите меня, Сема? Быстро! Ну?!

Пейсахович закивал, побежал в другую сторону, поднял шину и покатил ее к выходу.

— Бросьте шину, — приказала Надежда. — Шагом марш наверх!

Пейсахович бросился бежать, и тут их увидел Коля Саньков.

— Надь, ты чего тут делаешь? — издалека крикнул он, улыбнулся и помахал рукой. — Подожди, я сейчас!

— Не подходи ко мне! — крикнула в ответ Надежда, как будто держала в руке ампулу со смертоносным вирусом. — Сюда нельзя!

— Что?!

— Коля, я нашла пистолет!

И когда она это прокричала, весь склад, как по команде, замер — или ей так показалось? Один за одним останавливались автопогрузчики, замирали кары, люди медленно-медленно собирались в отдалении и во все глаза смотрели на нее.

А потом прибежал Уолш. Казалось, что в заколдованном королевстве, где замерло все, только он один и может двигаться.

— Что здесь происходит?!

— Вот. — И Надежда ткнула в его сторону пистолетом. — Это лежало здесь.

Уолш подошел, посмотрел, взял пистолет у нее из ладони и ничего не сказал.

Весь оставшийся день в отеле было страшно, как на войне.

Никто не смеялся, не пил кофе, не сплетничал, не шутил, не болтал и не отпрашивался в детский сад за ребенком. В воздухе потрескивало электричество. Склад оцепили, там работали люди с собаками, искали то ли оружие, то ли взрывчатку. По домам никого не отпускали, и отпустили, только когда стало ясно, что держать людей до утра невозможно, а опросить всех служба безопасности все равно не успеет.

Надежда приехала на Каменноостровский, когда время уже перевалило за два часа ночи и начали разводить мосты. С Финского залива шла гроза, от Невы тянуло холодом и запахом озона, и Надежде казалось, что гроза как бы завершает все события сегодняшнего дня.

Куда же без грозы?!.

Оказалось, что ничего и не завершает!..

Лифт не работал, и она пошла пешком. В полутемной парадной всполохи молний казались особенно зловещими, и ей хотелось скорее домой, выпить чаю, съесть макарон с сыром — ну и наплевать на калории и на то, что ночь-полночь! — в горячую ванну и спать, спать скорее!.. И спать-то осталось всего ничего, и утром опять на работу, а уж какая *там* гроза, просто невозможно себе представить!

Сверкало все ярче, и казалось, что тяжелая грозовая туча заглядывает в окна старого питерского дома и в него же метит своими молниями, хочет испепелить!

Надежда открыла дверь, привычно сунула сумку на полку, скинула туфли и щелкнула выключателем.

Свет не зажегся.

Она щелкнула еще и еще раз. Должно быть, авария где-то, вон какая грозища идет! Придется искать свечи.

А если до утра не дадут электричества, как она будет волосы сушить, без фена?! В духовке?!

Вздыхая, она поплелась в комнату и замерла на пороге.

Что-то было не так, какое-то странное чувство, смутное и опасное.

Что-то не так, простучало сердце — и замерло.

В следующую секунду молния озарила комнату пронзительным белым светом, и сердце ударило изо всех сил и от этого сокрушительного удара чуть не разорвалось.

Под потолком висел человек. Голова у него свесилась набок, перетянутая веревкой шея казалась неестественно тонкой. Он был мертв.

Максим Вавилов вылез из машины и потянулся. Приятно было вернуться домой. Он немного волновался — из-за Кати, — и ему очень хотелось ее увидеть.

Можно даже сказать, он целый день мечтал ее увидеть!..

Она стояла на широких ступенях веранды, словно поджидала, когда он приедет с работы, и была в этом мирная прелесть, обещание светлого и прекрасного будущего.

— Добрый вечер, — издалека сказала она тихо и сипло.

— Добрый вечер, — ответил он громко. Специально громко, чтобы она не поняла, как он по ней скучал. — Слушайте, Катя, а вы знаете, что обманывать следствие нехорошо?

— В каком смысле?

— В прямом. Зачем вы меня обманули?

— Я вас пока не обманывала, Максим.

Он стоял на дорожке, держа одним пальцем закинутый за плечо пиджак, а она на ступенях, сложив на груди руки, как будто отгородившись от него.

Он подошел поближе.

— Точно не обманывали?

Она отрицательно покачала головой.

— Но еще обманете? — вдруг спросил он. — Ведь обманете, да?

— Нет, — сказала она. — Не буду.

То ли это была игра, то ли уже не игра, он перестал понимать.

— Почему нет?

Катя осторожно, глядя себе под ноги, спустилась к нему, и он вдруг подумал, что она, должно быть, близорука, а он и не знает! Он ничего про нее не знает!..

— Есть люди, которых нельзя обманывать, — объяснила она. — У них на лбу написано большими буквами: «Нель-зя!»

Тут Катя разжала руки и ладонью потрогала его влажный лоб.

— У вас написано, — сказала она. — Вот прямо здесь.

Он перехватил ее ладонь и прижал растерянно своей рукой. Она не отняла руку и не сделала шаг назад.

— Ты мне ни слова не сказала про мотоциклиста!

— Значит, нашел. — Она усмехнулась. — Я так и знала, что ты найдешь!

— Почему знала?

— Потому что ты умеешь искать и находить. Ты мне сам говорил, что больше ничего не умеешь!

Он посмотрела на ее ладонь в своей руке.

— Ты должна по пунктам изложить мне свою жизнь с того самого момента, как приехала из Петербурга в Москву. Если невозможно по минутам, то хотя бы по дням, — сказал он и выпустил ее ладонь.

Она сунула руку в карман джинсов, как будто оставив все на его усмотрение.

Нет так нет, это твой выбор и твое решение, словно говорило это ее движение.

Впрочем, может быть, ничего такого она и не имела в виду. Может быть, он понимал ее слишком сложно.

Он склонен был все усложнять.

— По минутам не выйдет и по дням, наверное,

тоже. Я же не знала, что это придется рассказывать, и дневник не вела! А я уже ничего не помню. Работа, дом, дом, работа — вот и все. Друзей у меня здесь нет, приятелей тоже, и дел особенно никаких не было, кроме учебы! Теперь все придется сначала начинать, я же экзамены не сдала!

Он подумал немного.

— А вечеринки, тусовки, ночные клубы, чужие дачи, гости, кавалеры?..

Она отрицательно качала головой при каждом упоминании возможных развлечений.

— Это все в Питере. А здесь я только училась и работала.

— И на свидания не ходила?

Она опять покачала головой.

— Ах да, — сказал он, разыгрывая небрежного, — у тебя же второй муж, прекрасный человек! Я и забыл.

Катя Самгина усмехнулась и кивнула.

Максим Вавилов швырнул пиджак на широкие, теплые лакированные ступени и сам сел так, что ее босая нога оказалась рядом с ним. Он посмотрел на ее ногу и отвернулся.

Что такое с ним делается?! Солнце, что ли, разожгло, непривычно жаркое для августа?!

Она потопталась, потопталась и тоже присела рядом.

Так они сидели на ступенях и молчали, довольно долго, и Максим Вавилов вместо того, чтобы думать о мотоциклисте, об убийце, о Катиных возможных связях со странным преступлением, думал только о том, как хорошо бы просидеть так всю жизнь!

Или две жизни, если одной покажется мало.

— А мотоциклист? — наконец спросил он и ткнул плечом в ее плечо, чтобы она посмотрела на него. — Почему ты про него ничего не сказала?

— Он трусливый, — задумчиво ответила Катя Самгина. — Он все хотел уехать, а мне страшно было оставаться одной, рядом... с мертвым. А этот трус все кричал, что в милицию нельзя звонить, а то нас прямо на месте расстреляют, а после этого еще и в тюрьму посадят! Я ему пообещала, что, как только вы подъедете, он может катиться на все четыре стороны.

— Хороша подмога, — сказал Максим, щурясь на солнце. — Ты ему в ухо дала так, что он с мотоцикла грохнулся, и ты же его оставила, потому что тебе было страшно!..

— Ну да.

— Женская логика, — провозгласил Максим Вавилов, — самая логичная из логик!

В плотных кустах можжевельника вдруг что-то завозилось, так что ветки закачались и затрещали, они оба, как по команде, повернули головы и посмотрели.

— Там соседская собака, Лорка, — неожиданно сказала Катя Самгина. — Ее отсюда не видно. Она с утра в кустах лежит.

Максим Вавилов глянул на нее с изумлением.

— А... почему она там лежит?

— Караулит ежа, — объяснила Катя Самгина совершенно серьезно. — С утра у нас тут такой был шум и лай, ты себе представить не можешь!

Максим не мог себе представить.

— Лора нашла ежа и погналась за ним. Еж сюда, к нам, перебежал, и она за ним сетку перемахнула. За ней хозяйка прибежала, и, пока она Лорку за ошейник держала, я ежа в простынку завернула и на дальнюю террасу отнесла. Ольга, хозяйка, сказала, что она у них на участке всех ежей переловила, охотничья же собака! Вот она и лежит с утра в можжевельнике. Караулит ежа.

— А еж где? — тупо спросил Максим Вавилов.

— На террасе, — повторила Катя. — Я ему молока налила. Он сначала не пил, боялся, наверное, а потом освоился и теперь бегает из-под одного дивана под другой. Молоко все выпил. Ольга сказала, что ему нужно колбасы отрезать, ежи любят колбасу. Но у нас колбасы не было, и она принесла.

Голова бедного Максима Вавилова, так хорошо осведомленного о жизни крокодилов, медленно-медленно начала кружиться.

— Ну вот, — продолжала Катя Самгина. — А потом приехал ее муж, Олег, и сказал, что Лорку мы все равно из кустов не выгоним, она сама уйдет, когда убедится, что ежа нет.

Она потянулась и добавила хвастливо:

— И я его уговорила дать мне интервью! Ну, когда я поправлюсь, разумеется! У нас все на канале в обморок упадут, если вице-спикер Госдумы Олег Комаров даст мне эксклюзивное интервью! Так что я тут тоже груши не околачивала, а почти работала!

— Кать, — протянул он жалобно. — Я не понимаю ничего!..

— Да пока еще и понимать нечего, — ответила она совершенно серьезно.

— Кто такой писатель Галапагосский? Что он написал?

— Роман. Из жизни крокодилов.

— Что-о-о?!

— Правда. У него в романе представлены люди, которые на самом деле крокодилы и пожирают других людей, ну и друг друга заодно. Все заканчивается тем, что они пожирают главного героя, и его кости хрустят на их отточенных зубах, а запах гнили — последнее, что слышит герой в своей жизни. Я тебе дам почитать, если захочешь. А ты вообще книги читаешь?

— Нет! — рявкнул несчастный оперуполномоченный. — Книг я не читаю! Я вообще читать не умею! Навязались вы на мою голову! Что это такое, черт бы вас всех побрал!!

Он вскочил, схватил со ступенек свой пиджак, зачем-то со всего маху швырнул его на пол, подумал, не потоптать ли ногами, и большими шагами ушел в дом.

Катя Самгина осталась сидеть.

Кусты можжевельника опять затрещали и закачались, во все стороны полетели ветки, и оттуда вылезла соседская собака Лорка. Одно ухо у нее завернулось, а к носу прилипла крохотная можжевеловая иголка.

— Нет ежа? — спросила у нее Катя, и Лорка посмотрела на нее. — И не жди, не будет! Ты лучше домой иди, там уже хозяин приехал!

Лорка завиляла хвостом и подошла поближе.

— И что я такого ему сказала? — Катя протянула руку, поправила завернувшееся собачье ухо и смахнула с носа иголку. — Вроде ничего! Такой был хороший разговор, о ежах, о крокодилах! О литературе! А он взял и разнервничался!

Лорка усмехнулась, кажется, пожала плечами и потрусила в сторону своего участка, а Катя вернулась в дом, налила себе чаю, вытащила из глиняной вазы какой-то старый журнал и немного почитала на диване.

Где-то в отдалении мелко топало — топ-топ-топ, и тишина, а потом опять — топ-топ-топ. Еж короткими перебежками осваивал новую территорию.

Стало вечереть, и с улицы потянуло сыростью, и Катя накинула на ноги плед. Закрывать широченные раздвижные двери ей не хотелось. Ей очень нравилось, что улица как будто является продолжением дома, его частью. Наверное, здесь очень красиво зимой, когда все вокруг засыпано снегом, широкие ступеньки расчищены, а дальше все белым-бело, а в рыцарском зале пылает камин, трещат дрова, и неровный отсвет веселого пламени пляшет по беленым стенам.

В ее домике в Парголове все было не так. Домик был совсем старенький, как бабушка, крепился изо всех сил, но все же разваливался на глазах, хоть Катя и старалась вовремя чинить крышу и чистить дымоходы. Ей там было всегда грустно, понятно, что и бабушка, и домик уходят и скоро уйдут навсегда, и от них ничего не останется!..

А там прошло детство, там была самая вкусная малина, самый крупный крыжовник, самая высокая ледяная горка, с которой маленькая Катя каталась на картонке. То есть это так называлось, на картонке, а на самом деле картонка моментально уезжала вперед, а Катя ехала на подоле своего пальтишка, и бабушка потом ругалась, что ребенок пришел опять весь мокрый!..

Почему-то, когда отца перевели в Москву, с бабушкой никто не захотел остаться! Мать писала диссертацию и сказала, что свекровь человек очень тяжелый и возиться с ней под старость она не намерена, а отцу вообще никогда не было дела до родственников.

Так и получилось, что осталась Катя.

Бабушка, Катя и домик. А потом родители погибли в автокатастрофе.

— Кать, ты где?

— Я здесь.

Максим Вавилов вышел из-за камина.

Катя бросила журнал на пол и произнесла будничным тоном хорошей жены:

— Ты бы поел. Приходила твоя домработница, приготовила котлеты, сказала, что ты их любишь. Сказала, что ее зовут Таня. Еще какой-то дядька весь день косил траву за соснами.

— Это Танин муж, Петр, — зачем-то объяснил

Максим. — У них дом с той стороны участка, где центральные ворота. Мы подъезжали с другой.

— Ух ты! — восхитилась Катя. — Твоя прислуга и живет с тобой! Ну все прямо как у графа Льва Николаевича! А Петр не качал тебя на руках, когда ты был маленький? А потом в Летний сад не водил?

Максим подошел и сел на пол, рядом с диваном.

— Нет, — сказал он. — Мы в Москве живем, а у нас тут Летнего сада нету! И прислуги никакой не было, пока отец не стал... тем, кем стал.

— Ты как будто его за это осуждаешь!

— Я ему завидую, — вдруг признался Максим Вавилов. — Я завидую ему так, как нельзя завидовать родному отцу, понимаешь? И я никогда в жизни никому об этом не говорил!

Катя слезла с дивана и села рядом с ним, чтобы он понимал, как внимательно она его слушает.

— Почему завидуешь?

— Он смог все, чего не смог я! Он просто научный работник, физик! Он полжизни в лаборатории провел! А когда началась перестройка и наука кончилась, он не запил, не пропал, не сдался! Он настоящий мужик, понимаешь?! У него была семья, и он знал, что должен ее кормить! Но ведь и кормить можно по-разному. Можно картошку сажать, а потом продавать, а можно сделать миллионы! И он сделал миллионы! У них в институте был какой-то профилакторий, отец и два его приятеля взяли его в аренду. Он не ел, не пил, не спал несколько лет, занимался только профилакторием! Никто не верил, что у них получится, а у них получилось. Через пять лет он его выкупил, продал за какие-то бешеные деньги и купил гостиницу. А потом еще одну, а теперь у него сеть отелей по всему миру, и он миллионер!

Она помолчала немного.

— А что еще он смог, чего не можешь ты?

— Он всю жизнь любит мою мать, — сказал Максим Вавилов. — Мне кажется, если бы ему не нужно было работать, он бы носил ее на руках. Ну, вот просто брал бы и носил. Он сложный человек, у него характер ужасный, но все, что он сделал, он сделал для нее.

— Но это же... отлично.

— Отлично, — согласился Максим Вавилов. — Только у меня никогда ничего такого не было. Я не знаю, что бы я смог, а чего бы не смог, понимаешь? И я никогда не мог *так* любить женщину! Я все время боюсь, что меня обманут, что она окажется какой-то не такой, что тогда я буду делать?! Я все время... боюсь переплатить, а отец ничего не боится! Ему наплевать.

— Да, — согласилась Катя Самгина. — С такой моделью в голове жить сложно.

— А отец не понимает, что я не могу, как он, потому что я не он!

— Ты бы ему объяснил.

— Не хочу. Я пытался, и ничего не вышло!

— Один раз пытался-то? Или два?

— Какая разница, Катя!

— Большая. Есть вещи, за которые стоит бороться. За любовь, например. Или за то, чтобы отец тебя понял. И тут глупо считаться — я с ним говорил три раза, а он все равно не понял, а в четвертый я говорить не хочу! Какая разница, сколько раз ты говорил! Нужно сказать так, чтобы он услышал! А ты подсчитываешь!..

— Ну, он меня не слышит, — заключил Максим Вавилов. — Кать, ты должна вспомнить все, по секундам, что было, когда ты нашла труп! Ну не понимаю я, зачем тебя пытались задушить! Да еще с таким риском!

Катя машинально взялась за горло. Там все еще саднило, и по ночам она просыпалась от того, что ей снилось, как веревка захлестывает ее шею.

— Да ничего не было такого! Я уже все тебе рассказала. Я вышла из машины, пошла к подъезду и тут увидела... под лавкой... Я на корточки присела, думала, что он жив, а потом увидела наручники, и мне плохо стало. Кажется, у меня был такой... мини-обморок.

— Что это значит?

Она улыбнулась.

— В глазах потемнело, повело как будто. Я на лавочку села. Ну, может, секунду сидела или две. А потом все прошло.

— А может, ты полчаса сидела? Или два часа?

Катя посмотрела на него с удивлением.

— Да нет, Максим, какие два часа! Это одно мгновение! А потом я решила вам звонить, но тут мотоциклист подъехал, и я не сразу позвонила. Я ведь еще уговаривала его остаться!

— Ну да, уговаривала! Ты ему в ухо дала! — Мысль о том, что она дала в ухо Василию Игнатьевичу, доставляла ему удовольствие. — И никого ты не видела? Никаких особенных машин? Странных людей? Диких животных? Крокодилов?

Она засмеялась:

— Да что тебе дались эти крокодилы?! Не было никого, я же тебе говорила! Только когда я на лавочке сидела, из палатки какой-то человек вышел, постоял и опять ушел. — Она помолчала, вспоминая. — Нет, нет, не ушел! Он в машину сел и уехал, вот как! Но это было на той стороне бульвара, он ко мне даже не подходил!

— Так, — сказал старший оперуполномоченный. — Значит, когда ты очнулась на лавочке, на той стороне бульвара стоял человек. Так?

— Нет. Он вышел из палатки, я видела, как он шел. Он, наверное, к своей машине шел. Он просто постоял на тротуаре, прикуривал, что ли, потом сел в машину и уехал.

— Так, — повторил уполномоченный. — Ты точно видела, что из палатки?

— Да.

— Почему ты его не позвала на помощь?

Она виновато пожала плечами.

— Я не знаю. У меня в голове все мутилось, и тошнило, и я тоже хотела уйти, чтобы с милицией не связываться! А потом решила, что нельзя уходить.

Максим молча кивнул.

— В палатке я не был, — произнес он задумчиво. — В палатке был Вова Бобров, и его там уверили, что к ним никто, кроме гаишников, не заезжал и не заходил и никакого трупа они не видели. Так. Если там был какой-то человек, это уже другая песня получается.

— Слушай, — вдруг спросила Катя Самгина, — а твой отец правда хозяин «Англии»?

— Не он один, но, в общем... да.

— С ума сойти, — задумчиво сказала она. — А у меня там подруга работает. Ты про нее спрашивал, Надежда. Она портье, а гостиница твоего отца. Ужас какой-то, так не бывает! Кстати, верни мне телефон! Я тут у тебя телефона не нашла, а мне бы домой позвонить! Я, правда, Нине Ивановне денег много оставила, и вообще она надежная, но все-таки так долго!.. И Надежде надо бы позвонить, она там с ума сходит, наверное.

— Верну, — пообещал Максим Вавилов.

А про себя подумал: вот в Питер слетаю и верну. Завтра вечером.

Надежда долго и бессмысленно колотила в дверь Марьи Максимовны — та не открыла, да и странно было бы, если б открыла ночью! — а потом позвонила Уолшу.

Больше звонить было некому.

Трясясь, как в ознобе, забывая английские слова,

она быстро выговорила в трубку, что у нее в квартире на люстре повесился какой-то человек, и уселась на верхнюю ступеньку — ждать.

Ей показалось, что прошла вечность, прежде чем он приехал. Гроза бушевала вовсю, и белые всполохи молний озаряли парадное, где жалась Надежда, и распахнутую дверь в ее квартиру, в которой был покойник.

Ей было так холодно, что зубы отчетливо стучали, выбивали дробь, и, когда хлопнула дверь парадного, она даже не смогла сдвинуться с места.

Уолш прибежал по лестнице, почему-то с головы до ног мокрый. Он был один, а Надежда была уверена, что он приведет с собой три батальона морских пехотинцев.

— Почему вы здесь? — спросил он.

Она замотала головой — разжать зубы значило снова услышать их отвратительную костяную дробь.

— С вами все в порядке?

Надежда выпростала из кармана руку и показала большой палец — с ней все просто отлично!

С него капало, капли попадали на нее и казались теплыми, так сильно она замерзла!..

Он посмотрел на дверь в ее квартиру, достал из кармана странной формы фонарик, который загорелся так ярко, что Надежда зажмурилась, зажал его в зубах и осмотрел замки.

Кажется, ему не понравилось то, что он увидел, потому что он осмотрел еще раз и подвигал дверь обеими руками туда-сюда.

— Офвавафесь фесь! — сказал он Надежде с фонарем в зубах, и она поняла, что он велит ей оставаться здесь.

Она опять судорожно кивнула, и он пропал в черноте, за дверью.

Она думала, что он обязательно достанет пистолет,

будет приседать и оглядываться, как это делают в кино, но он не приседал и не оглядывался, а просто вошел, и все.

Через несколько секунд он вернулся к Надежде. Фонарик был у него в руке, и ярким лучом он обшарил стены парадного.

Луч мазнул по масляной краске, кое-где облупившейся, и уткнулся в электрический щиток.

Дэн Уолш снова взял фонарь в зубы, достал из кармана совершенно мокрых штанов перчатку и перчаткой за уголок потянул на себя дверцу щитка. Надежда не видела, что он там обнаружил, но что-то щелкнуло, потом затрещало, и через секунду в ее квартире зажегся свет!

— Вы можете встать?

— Наверное, могу.

— Тогда нам нужно зайти в квартиру.

— Я... я не могу, Дэн.

— Пойдемте, — повторил он настойчиво. — Не следует здесь сидеть.

— А... милицию вызвать? Все-таки там... труп.

— Там нет никакого трупа, — сказал Уолш. — Это чьи-то глупые шутки. Поднимайтесь, Надя.

Ее имя он произнес не так, как произносят все англоязычные, — «Надья». Он сказал совершенно правильно — «Надя».

— Как... нет трупа? А... человек на люстре?..

— Это не человек.

— Что?!

— Пошли! — И он подтолкнул ее в квартиру.

Кругом горел свет, и было совершенно не страшно. Ее сумка привычно стояла на полке, и туфли валялись посреди коридора, словно ничего не случилось.

Зубы все еще стучали, и руки сильно тряслись, и ей пришлось сложить их на груди и взять себя за локти, чтобы Уолш не увидел, как сильно они трясутся.

Он первым прошел в гостиную, и она следом за ним, с ужасом, но все-таки с некоторым любопытством выглядывая из-за его плеча.

— Вот покойник, — сказал Уолш по-русски и простер руку в сторону дивана. — Посмотрите.

На диване лежало нечто совершенно непонятное, белое, невразумительное, странной формы.

— Где покойник? — спросила Надежда и посмотрела на американца.

— Это он и есть. То есть это, конечно, никакой не покойник, но это то самое, что висело у вас на люстре.

На диване лежало какое-то огородное пугало. Она разглядела, когда подошла поближе. Сшитая из двух простыней кукла, даже и не кукла, а так, ерунда какая-то — ручки, ножки, огуречик, вот и вышел человечек! Кукла была довольно большой, примерно в половину человеческого роста, на длинной веревке.

— Что это такое?! — требовательно спросила Надежда у Уолша. — А?! Откуда это взялось?

Тот пожал плечами.

Надежда подошла и потрогала длинную белую сосиску, «руку» ее недавнего покойника. Пугало было набито то ли ватой, то ли соломой, внутри у него отчетливо шуршало, и какие-то острые углы проступали через тряпку.

— Чем он набит? — спросила Надежда, как будто Уолш в свободное от американского президента время занимался набивкой чучел.

Тот сосредоточенно пощупал «руку».

— Думаю, газетами. Но это не самое интересное, Надя. Самое интересное вот здесь. Взгляните.

Он легко, одним пальцем перевернул пугало, и Надежда отшатнулась и прикрыла глаза.

На обратной стороне чучела на уровне груди было написано черными буквами «Павел».

— Так зовут вашего мужа?

— Да.

Дэн Уолш взглянул ей в лицо и перевернул пугало надписью вниз.

— И чем вы можете это объяснить?

— Ничем.

— Понятно.

Он обошел комнату, заглядывая во все углы, словно что-то искал, а потом еще залез на подоконник и потряс рамы. Надежда все стояла возле дивана, тупо глядя на пугало.

— Кто мог войти в вашу квартиру?

— Никто, господин полковник.

— Подумайте, госпожа Звонарева.

— Ключи есть только у моих родителей, у меня и у Павла.

— Он вам их не вернул, когда вы расстались?

Она подумала немного.

— Нет. Он сказал, что отдаст их Сашке, соседу, но Сашка ничего мне не передавал, и я решила, что мой муж так их и не оставил.

— Вы его не спрашивали про ключи?

— Нет.

Она не стала говорить, что ей все казалось, что если он не отдал ей ключи, значит, он обязательно вернется, значит, он хочет, чтобы у него был путь домой...

— Ваши родители живут в Хельсинки, насколько мне известно?

— Да.

— Ваш отчим — крупный менеджер и вообще человек состоятельный?

Надежда посмотрела на Уолша.

— Господин полковник, у моего отчима двое взрослых детей. Я понятия не имею о его состоянии, потому что не имею к нему никакого отношения!

— Тем не менее ваш отчим завещал все свое состояние двум своим детям и вам. В случае его смерти вы получите хорошее наследство.

— Что?! — вскричала Надежда, позабыв о пугале и том гадком, что виделось ей, когда она думала о том, кто мог забраться в ее квартиру. — Какое еще наследство?! С чего вы взяли?!

— Я профессионал, — произнес Уолш равнодушно. — Я хорошо знаю свое дело, и на меня работает целая служба! Мы все выяснили. Вы хотите сказать, что не знали о том, что ваш отчим внес вас в завещание?

— Господи, какое еще завещание?! — пробормотала Надежда. — Он что, с ума сошел?! Или это мама его заставила?!

— Ваша мать может заставить вашего отчима делать то, что она скажет?

— Отстаньте от меня, — ожесточенно выговорила Надежда. — Да что такое творится?! Все из-за вашего дурака президента! Если бы ему не пришла в голову фантазия перетьься в Питер, ничего и не произошло бы! Все началось с этого визита!..

— Прошу вас соблюдать приличия. В моем присутствии следует уважительно отзываться о президенте Соединенных Штатов.

— Идите вы к черту с вашим президентом! Я должна срочно позвонить Ристо и дать ему по шее! Или маме!

— Посылать президента к черту строго запрещено.

— Да что вы ко мне привязались с вашим президентом! У вас в голове только одна мысль — уволить меня с работы! Потому что я внушаю вам опасения!

— Тем не менее позвонили вы именно мне, — вдруг сказал Уолш. — Почему?

— Мне больше некому звонить, — огрызнулась Надежда. — Мама и Ристо в Хельсинки, а больше у меня никого нет, кроме Лидочки! И еще Марья Максимовна, но она мне даже дверь не открыла! Где моя сумка?! Вы не видели? Там телефон! Или нет? Я забыла, куда дела телефон!

— Там, — Уолш кивнул в сторону коридора. — Наверное, вам лучше не звонить. Сейчас четвертый час утра, и, должно быть, ваши родители спят.

Надежда вдруг опустилась на стул, закрыла лицо руками и зарыдала. Впрочем, рыдала она недолго, вскоре поднялась и молча ушла на кухню.

Да, подумал Уолш. Все началось с этого чертова президентского визита.

Меня бросила жена, а эту женщину бросил муж. Это не имеет никакого отношения к делу, но так уж получилось, что мы встретились в Санкт-Петербурге, и непонятно, что делать дальше. Самое лучшее — не придавать никакого значения тому, что встретились, и тому, что ее бросил муж, а меня жена, почти одновременно!

Но что делать, если не получается?..

Слишком много обстоятельств сошлось в одной точке — визит, странное поведение некоторых сотрудников, информация спецслужб о том, что готовится некий заговор, пистолет на складе, хуже не придумаешь!.. И эта женщина, которая все время находится в эпицентре странных событий!

Она вдруг вышла из кухни и спросила:

— Почему вы мокрый?

— У моей машины спустило колесо, и мне пришлось идти пешком, довольно далеко.

— Хотите переодеться?

Он вдруг засмеялся.

— В изрезанные шорты вашего мужа?! Нет, благодарю вас!

— У меня есть целые, — пробормотала Надежда, и вдруг глаза у нее стали круглыми, как у вороны.

Она помолчала, вспоминая, а потом быстро заговорила, глядя в одну точку:

— Да, да, да!.. Я ей рассказывала про одежду и про фотографии! И я сказала, что одежда была вся изрезана, а фотографии порваны! Но я ни слова не говорила о том, что на фотографиях вырезаны глаза! А она сказала, что Павел ни за что не стал бы резать собственные фотографии! Но ведь я ничего не говорила о том, что их кто-то резал! Откуда она узнала?! Она не могла этого узнать!

— Кто она? — мягко спросил Дэн Уолш.

— Марья Максимовна, соседка! Я ей рассказывала про то, что мы нашли в моей квартире, и она меня ругала, что я рассказала вам про мужа! И я сказала, что одежда была вся изрезана, а фотографии порваны!.. Но я ей не говорила, что на фотографиях вырезаны глаза!..

— Она могла просто оговориться, Надя.

Надежда моргнула, и выражение лица у нее стало более осмысленным.

— Да, — согласилась она. — Вполне могла. У-уф, слава богу! А я уж подумала, что... Ну, ладно неважно.

Она оглядела Уолша и спросила:

— Хотите, я вам хоть полотенце дам? Вы, наверное, замерзли.

— Это ерунда.

Она помолчала, а потом спросила:

— А можно это пугало куда-нибудь выбросить? Я не могу, когда оно здесь!..

— Нет, — твердо сказал Уолш. — Нельзя. Я заберу его с собой, когда поеду, если хотите.

— Хочу. А вы хотите макарон?

— Что?

Она улыбнулась.

— Так по-русски называется паста. Хотите? С сыром или с кетчупом?

— Хочу, — признался Уолш, и она опять скрылась на кухне.

Он еще раз обошел комнату и вернулся в коридор, чтобы осмотреть входную дверь.

Дверь открывали ключами, это ясно. Окна?.. Нет, ерунда. Залезть невозможно, и балконов никаких нет, чтобы проникнуть из соседней квартиры. Что остается?

Остается человек, у которого есть ключи от ее дома, следовательно, только муж, и больше никто! Вряд ли ее мать и отчим станут баловаться подобными страшилками.

И главный вопрос — зачем?! Зачем?!

Дэн Уолш вдоль и поперек изучил биографию Надежды Звонаревой и теперь знал ее лучше биографии президента, на которого работал полжизни. В этой биографии не было решительно ничего, за что можно было бы зацепиться и распутать весь клубок дурацких историй, связанных с ней!..

Из биографии явствовало, что Надежда чиста, понятна и ни к чему не может быть причастна. В начале послужного списка присутствовал какой-то подозрительны банк, но у всех русских в начале карьеры присутствует нечто подозрительное, это Уолш знал совершенно точно! Кажется, даже у их президента. Никто ведь толком не знает, чем именно он занимался в КГБ! А в свое время это было могущественное ведомство!

Поначалу полковник решил было, что Надежда может привести его к разгадке тайны, которой он занимался, но вскоре убедился, что не может! Она не имела к тайне никакого отношения, он мог поклясться в этом на Библии. То, что происходило вокруг нее, он был в этом уверен, следствие каких-то сугубо личных событий, может быть, за исключением пистолета.

Пистолет — часть совсем другой истории.

После того как она разрыдалась у Исаакиевского собора, где колонны стоят просто потому, что стоят, а не потому, что их хорошо закрепили, и потом звонила мужу, Дэн начал сочувствовать ей, как сочувствуют человеку, побывавшему в сходной переделке. И ему казалось, что она тоже сочувствует ему, но ее проблемы не приближали, а уводили его от разгадки тайны!..

Он хотел ей помочь, а чувство профессионального долга приказывало остановиться.

Пусть разбирается сама, так говорило чувство профессионального долга. Он убедился в том, что она не может быть причастна к делу, интересовавшему его, и точка. Больше он не должен заниматься ее проблемами.

Тем не менее его тянуло заниматься именно ими, и чувство вины тяготило. Никогда раньше его профессионализм не вступал в конфликт с тем, что интересовало лично его, а тут вдруг вступил!..

Он ходил по ее комнате в совершенно мокрых штанах, которые отвратительно липли к ногам, и убеждал себя в том, что федеральная служба безопасности США нисколько не пострадает, если один из ее офицеров быстренько решит проблемы некоей русской.

В том, что он может очень быстро решить ее проблемы, Дэн Уолш не сомневался. Собственно, для того, чтобы все части головоломки стали на место, следует переговорить с ее бывшим мужем и с ее окружением. В окружение Надежды входило всего несколько человек, начиная с соседки, о которой он только что узнал, и заканчивая подругой-журналисткой, которая упоминалась в собранном досье. Майор Флеминг сделал неудачную попытку позвонить этой самой подруге, но у него ничего не вышло.

Впрочем, ему простительно. Майор никогда не работал с Россией и не знает русского менталитета. Сам Уолш о данном менталитете был отлично осведомлен, можно сказать, проник в самую суть, чем очень гордился.

Итак, что у нас есть на сегодняшний момент, если отбросить все, что связано с будущим визитом и отелем?

Муж по имени... Дэн Уолш перевернул пугало другой стороной и прочитал черную надпись поперек наспех раскроенной белой тряпки. Муж по имени Павел, который уходит от жены. У жены остается квартира, которая принадлежит ее матери, а раньше принадлежала бабушке и дедушке, и будущее наследство, которое ей завещал отчим. Причины ухода мужа неизвестны. Она говорила, что он ее разлюбил, но это лирика, а что на самом деле, пока непонятно, и нужно будет узнать.

После того как муж уходит, кто-то начинает ее пугать. Сначала вещи и фотографии, теперь набитое газетами чучело с надписью на груди. Да еще привязанное к потолку таким странным узлом! Дэн Уолш еще раз осмотрел узел.

Очень странный, очень неправильный узел!

Кому это может быть выгодно и зачем?

Она здравомыслящая, трезвая и здоровая женщина двадцати восьми лет от роду. Напугать ее до смерти невозможно, и вообще это сомнительный способ убийства, если замышляется именно оно. Заставить отказаться от квартиры? От наследства? Но как именно? И в чью пользу?..

В коридоре что-то загрохотало, словно покатилось ведро, дверь в комнату отворилась, и появилась Надежда с подносом.

— Вилки рассыпались, — сказала она и водрузила поднос на стол. На подносе стояли тарелки и еще большая миска, в которой что-то аппетитно дымилось. —

Дэн, вы не подвинете стол? Мне не хочется есть рядом с покойником! То есть рядом с бывшим покойником! То есть... ну вы понимаете!

Дэн Уолш послушно подвинул, и она стала ловко и красиво накрывать на стол. Из миски вкусно пахло, и он вдруг подумал, что очень хочет есть. Он не ел... а черт его знает, когда он ел в последний раз!

— У меня есть сыр, а макароны называются «Макфа». Это самые лучшие макароны в России, ну, то есть паста, конечно! Я, например, «Макфу» люблю даже больше, чем всякие итальянские! Потому что я никогда не могу прочитать, что написано на итальянской пачке, они на английский никогда не переводят, а бумажки, которые приклеивают в супермаркетах, — ерунда! А на «Макфе» всегда все написано, и я знаю, что в ней почти нет калорий! А когда ешь макароны и знаешь, что в них почти нет калорий, то их можно съесть сколько угодно!

— Я ничего не знаю о русских макаронах, — заметил Дэн Уолш.

— Сейчас узнаете, — пообещала Надежда. — И повезете в свою Америку целый танкер русских макарон, я вам обещаю! Или на чем возят макароны? На сухогрузах?

Тут она почему-то засмеялась, куда-то ушла и вернулась с вилками.

— Садитесь, — велела она. — Только на вашем месте я бы сняла штаны! Вы же не младенец, чтобы ходить в мокром!

Тут она вдруг сообразила, что он и впрямь не младенец, а она не его нежная мать, и смутилась.

— Наплевать на штаны, я их просто выжму, — сказал Дэн Уолш. — Где у вас ванная?

Он вернулся через пять минут, штаны и рубаха у него по-прежнему были мокрыми, только теперь еще и очень мятыми. А сам он был очень доволен собой, по крайней мере, Надежде так показалось.

Боже мой. Во всем мире мужчины одинаковы!..

— Теперь давайте поедим русских макарон.

И они моментально слопали всю миску, которая была довольно внушительных размеров.

— В них почти нет калорий, — повторила Надежда, как бы утешая начальника службы безопасности.

— Моя жена всегда считала калории, — вдруг сказал он. — У нее это... как сказать по-русски? Идея, которая навязалась?

— Навязчивая идея.

— Она считала калории в зубной пасте.

— Она ела зубную пасту?!

— Нет, но, когда чистишь зубы, можно случайно ее проглотить, а там калории. Калории в салате, в майонезе, в креветках, в подливке, в молоке, в кофе!

— Кстати, хотите кофе?

Ей неприятно было слушать про его жену, которая считала калории в зубной пасте, и очень хотелось съязвить, что она, должно быть, идиотка, хотя Надежда понятия не имела, идиотка бывшая жена Уолша или нет! Все тянуло сказать, что уж она-то, Надежда, совсем не такая, она гораздо лучше, и вообще русские женщины — видите?! — среди ночи запросто могут съесть тазик макарон, и все эти мысли были ужасной глупостью!

Какое ей дело до жены Уолша?! Надежда Звонарева не имеет на него никаких видов, то есть на самом деле никаких, и глупо и не нужно демонстрировать ему свои преимущества перед той, которая — зараза! — его покинула, да еще и калории считала! Тем не менее ее тянуло демонстрировать, и Надежда твердым голосом еще раз спросила его, не хочет ли он кофе.

После русских макарон с сыром, которые подействовали на Дэна умиротворяюще, очень захотелось спать. Он даже на секунду прикрыл глаза, а потом, не отвечая на сакраментальный вопрос про кофе, вдруг сказал:

— Вы же знаете, почему дверь на чердак была открыта! Я увидел это по вашему лицу. Вы знаете, да? У вас тогда позвонил телефон, и я не стал спрашивать, но, если бы я спросил, вы бы ответили. Вы очень плохо врете, Надежда.

— Я стараюсь врать поменьше, — пробормотала она.

Откуда он узнал про чердак?! Она никому не говорила! Она только у Лидочки спросила, а та ответила...

Надежда поднялась и стала собирать со стола тарелки, которых было много. Даже сыр был в особой фарфоровой штучке. Надежда любила красивую посуду и любила, чтобы у нее на столе всегда было красиво.

— Так что насчет кофе?

— А что насчет чердака?

— Я не знаю, что вам сказать, Дэн.

— Скажите правду, да и конец делу!

— Да и дело с концом! Где вы учились русскому языку?

Он посмотрел на нее:

— На работе.

— Понятно.

— Почему вы не хотите говорить?

— Потому что вы все равно не поверите, а у человека будут неприятности! — пробормотала Надежда.

— У госпожи Лидии Арсентьевой?

Надежда поставила поднос, который уже было понесла к двери, на стол и воззрилась на него с изумлением:

— Откуда вы знаете?!

— А за кого вы меня принимаете?! — весело спросил он по-английски. — Я же собирал на вас досье! Там все написано. Там сказано, что вы получили работу благодаря госпоже Арсентьевой. И именно госпожа Арсентьева так ратовала за вас, когда был конкурс на должность начальника службы, и именно она вас продвигала, а вы всегда ей помогали! В гостинице нет больше человека, к которому вы были бы так искренне привязаны. И вы испугались, когда обнаружили, что дверь открыта! За кого вы могли испугаться? Вы сами сказали, что ключи от чердака есть только у господина Кторова и у ремонтных служб. Ремонтные службы к вам не имеют никакого отношения, да и господин Кторов тоже!

— Тогда зачем вы спрашиваете? Вы и сами все знаете!

— Зачем госпоже Арсентьевой понадобилось на чердак?

Надежда вздохнула и переставила на подносе тарелки. Потом еще раз вздохнула.

— Она кормит ворону.

Уолш молчал и смотрел на нее.

— Да, да, — заторопилась Надежда, — это на самом деле так, и не думайте, что мы сумасшедшие! На чердаке живет ворона, и Лидочка ее кормит. Эльвира Александровна из кондитерского цеха собирает ей мисочку с гречневой кашей и печенкой, и Лидочка относит ее на чердак для вороны.

— Мисочку? — переспросил полковник службы безопасности.

— Да подождите вы, я же говорю вам, что мы не сумасшедшие! Ну, понимаете, у Лидочки была мама, Варвара Тимофеевна. Чудесный человек, редкий! Она уже умерла. Она всегда заходила за Лидочкой в гостиницу, в конце рабочего дня. Она так привыкла, и ей нравилось думать, что у нее дочь еще как будто маленькая девочка!.. Она сидела в скверике, который прямо напротив «Англии», ждала Лидочку и кормила птиц. И к ней случайно прибилась ворона. Она не могла далеко летать, что-то у нее с крылом! Взлетит на дерево, поскачет там, а потом спустится к Варваре Тимофеевне на лавочку и сидит с ней. А когда Варвара Тимофеевна умерла, Лидочка ворону отнесла на чердак. Иначе бы ее кошки съели или замерзла бы зимой!

— Откуда у вашей Лидочки ключи от чердака?

Надежда помолчала.

— Вряд ли вы это поймете, Дэн, но она проработала в «Англии» всю жизнь, как и швейцар, который отдал на склад колеса! Для них не существует никаких... инструкций. Конечно, у нее не должно быть ключей, но они у нее есть.

— Понятно.

Они еще посидели молча.

— Значит, пистолет на склад тоже могла принести госпожа Арсентьева. Или господин швейцар. Или господин Саньков. У вас ни для кого не существует никаких инструкций! Это чудесно, особенно когда планируется государственный визит и все правила должны соблюдаться совершенно четко!

— А может, это американцы принесли на склад пистолет! — запальчиво сказала Надежда. — Почему Саньков или Пейсахович?!

— Потому что это русский пистолет, а не американский, и называется он пистолет Стечкина. Потому что все американцы, заехавшие в отель, прошли жесткую проверку. Потому что тащить пистолет через границу невозможно без разрешения, а ни у кого из граждан-ских такого разрешения нет. Потому что мы четко соблюдаем инструкции!

— Для чего Пейсаховичу пистолет в шине?!

— Я же говорил в самом начале, на совещании, где

вы тоже присутствовали. Готовится провокация, и, возможно, пистолет часть этой провокации.

— Что значит «провокация»?! Покушение на вашего президента?! Или на нашего?!

— Или попытка сорвать визит, — неторопливо сказал Уолш.

— Зачем?!

— Требования могут быть любыми.

— Значит, есть некая террористическая организация, члены которой засели в нашем отеле и засунули пистолет в шину Пейсаховича, чтобы пальнуть из него в самый неподходящий момент?! И убить президента?!

Кажется, Уолш забавлялся.

— Цель любой подобной акции не всегда убить, Надежда. Бывает гораздо проще — запугать, испортить отношения, обратить на себя внимание! Представьте, что перед самым визитом вдруг происходит нечто, из-за чего президент не может приехать. Разразится скандал на весь мир. В это время некие «Красные дьяволы» или «Черные мстители» также на весь мир объявляют, что это именно они сорвали визит президента одной сверхдержавы в другую, и подробно, в эфире CNN объясняют, как они это сделали и как все проморгали обе разведки!

— Зачем это «Красным дьяволам» или «Черным мстителям»?

— Для того, чтобы получить деньги.

Надежда взялась рукой за голову.

— О господи. Какие деньги, Дэн?!

— В мире есть несколько крупных денежных потоков, из которых получают финансирование боевики и террористы. Чаще всего они идут с Ближнего Востока, но есть и европейские, и американские каналы. Теперь представьте себе, что вы боевик. Вы отвоевали свое в Афганистане, потом переместились в Боснию, потом в

Ирак. Просто так воевать вам надоело и хочется чего-нибудь покрупнее. О вас никто не знает, потому что вы умеете только убивать, зато у вас есть несколько человек, которые тоже отлично умеют убивать. Вы не идейный террорист — их все знают и по именам, и в лицо, и, как правило, знают, кто из них на что способен! А вы просто хотите сделать экстремизм своим бизнесом. Никто не поручит вам серьезной работы, не заплатит денег, пока вы не зарекомендуете себя. Для того чтобы зарекомендовать, нужно нашуметь. Для того чтобы нашуметь, нужно попытаться сделать невозможное. Убить президента, например. Угнать самолет, расстрелять школу, заминировать вокзал — все это было, все это банально, все это не так... громко.

— Это ужасно, — сказала Надежда.

— Да, — согласился Уолш. — В этом случае и требования могут быть любыми и сколь угодно невыполнимыми, именно потому, что дело вовсе не в них! Например, свернуть американскую ядерную программу и уничтожить все боеголовки до одной! Или вернуть индейцев на их исконные земли! Это просто демонстрация, показательные выступления, которые непременно должны увидеть те, кому адресованы выступления. Кто будет давать деньги.

— И кто это?

Дэн Уолш улыбнулся. Она задавала конкретные вопросы и хотела конкретных ответов!

— Плохие парни на Ближнем Востоке, в Мюнхене или Пакистане! Как я могу еще сказать, кто это?!. И только в том случае, если «Красные дьяволы» или «Черные мстители» сумеют убедить плохих парней в том, что способны на все, профессиональны и их трудно остановить, они получат свои вожделенные деньги и станут еще одной «террористической группировкой», как мы это называем, или войдут в состав уже существующих.

— Это ужасно, — повторила Надежда.

— Вот поэтому, когда меня отправят на пенсию, я буду парижским таксистом. И у меня будет бульдог, синий берет и трубка!..

— Но у нас в отеле нет никаких боевиков, мечтающих сделать своим бизнесом захват школ и минирование вокзалов!

— Есть, — отрезал Дэн Уолш. — Вы обещали мне кофе.

— Нет, Дэн, скажите! Вы кого-то подозреваете?!

— Да, конечно. Я не был бы нужен, если бы никого не подозревал.

— Скажите мне!

— Надя, это невозможно.

— Но вы уже так много рассказали!

— То, что я рассказал вам, известно даже младенцу, — заявил Уолш и при слове «младенец» потрогал свои штаны. — Все остальное невозможно.

Она взяла со стола поднос и опять остановилась у двери.

— А... я? — спросила она дрогнувшим голосом. — У меня в квартире тоже боевики и террористы?

— Надеюсь, что нет.

— А что мне делать?! Переехать к Лидочке?!

— Я подумаю.

Телефон зазвонил так неожиданно, что они оба вздрогнули, как заговорщики, и посмотрели друг на друга.

Уолш взглянул на часы — половина пятого. Самое время для приятных сюрпризов!

— Полковник Уолш слушает.

— Сэр, наши камеры зафиксировали передвижения на третьем этаже. Там никого не должно быть, этаж предназначен для первого лица и его сопровождающих.

— Кто там шлялся, русские или наши?

— Мы не установили, сэр.

— Как?! — рявкнул Уолш. — Как это не установили?!

— Сэр, получилось так, что...

— Я сейчас буду.

Он сунул телефон в карман и произнес растерянно:

— Ах черт, у меня же машины нет!

— Я вас отвезу, — сказала Надежда.

В конце концов они столкнулись на кухне.

Максим третий раз за ночь решил, что нужно выпить чаю с мятой, раз уж все равно не спится. Катя долго кашляла у себя за дверью, потом затихла, и почему-то он чувствовал, что она тоже не спит.

Какое-то время он стоял у нее под дверью и прислушивался, но так ничего и не расслышал, хотел было постучать, но решил, что это неприлично, и, вздыхая, спустился вниз.

Он грел руки о белую кружку с надписью «Я люблю Калифорнию», прихлебывал чай и раздумывал, чем бы ему заняться, потому что спать никак не получается, и решил посмотреть в Интернете роман писателя Галапагосского о крокодилах.

И тут явилась Катя Самгина. Она щурилась, как крот, неожиданно для себя оказавшийся на солнце, и на ней был длинный, широченный полосатый мужской халат. Должно быть, домработница Таня ей выдала из запасов для гостей.

Завидев ее, Максим Вавилов с похвальной ловкостью шмыгнул за кресло-качалку, накрытую пледом. На нем были полосатые трусы, и больше ничего.

— Что ты все бродишь? — спросила Катя хриплым голосом. — Я все время тебя слышу! Ты бродишь и вздыхаешь! У тебя бессонница?

— Угу, — сказал Максим Вавилов.

Он не знал, что у нее под халатом, но воображение тут же нарисовало ее босую ногу на широкой деревянной ступени.

Лучше бы оно ничего такого не рисовало.

— А что ты пьешь?

— Чай с мятой.

— Налей и мне, что ли, — попросила она и зевнула. — Ужасно хочется спать.

Она уселась за стол, сложила руки и пристроила на них голову.

— Вообще-то у меня тоже бессонница. С десятого класса, — приглушенно сказала она. — А сейчас вроде и горло болит, и кошмары снятся, а я засыпаю мгновенно. Раз, и все! Наверное, у тебя тут воздух такой.

— Воздух... да, — глубокомысленно протянул Максим Вавилов из-за кресла.

Воцарилась тишина. Катя посидела-посидела, а потом подняла голову со скрещенных рук:

— А чай?

— Кать, налей сама, — предложил он с напряженной досадой. — Я без штанов.

Ему не хотелось выглядеть перед ней дураком, а получалось так, что именно им он и выглядит.

Она округлила глаза:

— Без штано-ов?! Как романтично!

Поднялась, нашла кружку и налила себе чаю. Он наблюдал за ней из-за кресла.

Она понюхала пар, поднимавшийся от кружки, подцепила со стола несколько зеленых душистых листочков мяты и с удовольствием их сжевала.

— Мяту еще очень вкусно есть с сыром, — заметила она. — Ты любишь мяту с сыром?

Ему показалось, что она волнуется, и сердце у него застучало чуть быстрее и между лопатками стало щекотно.

Катя жевала мяту и рассматривала его.

— Хочешь, я отвернусь, ты вылезешь из-за кресла и быстро убежишь? — предложила она.

Он молчал и смотрел на нее.

— Я, наверное, выгляжу плохо. — И она поддернула воротник халата, так чтобы он закрывал ей горло.

— Нормально, — ответил он, не придумав ничего лучше.

И они опять замолчали.

Катя поболтала в кружке свой чай.

— Ты знаешь, — вдруг сказала она и посмотрела ему в лицо. — Мне кажется, мы с тобой просто теряем время. Тебя так не кажется?

Он смотрел на нее и молчал.

— Ты не думай, я не предлагаю себя каждому встречному, — решительно продолжала она, сдвинув темные брови. — И я не навязываюсь!..

— Постой, — перебил он. — Ты что? Оправдываешься?

— Я не знаю, что делать, — сказала она. — Ты по ночам ходишь, молчишь и сопишь, а я все время думаю о тебе и представляю, как это все будет, понимаешь?

— Понимаю, — согласился он, потому что тоже представлял себе, как это все произойдет.

— Но ты же будешь еще год собираться! А я не могу год, мне в Питер нужно, а тебя там нет и не будет! — отчаянным хриплым голосом выговорила она. — У тебя же на лбу все написано!

— Что там написано?

— Что ты меня хочешь, что у тебя чувство долга, а я только что из больницы, что ты меня совсем не знаешь, что ты боишься! Ты ведь меня боишься, да?

— Да.

— Ну конечно. А трусость — худший из человеческих пороков, это гений сказал!

Он все стоял и молчал и все никак не мог понять, что такое происходит — она на самом деле предлагает ему себя или у него бред и галлюцинации?! — а Катя вдруг поставила на стол свою кружку и сказала решительно:

— Ну ладно. Все понятно. Ты меня извини, пожалуйста.

И он понял, что она сейчас уйдет.

Он выскочил из-за кресла-качалки, зацепился ногой за плед, чуть не упал на нее, схватил за плечо, повернул к себе и прижал изо всех сил.

Под халатом она была тоненькая и легкая, прохладная и хорошо пахнущая, и она, такая незнакомая и поражающая воображение, моментально потянулась к нему и обняла обеими руками.

— Что ты придумала?! — ожесточенно бормотал он, тиская ее. — Ты даже представить себе не можешь, что ты придумала!..

— Ты не бойся, — говорила она, а он не слушал, он только чувствовал ее руки, которые трогали и узнавали его, и он весь покрывался «гусиной кожей», — пусть это только один раз, но я так тебя хочу!.. У меня тысячу лет никого не было, а ты такой смешной и славный! Ты даже сердишься смешно!..

Он ничего не понимал. И он точно знал, что не смешной и не славный.

— Ты даже не знаешь, что я сделаю с тобой, — говорил он, как в бреду. — Ты и понятия не имеешь, потому что ты хорошая интеллигентная девочка, а я... а я...

Она охнула, когда он прижал ее слишком сильно, и засмеялась, когда он щекотно задышал ей в шею, а он уже не мог остановиться.

Он вдруг получил ее в свое полное распоряжение, и это было так замечательно! Все было именно так, как и должно быть, и ему вдруг стало наплевать на то, что он ее совсем не знает, на то, что она хорошая интеллигентная девочка, а он... а он ...

Ее халат свалился на пол, и она переступила через него, как будто вышла к нему из воды, как Венера на картине Боттичелли, или черт знает кого, он видел эту картину в музее «Метрополитен», или в Лувре, или черт знает где!..

Она вышла к нему — должно быть, именно так первая женщина вышла к первому мужчине, поражая его убогое мужское воображение, не давая ему ни опомниться, ни вздохнуть!

Он и не мог ни опомниться, ни вздохнуть.

У него дрожали руки, и нервы дрожали, и сердце мелко дрожало, и, кажется, даже зубы стучали, и он хотел носить ее на руках.

Он хотел взять ее на руки, прижать к дрожащему сердцу и нести, неважно куда, неважно зачем, только нести всю жизнь.

Или две жизни, если одной покажется мало.

Он целовал ее лицо, запрокинутое к нему, и неожиданно понял, что они почти одного роста, оказывается, она была почти такой же высокой, как он, и это было для него важно.

Он целовал сгибы ее локтей, когда смог до них добраться, и там, в сплетении тоненьких прожилок вен, вдруг увидел коричневые следы и точки от капельниц, которые ей ставили в больнице, и ужаснулся этому, и это тоже было для него важно.

Он пятерней сгреб ее волосы, которые оказались очень густыми и тяжелыми, прохладными на ощупь, и у него закружилась голова.

Он не мог оторваться от ее губ, и то, что они отвечали ему и пахли мятой, было для него важно. Наверное, на той картине, он позабыл название, где женщина выходила из воды и была прекрасна и свежа, она тоже пахла мятой!..

А еще он вдруг понял, как скоротечно время!..

Он понял это на собственной кухне, обнимая и узнавая Катю Самгину. Он понял это не мозгом, а нервами, клетками, всеми кровеносными сосудами, которые вопили и бунтовали, которые хотели только одного: полного слияния с ней, соединения, обладания, и все внутри его обмирало от сознания, что это не будет вечно!

Это даже будет не долго, потому что человеческая жизнь — миг, короткая вспышка! И неизвестно, что наступит потом, и где они окажутся после, и будет ли *там* именно это — огонь, пожирающий тело, и разогревающий душу, словно пробуждающий ее!.. И неизвестно, будет ли там эта женщина, с которой единственно возможно пробуждение, а все, что было и еще будет потом, — только сон, предвкушение, ожидание ее, тоска и желание попробовать еще раз все сначала, но только именно так и никак иначе?!

И горе вдруг поразило его, как будто новое знание было непосильно тяжелым.

— Катя, — выдавил он из себя и осторожно откинул ее голову, чтобы посмотреть в глаза. — Катенька, ты понимаешь?..

Вместо зрачков у нее была бездна, и он не понял, видит она его или нет.

Все-таки он поднял ее на руки и понес, прижимая к истекающему кровью сердцу, которое плакало из-за недолговечности и несовершенства жизни, как будто умирало и возрождалось оттого, что пока еще она рядом с ним, и он тяжело дышал, и в голове у него все было темно, и он все время целовал ее шею со шрамом и боялся уронить ее, потому что ноги плохо его держали!..

Они упали на диван, и он получил ее в свое полное распоряжение, а она получила его, и он забыл о недолговечности жизни, о скоротечности времени и еще о том, что трусость — худший из человеческих пороков.

Она закрыла глаза, и бездна закрылась тоже.

Они остались тем, кем и были, — мужчиной и женщиной, впервые узнавшими друг друга и то самое главное, для чего предназначалась вся канитель с Адамом и Евой!

Для того чтобы получился огонь, нужно, чтобы молния ударила в землю, чтобы камень ударил о камень. Огонь не бывает сам по себе, он не берется ниоткуда!..

Они вдвоем, и они и есть земля и молния, и поэтому у них есть огонь. Только у них, только сейчас, только вдвоем.

Ты взял меня в плен, ты завоевал меня. Ты ничего не видишь вокруг, кроме всполохов черных молний. Ты ничего не слышишь, кроме рева собственной крови. Ты держишь меня на руках на самом краю мира и закрываешь глаза, потому что знаешь — мы сейчас упадем. Мы упадем оба, и у пропасти нет дна, и нет шанса спастись, и ты не разнимешь рук, потому что тогда я умру, не долетев, и ты умрешь, и мы не узнаем, каково это — падать вместе. И мы не узнаем, что там, на дне, свет или тьма. Ты делаешь еще один шаг, предпоследний, и знаешь, что последний будет уже в пустоте. Ты боишься, так же, как и я, но, так же, как и я, ты больше не можешь ждать, и я умоляю тебя — шагни, шагни!.. И, задержав дыхание, ты бросаешься туда, и я бросаюсь вместе с тобой — и мы падаем вдвоем, на самом краю мира!..

...он долго не мог потом говорить, да и не знал хорошенько, нужно ли.

...он долго пытался вспомнить, что увидел на дне, тьму или свет, но так и не вспомнил.

...он долго пытался примирить себя с тем, что все теперь пойдет по-другому, но так и не примирил, и плюнул на это дело!..

— Ка-ать, — шепотом позвал он и заложил ей за ухо вывалившуюся прядь, которая закрывала ее щеку. — А Кать!..

— М-м?..

— Ты спишь?

— М-м?..

Он засмеялся и потряс ее за плечи. Как-то так получилось, что она лежала на нем, а ее волосы лезли ему в рот и в нос.

— Катька, ты давай не спи! Ты что, не знаешь, что женщине после секса нужны долгие нежные разговоры, и если мужчина сразу засыпает, значит, он свинья и болван!

— Угу.

— Поговори со мной!

Она зевнула и потерлась носом о его грудь.

— А кто у нас тут женщина после секса? — осведомилась она. — Ты или я? Если я, то ты должен выполнять любые мои прихоти!

— Ну, давай прихоти, — сказал он, перебирая какие-то косточки у нее на спине. — Буду выполнять!

У нее оказалось изумительное тело — сильное и в то же время очень женственное.

Где-то когда-то у каких-то китайцев он читал про два символа вселенской гармонии — зеленого дракона и белого тигра. Она была как зеленый дракон и белый тигр.

— А какими единоборствами ты занималась?

— М-м?..

— Ты сказала мотоциклисту, там, у подъезда, что занималась восточными единоборствами.

— Угу.

— А какими?

— Зачем тебе? — спросила она и потянулась.

Зеленый дракон и белый тигр пришли в движение. Он провел рукой вдоль совершенной спины.

— Как зачем? — спросил он, ладонью чувствуя каждое ее движение. — Я же ничего про тебя не знаю. Ты... расскажи мне.

И она промолчала.

Она промолчала, и он ничего не заметил бы, если бы не новое знание жизни, которое он только что получил. Знание о скоротечности и одном мгновении.

Все было прекрасно, как будто сказала ему она. Ты был мне нужен, и я была тебе нужна. Все получилось именно так, как должно получиться, а это большая редкость! А больше ты ничего не жди. Больше мне нечего тебе дать. У меня есть собственная жизнь, скоротечная, сотканная из мгновений, и я не могу ее тратить на тебя.

Тебе не нужны мои единоборства, а мне нет дела до твоих огнестрелов!

И нам не нужно узнавать друг друга, потому что этот миг прошел, а другого такого не будет.

На него словно опрокинулось корыто с ледяной водой. Он осторожно подвинул ее, сел на диване и взялся за голову.

Катя Самгина недовольно завозилась, задрыгала ногами, привалилась к его бедру, пристроила ладошки, а на них щеку и ровно задышала. Там, куда попадало ее дыхание, ноге становилось щекотно.

Он потянулся, стараясь не тревожить ее, и накинул на нее диванное покрывало.

Ему было плохо. Так плохо, что даже затошнило.

— Ты подожди, — негромко сказал он сам себе. — Ты... не торопись. Может быть, еще и обойдется!

Но никогда ничего не обходится, он знал это точно!

Ничего не обойдется и на этот раз — что там у нас с писателем Галапагосским насчет теории людей и крокодилов?!

Но она не крокодил, и он точно это знает! Она человек, и не чета многим! Она добра, справедлива и великодушна, но она никогда не будет... с ним. Она получила его, и больше он ей не нужен, и в этом не было бы ничего ужасного, если бы он только знал, как теперь будет жить... без нее.

А он не знал.

Постояв на краю мира с ней на руках, он понял гениальность и трагичность замысла.

Ты совершенен и свободен, когда она с тобой. Когда общая кровь ревет в ваших общих венах, общая вселенная распускается странными цветами, а общие крылья выдержат вас обоих. Ты ничто, когда ты один и у тебя свободны руки. Ты можешь махать ими сколько угодно — они все равно не превратятся в крылья.

Он растерянно посмотрел на Катину голову на своем бедре и потрогал ее волосы, тяжелые и прохладные на ощупь.

Что он станет делать, если ее не будет с ним?!

Нет, не так. Что он станет делать, *когда* ее не будет с ним?!

Опять займется измышлениями относительно людей и крокодилов?! Опять его начнет занимать вопрос, кто из нежных созданий, попавшихся ему на пути, более крокодил, а кто менее? Опять он станет выбирать, с кем именно из крокодилиц, — а может, повезет, и они окажутся приличными людьми! — он хочет провести какое-то количество времени, отпущенного ему на жизнь?!

Зачем?! Зачем?!

— Почему ты так тяжело дышишь? — спросила сонная Катя Самгина, без которой он теперь не знал, как жить. — У тебя тахикардия?

Он молчал и гладил ее по голове, и она вдруг встревожилась, приподнялась и села, свалив на пол плед.

— Что с тобой, Максим?

— Все отлично, — фальшивым, ненатуральным, балаганным голосом сказал он. — Я просто думаю.

— О чем?

— О работе. О трупе. О том, почему тебя хотели убить, — выдал он стандартный набор. — Ты... хочешь спать или можешь со мной поговорить?

— Я-а? — протянула Катя, рассматривая его. — Я, конечно, могу и поговорить, но спать я тоже хочу. Слушай, давай спать вместе, а? Этот диван раскладывается? Я вот так пристро-о-юсь, и не будет у меня никаких кошма-аров!

И она опять стала возиться и укладывать голову ему на бедро, и он спросил беспомощно:

— А почему мы не можем пойти в спальню?

Она перестала пристраиваться, опять уселась и посмотрела на него.

— Потому что ты там наверняка спал со всякими другими женщинами, — сказала она совершенно спокойно. — А мне не хочется... занимать их место. У меня есть свое, вот здесь, на диванчике. Или здесь ты тоже с кем-нибудь спал?

Он отвернулся от нее. Нога, к которой она только что пристраивалась, живая, теплая, волосатая мужская нога, вдруг превратилась в каменную, как лапа у сфинкса.

— Максим?..

Он мягко отстранил ее, поднялся и нашарил на полу свои полосатые трусы.

— Давай поговорим, — сказал он голосом оперуполномоченного и рывком натянул трусы, как будто заковал себя в латы! — Времени совсем нет! Я утром рано уеду, и... Но, в общем, ты только, пожалуйста, завтра меня дождись.

— В каком смысле?

— Ну, не уезжай отсюда!

— Я и не собиралась. Мне бы позвонить только, Надежде и Нине Ивановне, а ты у меня телефон забрал!..

— Я отдам, — пообещал он.

Она зевнула, посмотрела на его трусы, хотела засмеяться и не стала.

— О чем ты хотел меня спросить?

Он подумал немного. Думать было тяжко, потому что сердце болело и мешало ему — никогда раньше у него не болело сердце!..

— Что-нибудь странное. Непонятное. Какие-нибудь новые знакомства. Ну, что-нибудь, что было с тобой в Москве. Вспомни.

— Именно в Москве? — спросила она задумчиво.

— Да. Если бы дело было связано с Питером, и тебя, и того мужика убили бы в Питере. Незачем было ехать в Москву.

— Меня не убили! — возразила она с досадой. — Но ничего не было странного, правда! Все самое обычное, неинтересное. Ну, то есть, наверное, с твоей точки зрения, неинтересное. Я в «Новостях» работала, делала сюжеты, лекции слушала по вечерам. Квартиру сняла по объявлению в газете.

— В какой?

— По-моему, «Жилищный вопрос» или что-то такое. Это питерская газета, Максим. Я еще в январе стала объявления смотреть, потому что шеф сказал, что отправит меня в Москву на учебу. Я и Нину Ивановну заранее предупредила, и Надежду. Ну, чтобы все были готовы к тому, что меня месяца два не будет.

— А Надежда? Что она сказала, когда ты собралась в Москву?

— Надежда тут ни при чем! Просто она моя подруга! Не помню я, что она сказала! Кажется, сказала — молодец, вот что.

— Катя, это очень серьезно!

— Да я понимаю. Я только не понимаю, чего ты от меня хочешь!

— А в Москве? — спросил он безнадежно. — С кем ты... дружила?

— Да ни с кем я не дружила! Ходила с бухгалтершей нашей кофе пить каждый день! В ресторан «Пара поросят», это рядом с Останкино! Там дорого, но вкусно, а в телецентре все буфеты позакрывали, один остался. Там тоже дорого, но невкусно!

— Как ее зовут?

— Бухгалтершу? Ира, а фамилии я не знаю. Она мужа уличила в измене, ей фотографии прислали его с какой-то девушкой. Она мне все время их показывала и про это рассказывала, а я слушала. — Она посмотрела на Максима Вавилова и осторожно погладила его ногу. — Мне ведь тоже муж изменял. Так... некрасиво.

— А можно это делать красиво?

— Можно делать так, чтобы я не узнала! Или Ира чтоб про мужа не узнала! И это такая гадость, когда понимаешь, что тебя столько времени надували! Я не люблю надувательства.

— Я тоже.

— И я решила, что больше никогда, ни за что никому... не дамся. Даже близко не подойду! Хватит. Пусть все будет легко и просто. Да, Максим?

Он не ответил.

Она спрашивала «про другое», как раз про то самое, чем мучился он.

Легко и просто — это когда можно не отвечать на

вопросы, не ждать с работы, не думать глупые мысли, не ревновать, не караулить у телефона. Легко и просто — это если она завтра уедет в свой Питер, а он будет вспоминать, какая сказочная у них была ночь. Легко и просто — это когда моментально переходишь в категорию «друзей» или начисто забываешь о том, что было!

И все это не про него! У него уже не легко и не просто, потому что он вдруг понял: теперь все будет по-другому. Всегда.

Он потер лицо руками.

— Значит, она тебе рассказывала про мужа, а ты слушала. И больше ты ни с кем никуда не ходила?

— Да нет. Ну, с девчонками ездила на маршрутке до Алексеевской, а с частниками на Сиреневый бульвар. Это считается?

— Не знаю, — сказал Максим Вавилов.

Хорошо бы узнать фамилию бухгалтерши и выяснить, что у той за история с мужем, хотя ни бухгалтерша с телевидения, ни ее муж в сюжет никак не укладывались.

Хорошо бы завтра в Питере выяснить хоть что-нибудь, что вывело бы на свет, потому что до сих пор он бродит в потемках!

И как только он выяснит, Катя исчезнет из его жизни, потому что у него все трудно и тяжело, а у нее все легко и просто. Впрочем, он склонен слишком сложно воспринимать действительность!

Катя опять зевнула, и он посмотрел на часы.

Завтра, нет, уже сегодня в семь утра у него самолет, и он так и не придумал, как остановить время, которое стремительно уходит и скоро уйдет совсем.

Дэн Уолш в десятый раз просмотрел видеозапись, сделанную камерой в коридоре на третьем этаже. Разобрать, что за люди открывали двери и входили в номер, было невозможно, и он остановил пленку.

Все было ясно и понятно — тот, кто ходил по третьему этажу, отлично знал, где стоят камеры и под каким углом снимают. Сначала прошел один, а через какое-то время второй, и даже трудно определить, мужчины это или женщины, но в брюках. Они вернулись к лифту тем же порядком, сначала один, а потом второй, и куда уехали, неизвестно.

На остальных этажах камеры еще только монтировались, и те, что имелись, можно было легко обойти.

— Господин полковник, мы провели обыск, но никаких следов...

— Понятно.

— Господин полковник, наверное, имеет смысл обследовать все номера, но для этого нам нужен господин управляющий, которого сейчас в отеле нет.

— Обследуете, когда он появится.

— Может быть, вызвать его?

— В шесть утра? Возьмите себя в руки, майор!

Камуфляжный майор, который допустил такую «досадную ошибку», стоял перед Уолшем по стойке «смирно». Может быть, то, что говорил ему Уолш и переводилось как-то по-другому, но Надежда перевела именно так: досадная ошибка.

Про нее все забыли, она сидела в углу кабинета и грызла ноготь.

...Что происходит у них в гостинице?! Да еще перед самым президентским визитом?! Откуда взялись террористы, боевики и пистолет в шине Пейсаховича?! Кто бродит по ночам по коридору третьего этажа, и зачем он там бродит?!

Что происходит в ее собственной жизни?! Кто регулярно бывает у нее в квартире и устраивает там всякие гадости?! В какую историю она угодила?! Дело дошло до повешенного на люстре пугала и фотографий с выколотыми глазами!..

Как связаны друг с другом «Англия» и вся ерунда, которая начала твориться в ее жизни, именно когда в гостиницу решил наведаться американский президент?! Или привидение знаменитого поэта, погибшего странной смертью, которое обитало в соседнем доме, напуганное масштабом приготовлений, решило переселиться в ее квартиру?!

Впрочем, нет. Ерунда в ее жизни началась немного раньше, когда от нее ушел муж, и она так и не поняла почему.

Что она сделала не так?!.

Надежда зевнула, посмотрела в затылок Уолшу и вдруг поймала себя на том, что мысль об ушедшем муже, мелькнувшая в мозгу, так и пропала за поворотом, и следом за ней не пришла туча других мыслей, которые еще неделю назад, жужжа, как навозные мухи, крутились у нее в голове. О том, что она была плохой женой, о том, что он нашел себе жену получше, о том, что он вытащил из бумажника ее фотографию и вставил чью-то другую, и она больше никогда, вернувшись домой, не увидит его на диване, читающим газету...

Тут она опять зевнула и подумала о том, что так и не сварила Уолшу кофе, а ведь он просил!..

Пойти, что ли, сварить?..

Она поднялась и тихонько вышла из кабинета, где помещался штаб шефа службы безопасности, прошла по пустому и широкому коридору, сбежала по мраморной лестнице, которая вздымалась из холла, как волна. Надежда очень любила именно эту лестницу!..

В гостинице было пусто и тихо, и ей подумалось, что скоро здесь начнется жизнь, суета, люди начнут собираться на работу — что может быть лучше! Кондитерский цех наверняка уже пришел в полном составе, и Эльвира Александровна, поставившая на ночь пироги, приподнимает чистые льняные салфетки и придирчиво рассматривает каждый поднос и принюхивается, а потом выберет самый неудачный пирожок и обязательно попробует на вкус! Перед тем как откусить, она непременно посмотрит вверх и пошепчет: «Господи, благослови!» — а уж только потом откусит.

И Лидочка скоро будет на месте, и Пейсахович, и доктор Трутнев, и Таня Наумова! А Люба Глущенко сегодня дежурит, сегодня ее смена, самая спокойная и благополучная из всех смен! Когда дежурит Люба, в службе портье всегда все в порядке — гости довольны, паспорта зарегистрированы, машины отправлены в аэропорт встречать именно те рейсы, которые нужно! И Коля Саньков приедет и будет строить Надежде глазки, и Лари или Гарри, к которому уже все привыкли, с обезумевшим лицом потянет свои провода!

Жизнь — такая хорошая штука, вдруг подумала Надежда Звонарева, оглянулась по сторонам, пристроилась на широченные мраморные перила и — вж-ж-жик! — проехалась немного, соскочила, проверила, все ли у нее в порядки сзади, и чинно пошла в сторону ресторана.

Дэн Уолш, который наблюдал за ней сверху, весело подумал, что первый раз в жизни видит менеджера, который ранним утром катается в отеле по перилам, после того как в его доме было обнаружено подвешенное к люстре чучело!..

Его бывшая жена после такого происшествия несколько лет лечилась бы у психотерапевта и принимала успокоительное!

Нет, ему никогда не понять русских, и особенно женщин. Должно быть, русские женщины не укладывались в теорию Дарвина. Должно быть, они произошли не от обезьян, а от... может быть, от диких лошадей, которые так красивы и своенравны и которых так трудно приручить, но, если все-таки удается, они тянут за

собой телегу или везут на спине хозяина и нежно ты-
чутся трепетными ноздрями в жеребенка, который бежит рядом!

Именно эта женщина была похожа на грациозную
гладкую лошадку, сорвавшуюся с коновязи и независи-
мо взирающую на мир с некоторого расстояния, на которое ей удалось отбежать.

Тут Дэн Уолш ужаснулся, что думает о женщинах,
вместо того чтобы думать о работе, и еще тому, что думает даже не о женщинах вообще — что было бы простительно для раннего утра! — а именно о Надежде
Звонаревой.

Он привык всегда и во всем отдавать себе отчет, и
на этот раз пришлось отдать тоже!

Он подошел к перилам и взялся за них обеими руками.

Итак, что происходит?..

То, что связано с отелем, ему приблизительно ясно.
Откуда взялись ночные хождения по третьему этажу,
пока неизвестно, но это станет понятно, как только
обыщут все номера. Если те двое, на пленке, действительно имеют отношение к тому, что затевается в отеле, значит, скорее всего, в одном из номеров обнару-
жатся несанкционированные подслушивающие уст-
ройства или камера слежения.

Но, будучи человеком опытным, Дэн Уолш с веро-
ятностью процентов пятьдесят считал, что те двое на
третьем этаже могут и не иметь к готовящемуся акту
никакого отношения. Он много лет проработал в службе безопасности и знал, что, когда в одной точке собирается сразу много людей, которые нервничают и находятся в непривычной для себя обстановке, ждать можно чего угодно.

В Мадриде в президентском номере застали гор-
ничную с фотокамерой. Вызвали морских пехотинцев

и снайперов, потому что думали, у нее пистолет, замаскированный под фотоаппарат, а оказалась, ее сестра выходит замуж и свадебный кортеж как раз должен проехать по площади, а из апартаментов открывается самый лучший вид!

В Давосе на балкон залетел лыжник. Просто приехал на балкон, и все тут!.. Он катался по «черной трассе», не удержался на вираже, его выкинуло на другую сторону долины, где как раз и располагались отели, а президентский балкон выходил почти на спуск, и лыжник плюхнулся на него. Самое интересное, что он был жив и здоров, только растянул лодыжку и выкрикивал страшные немецкие ругательства, когда все те же морские пехотинцы тащили его с балкона.

Дэн Уолш умел отличать глупые случайности от реальных опасностей, и за это его особенно ценили в службе безопасности. Ведь самое главное в их работе, кто бы и что бы ни говорил о тупых американских военных, которые склонны проверять отпечатки пальцев даже у грудных младенцев, это не запугать окружающих своей бурной деятельностью, а уметь увидеть тех, кто опасен, а кто нет. Какие действия персонала или окружения можно считать подозрительными, а какие просто являются следствием чьей-то глупости, недальновидности или непонимания!

Помимо всего прочего, он еще знал нечто такое, чего не знал даже майор Флеминг, а это очень важно.

То, что кто-то из персонала отеля готовит преступление, тоже совершенно ясно. Пока Уолш еще не понял, кто это, но у него есть время. Не слишком много, но есть.

Итак, с этим понятно. Что дальше?..

Совершенно не ясно, что происходит вокруг госпожи Звонаревой и кто это затеял.

В отеле у нее есть несколько близких людей, и она

сама это признала. Есть Лидия Арсентьева, которая считается ее другом, и есть швейцар со сложной русской фамилией, который тоже входит в число доверенных, и еще, пожалуй, бывший муж. Доктор, управляющий, госпожа Глущенко из ее службы, господин Саньков, подруга, уехавшая в Москву, соседка по дому, которая хорошо осведомлена о ее жизни, — менее близкие, но тоже входящие в этот круг. И всех придется проверять. Кроме того, пристальное внимание службы безопасности к госпоже Звонаревой и возня вокруг нее должны мешать еще и тому человеку, который готовит кое-что посерьезней привешенного к потолку чучела!

В конце концов, именно она нашла пистолет!

Значит, тот человек наверняка попытается избавиться от нее, и сделает это как можно быстрее и как можно незаметнее.

Вот здесь, пожалуй, следует поторопиться. Противнику ждать некогда. Он остался без оружия, а есть ли у него возможность быстро и безопасно доставить в отель еще что-нибудь, неизвестно. Он раздражен и зол — именно на Звонареву, которая реально ему мешает.

Дэн Уолш хлопнул ладонью по перилам. Ну вот и отлично! Вот и нашлось объяснение тому, зачем он занимается делами этой русской! Все затем, чтобы через нее выйти на предполагаемого члена группировки, затеявшей кино под названием «Убить президента»! Он станет охотиться на Надежду, а Дэн в этот момент будет охотиться на него самого!

Ему было немного неловко перед самим собой за то, что так глупо ищет повод, и он от души радовался, что повод у него есть — вполне реальный, вполне тянущий на повод! По крайней мере, для начальства.

Тут он снова ее увидел — она поднималась к нему с подносом в руках.

— Я сварила вам кофе, — хвастливо сказала она, приостановившись, и опять стала сосредоточенно подниматься. — Вы наверняка хотите!

— Хочу.

На подносе был серебряный кофейник, чашки в голубую клетку, сахарница, лимон и еще что-то вкусное под салфеткой.

— Это Эльвира Александровна прислала, — сказала Надежда, поравнявшись с ним, и кивнула на салфетку: — Только что испеклись. Вы едите пироги?

— Конечно.

— А пьете кофе с кофеином?

— И еще с сахаром и сливками.

— У нас первый управляющий был итальянец и страшный осел, — сказала Надежда, пристраивая поднос на малиновую банкетку возле лифта. — Давайте прямо здесь сядем и выпьем кофе! А второй был американец, и...

— Тоже осел?

— Нет, он как раз был ничего. Но он не пил кофе с кофеином! И спиртного совсем не пил, все только колу. При нем наш ресторан с русской кухней освоил бургеры и картофель-фри. И еще он все время принимал пищевые добавки, и однажды наши девчонки ему их подменили.

— Зачем?

— Ну, не знаю. Пошутили, вот зачем!

— Отлично, — похвалил Дэн Уолш.

— Они нашли у доктора Трутнева похожие таблетки и насыпали в его флакон. И он месяц вместо пищевых добавок принимал три раза в день валерьянку и чувствовал себя прекрасно! А весь отель над ним хохотал. А теперь у нас вообще отличный управляющий. Ирландец. Ирландцы похожи на русских.

— Я ирландец.

Надежда вытаращила глаза.

— Не может быть!

Он пил кофе, ел пирог и улыбался. Он вообще хорошо улыбался — иногда только глазами, и это было привлекательно и очень странно: веселые глаза и совершенно серьезное лицо.

Надежда вздохнула.

— А вас за что бросила жена? Только из-за работы или вы ей изменяли?

Он покрутил головой, прожевал и только потом сказал:

— У нас не принято.

— Что?

— Изменять женам.

— Да бросьте вы!

— У нас лучше развестись, чем изменять. Во-первых, существует общественное мнение, во-вторых, карьера. Америка — пуританская страна, и, например, мое начальство очень не одобрило мой развод. Да еще такой поспешный! Мы развелись за полтора месяца. Обычно на эту процедуру уходит полгода и больше. В-третьих, существуют суды. Если ты изменяешь и об этом становится известно, у адвоката противоположной стороны есть все шансы оставить тебя нищим. Ты изменял, ты и виноват.

— А-а, — протянула Надежда разочарованно. — А я думала, что вы не изменяли, потому что любили.

Он допил кофе и аккуратно поставил чашку на поднос.

— Любил, — согласился он. — Только я уже забыл, как это было. Я все время работаю и все время далеко от дома. Американские жены не любят таких мужей!..

Дэн Уолш встал с банкетки и сверху посмотрел на нее.

— Почему вы спросили про мою жену?

Надежда тоже встала и подняла поднос.

— Нужно отнести кофе вашему майору, — сказала она себе под нос. — Я спросила, потому что мне... любопытно. — Она улыбнулась. — Кроме того, вы же рыцарь!

— Кто я?..

Она подумала, что как-то неправильно произнесла по-английски это слово, и повторила почти по слогам:

— Ры-царь. Вы спасли меня от воров на улице. Вы приехали, когда я подумала, что у меня в квартире труп. — Она не знала, как будет «повешенный», и сказала просто «труп». — Спасибо вам за это.

— Кто-нибудь из вашей семьи когда-нибудь работал на Востоке?

Надежда моргнула. Ей показалось, что беседа стала сворачивать в некое романтическое русло, и тут вдруг такой странный вопрос!..

— Дедушка работал, он был дипломат. Только он давно умер. А откуда вы узнали?

— Как его звали?

— Михаил Осипович Колесников. Он работал в Сирии и в Саудовской Аравии и, по-моему, еще в Турции. Он был очень образованный, много знал, и мне всегда с ним было интересно.

— Ваш муж знал вашего дедушку?

— Нет. Дед умер пятнадцать лет назад, и Павел не мог его знать. А что такое?!

— Где работает ваш муж?

— У них контора на Московском проспекте...

— Чем он занимается?

— Он программист, и занимается всякими сложными складскими программами, а почему вы...

— Он спортсмен?

— Да, в общем, нет. Дэн, если вы решили, что должны подозревать не только меня, но и его, то глубоко заблуждаетесь!

— Вряд ли.

— Дэн, вы напрасно потеряете время, и только!

— А с чего вы взяли, что я его подозреваю? — спросил Дэн Уолш. Она посмотрела ему в лицо — нет, не смеется. Только глаза смеются. — Я просто хочу спросить у него кое о чем.

— О чем, например?

— Например, о том, почему он вас разлюбил.

— Дэн!

— Ведь он объяснил свой уход именно этим, верно? А вдруг он разлюбил, потому что у вас имеются какие-нибудь пороки? Или вы социально опасны?

И, чувствуя себя победителем, он отсалютовал ей двумя пальцами и сбежал по лестнице вниз.

Пожалуй, президент Соединенных Штатов может подождать еще немного, а вот Надежда Звонарева вряд ли!

Уолш отдал распоряжения своей службе на тот случай, если в его отсутствие случится нечто непредвиденное, дождался управляющего, изложил ему ночные события — перепуганный управляющий смотрел на него во все глаза, и Дэну было его жалко — и сказал, что на несколько часов уедет из «Англии» по делам.

Служащие собирались на работу, отель оживал, будто потягивался после долгой ночи, и все было как всегда, как и должно быть перед большим визитом, и все же вовсе не так.

Напряжение, которое витало в воздухе, как во время давешней грозы, так никуда и не делось. Милая девушка портье странно посмотрела на него, когда он пробегал мимо, доктор Трутнев вообще не поздоровался, а Лидии Арсентьевой вовсе не было видно, хотя она, как правило, приезжала в отель почти первая.

Ничего. С божьей помощью он во всем разберется, и ни одна из основополагающих американских ценностей не пострадает, так сказала бы его жена, о которой он теперь думал с легкой грустью, как о прошлогоднем отпуске. Да, был, да прошел, да, было весело, и море лежало на горизонте, но пришел новый год, и нужно еще долго работать, чтобы заслужить новый отпуск, который, может, окажется не хуже предыдущего!..

Адрес конторы своего мужа Надежда написала ему на бумажке, и он, сверяясь по ней, довольно долго ехал по Московскому проспекту, да еще попал в пробку возле Триумфальной арки, и потерял там минут двадцать пять.

Выезжая из «Англии», он был уверен, что придется поджидать неизвестного ему человека на улице, и даже заранее предвкушал игру — угадает или не угадает с первого взгляда, тот или не тот, но теперь игра потеряла всякий смысл. Ее бывший муж наверняка уже на работе, и нужно просто войти в дверь и спросить, как его найти.

Дэн Уолш вошел и спросил.

За стеклом сидел человек и читал книжку. Если пропуск имелся, человек за стеклом нажимал кнопку, и турникет пропускал входящего. Если пропуска не было, человек спрашивал паспорт, долго его мусолил, переписывал данные из паспорта в амбарную книгу и только после этого пропускал.

Все меры безопасности соблюдены.

Дэн Уолш решил, что его американский паспорт покажется человеку за стеклом крайне подозрительным и морока с переписыванием данных затянется до вечера, и поэтому просто спросил по-русски, как ему найти Павла Звонарева.

Он надеялся, что у Надежды фамилия мужа, и не ошибся. Он вообще редко ошибался! Прирученные мустанги всегда становятся прирученными до конца. Они готовы верно служить и полностью отречься от себя и даже от своего собственного имени, только чтобы хозяин был ими доволен!

— Звонаре-ев? — протянул человек за стеклом, снял очки и уставился на Уолша. — А фирма-то, фирма какая?

По бумажке, которую вручил ему прирученный мустанг Надежда, Дэн прочел название.

— «Термина-ал плюю-у-ус»?! — протянул человек и подозрительно осмотрел полковника с головы до ног. — А вы хто будете? Клиент или заказчик?

Уолш не очень понял вопрос, вздохнул и сказал, что клиент.

— А клиенты у нас по средам!

Туповатый Уолш опять не понял и переспросил.

— Говорю, клиенты по средам! А сегодня, надо быть, четверг! Неприемный день, надо быть!

В это время, оттеснив его плечом, к заветному турникету порхнула девушка, от которой сильно пахло духами. Она сунула бдительному стражу под нос какую-то бумажку, тот моментально нажал кнопку, и девушка, смерив Дэна заинтересованным, но несколько высокомерным взглядом, оказалась по ту сторону линии Маннергейма.

Пропуска куда бы то ни было меняют человеческое сознание, подумал полковник Уолш. Он сам много лет гордился тем, что у него есть пропуск в Белый дом, а у его машины есть пропуск на знаменитую стоянку, не за забором, где парковались репортеры и временные служащие, а именно внутри, на асфальтовом пятачке, где всегда жарило солнце и машины стояли тесно, как сардины в банке!

А когда ему лет пятнадцать назад впервые выписали пропуск в Пентагон, он чуть не плакал от счастья, идиот!

Тут хоть и не Пентагон, но все равно не пускают!

— Я могу позвонить господину Звонареву?

— Позвони-ить?! — еще подозрительнее протянул человек за стеклом. — Звоните, коли знаете номер!

— Вам Паша нужен? — спросила девушка, которая все мешкала с той стороны укреплений, как бы ожидая лифта. — Я сейчас ему скажу, он к вам спустится! А вы курьер?

Полковник Уолш покорился и признался, что он курьер.

— Если хотите, можете отдать мне бумаги. Вы же бумаги привезли? Из Северного порта, да?

— Нет, — сказал Уолш, которому надоела вся эта канитель. Дело минутное, а занимает так много драгоценного времени. — Но если вы вызовете господина Звонарева, я буду вам очень благодарен.

— А как вас зовут? — спросила девушка и откинула волосы, которые взметнулись и легли на прежнее место.

Волосы действительно были очень хороши, Дэн оценил.

— Меня зовут Дэн Уолш, — сказал он. — Спасибо за помощь.

— Нет, — вдруг заявила девушка, — вы не курьер!

Он кивнул, соглашаясь, что не курьер.

— Ваш лифт приехал.

— А? А, спасибо!

Человек в очках пропустил еще нескольких, которые показали ему нужные бумажки, а потом сказал Дэну из-за стекла:

— Что ж вы не объяснили, что кульер! Я бы вам телефончик для связи выдал! А то не говорите, а потом обижаться будете, что не пускают вас! Ведь таких-то, без пропуска, много лезет! А кульер лицо должностное.

Дэн улыбался, как идиот, и все кивал. Он не слишком хорошо понимал разговорный русский и решил, что лучше не объясняться.

— А то пришли и не говорите! А на лбу у вас, между прочим, не написано, что вы кульер! Так откудова я должен знать?..

Тут кто-то жизнерадостно хлопнул Дэна по плечу, и он оглянулся.

— Ты, что ли, из порта бумаги привез? Мне Машка сказала! Ну, давай, что ли! И где расписаться?

Неизвестно, кого именно он ожидал увидеть.

Голливудскую звезду, брата Кличко, Франца Бэккенбауэра?..

Папу римского, Фиделя Кастро, принца Чарльза?..

За турникетом стоял жизнерадостный толстячок в просторной рубахе и джинсах, которые из-за животика плохо на нем сидели, и казалось, что сию минуту упадут с задницы. У него были обвислые щечки закормленного сладким мальчика и пегий ежик волос на голове.

Отлично, подумал полковник Уолш с некоторой брезгливостью в свой адрес. Значит, вот это и есть предмет страданий моего прирученного, но очень гордого мустанга. Значит, именно по этому типу она рыдала возле собора со странно поставленными колоннами!

Значит, именно этот разлюбил и ушел!

Любопытно.

В одну секунду он пересмотрел все свои предыдущие планы и решил действовать напролом. Такие щечки и такая задница не предполагают никаких обходных маневров!

— Вы говорите по-английски?

— Нет, — испуганно сказал толстячок и взглянул за стекло, где человек в очках весь вытянулся в их сторону, наклонился и стал похож на большой вопросительный знак.

— Жаль. Меня зовут Дэн Уолш, я офицер федеральной службы безопасности США. Вы господин Звонарев? Я должен задать вам несколько вопросов!

— Мне?! — поразился толстячок. — Зачем задать?! Каких вопросов?!

— Вы муж госпожи Звонаревой?

— Нет, — быстро отказался тот. — То есть я был, но давно уже не муж, то есть, вы понимаете!.. Конечно, официально мы все еще... но на самом деле давно уже... То есть, вы понимаете!..

— Пока нет, — любезно сказал Уолш. — Нам будет удобней, если мы куда-нибудь пройдем. Мы можем поговорить в вашем офисе?

Щечки вздрогнули, толстячок засуетился, тяжело семеня, выбежал из-за турникета и умоляюще проговорил Уолшу в лицо:

— Нет, там я не могу! Понимаете, там у меня начальство! А с женой, то есть с бывшей женой, у меня никаких дел нету и быть не может!

— Тогда пойдемте в мою машину, — предложил Уолш.

Толстячок побледнел, и щечки как будто похудели.

— В машину... нет, в машине чего в такую погоду сидеть! Может, мы с вами... вот тут за углом... кафе есть... Давайте в кафе! А к вам в машину я не пойду!

Уолш пожал плечами. Ему было все равно.

Надеждин муж выпростал из нагрудного кармана рубахи телефон, куда-то позвонил и что-то долго и встревоженно гудел, прикрыв ладонью трубку и отвернувшись от Уолша. Тот слышал только «если через полчаса не вернусь», «какой-то тип», «бывшая преподнесла подарочек», и картина прояснялась все более и более.

В кафе, которое представляло собой несколько пластмассовых столиков, вынесенных на улицу, огороженных пластмассовым забором и украшенных пыльными пластмассовыми пальмами, он заказал себе чашку кофе и уставился на толстячка. Тот моментально занервничал, закурил и предложил Дэну.

— Я не курю, — сказал полковник Уолш. — Господин Звонарев, когда вы последний раз видели свою жену?

— Ну, во-первых, она мне не жена, и уже давно, говорю же вам! Мы расстались... ну, где-то в начале лета. И с тех пор я ее не видел.

— У вас есть общие дети, собственность, сбережения?

— Не-ет! — Толстячок сделал странное движение, словно хотел перекреститься сигаретой. — Ничего нету! Квартира ее, она ей и осталась, а мне чужого не надо! Что мое, то мое, а чужого — нет, спасибо!

— Сколько лет вы прожили вместе?

— Да чего-то долго, я точно сейчас и не вспомню. Ну, лет семь-то точно!

Уолшу казалось странным, что его собеседник так ни разу и не спросил его, в чем, собственно, дело! Почему у федеральной службы безопасности США вопросы именно к нему и почему они касаются его жены, хоть бы и бывшей! Павел Звонарев не попросил у него документы, не поинтересовался, как полковник нашел его. Он с готовностью отвечал на вопросы, и Дэну казалось, что эта готовность от непонятного страха.

Чего он может так сильно бояться?!

— Из-за чего вы расстались?

Бывший Надеждин муж прикурил следующую сигарету и сощурился от дыма.

— Да не из-за чего!.. Скучно стало, а я не могу, когда мне скучно! Нет, я на все ради нее был готов, я даже тогда ей помогал с бандитами разбираться, когда она в своем банке в историю влипла, а потом... все пропало. — И прибавил деловым тоном: — Вы ее про банк спрашивали? Если не спрашивали, спросите!

Дэн оставил вопрос без ответа. Банк был ни при чем, он знал это точно.

— Что именно пропало, господин Звонарев?

— Ну, не знаю... Любовь пропала. Кураж, что ли. Нет, я все для человека сделаю, мне только надо понимать зачем! И чтобы она ценила! А она не ценила, и вообще... сложно с ней.

— Почему?

— Она все время на работе своей пропадает, а там, знаете, в отелях все равно что в борделях! Вы думаете, они там все ночи напролет жильцов селят, да?!

Дэн Уолш пожал плечами и отхлебнул гадкого, чуть теплого кофе, который принесла официантка в очень короткой юбочке, с красными руками с обгрызенными ногтями.

Она мучительно кого-то напоминала, и Дэн вдруг вспомнил — ту самую, в придорожном кафе в Калифорнии, которая подавала кофе его жене! Они были похожи, как сестры-близнецы.

Круг замкнулся, подумал полковник Уолш. Все прошло.

И он вернулся к разговору, как будто поняв что-то, чего не понимал до сих пор.

— Вы ей не доверяли? У вас были причины?

— Да я-то доверял, как дурак! Столько лет доверял! А потом мне письма стали приходить! И вот тут-то я понял, что муж, он, как всегда, самый последний обо всем узнает!

Уолш навострил уши.

— Какие письма?

— Обыкновенные. Про мою жену и всех остальных, кто там с ней... работает, так сказать! Про то, каким местом они там работают в поте лица! А я-то, дурья башка, считал, что она и впрямь надрывается, на благо семьи старается изо всех сил!..

— Где эти письма?

— Все у меня, — ответил толстячок несколько даже хвастливо. — Могу показать. Я-то перед ней чист, а вот она передо мной — это еще вопросик!..

— Куда они приходили?

— Домой, в почтовый ящик приходили.

— И всегда их получали именно вы, а ваша жена ни о чем таком не подозревала?

— Да откуда я знаю, чего там она подозревала, чего нет!

— И вы поверили письмам, потому что у вас были основания не доверять вашей жене?

Павел Звонарев посмотрел в сторону, потом на собственную сигарету, а потом на Дэна Уолша.

— Я ее разлюбил просто! Ну, скучно мне стало! Ну, она все деньги какие-то зарабатывает, а я вроде как при ней, а мне оно... заело оно меня! Ну, в отпуск, то-се, так и жизнь пройдет, думаю! И ничего другого уже не будет, все она да она! И провались они пропадом, ее деньги! Я и на свои проживу!

У Дэна Уолша заболела голова. Он все никак не мог взять в толк, о каких деньгах идет речь. О наследстве финского отчима?! Об оставленных дедушкой миллионах?! Или о зарплате, которую Надежда получает в гостинице «Англия»?!

— Ваша жена — богатая женщина?

— Ну, платят им хорошо. Знают, за что платят! За то, что они там всех приезжих иностранцев обслуживают!

— О каких именно ее деньгах вы говорите?.. Без каких ее денег вы можете прожить?..

Павел посмотрел на Уолша несколько свысока, видно, ему показалось, что вопрос глуп.

— Ну, на машину она дала, мне не хватало. Шмотки всякие покупала, галстуки и прочее. Думала, раз она мне деньги дает, я как бы ее собственность! Купила она меня будто бы! А я не такой! Я на чужие деньги жить не приучен!

— Но вы жили именно так много лет!

— А тогда я ее любил! — сказал бывший муж, ничуть не смущаясь. — Это потом разлюбил!

— Где письма, которые вы получали? О том, что ваша жена в отеле занимается проституцией?

Толстячок смутился.

— Какие-то слова вы говорите!.. Там не так написано.

— Где письма?

Тот кивнул в сторону своей конторы.

— Все у меня на работе, в сейфе заперты.

— Я их заберу.

— Ну... хорошо. Только если вернете.

— Нет, — сказал Уолш, — не верну.

Толстячок глянул на него с беспокойством, но возражать не стал.

Дэн Уолш победил его в тот самый момент, как увидел. Все моментально стало ясно, и теперь он точно знал, каким тоном нужно разговаривать с бывшим Надеждиным мужем, чтобы тот безоговорочно слушался.

Это очень просто. Для этого даже не нужно заканчивать специальную школу!..

— О'кей, — сказал полковник и одним глотком допил кофе. — Последний вопрос, господин Звонарев, после которого вы можете подняться к себе в контору, чтобы принести мне письма. Ключи от квартиры вашей бывшей жены до сих пор у вас?

— А зачем они мне? — спросил бывший муж лихо. — Я возвращаться не собираюсь! И чужого мне не надо, у меня свое есть!

— Где ключи? — повторил Уолш монотонно.

— Так я их отдал! Я ей тогда сказал, что отдам, и отдал! — И тут вдруг он словно что-то сообразил, щелкнула кнопка, зажглась лампочка, и тон у него стал подозрительным: — А почему вы меня про ключи спрашиваете? И вообще... к чему все эти вопросы?

— Мне нужно, — ответил Уолш, и тот не посмел возражать. — Кому вы отдали ключи?..

Выяснив все, что ему было нужно, и даже немного больше, он вернулся в «Англию», где первым его встретил швейцар со сложной русской фамилией и сказал на ломаном английском языке, что «господина полковника ожидают в баре».

— Было приказано пустить в отель, — добавил он по-русски, видимо для того, чтобы Уолш оценил важность гостя.

Уолш кивнул и повернул было направо, к бару, но вспомнил, что у него срочное дело к майору Флемингу, и приказал его вызвать. Майор, как и полагается хорошему подчиненному, явился через тридцать секунд и получил от Дэна письма, которые отдал ему Павел Звонарев, и распоряжение как можно быстрее собрать все сведения о Михаиле Осиповиче Колесникове, дипломате, умершем пятнадцать лет назад.

Майор Флеминг вообще не умел удивляться, не удивился и на этот раз. Он взял бумаги, отдал честь и отправился выполнять поручение.

Идеальный подчиненный — ни вопросов, ни лишних мыслей!.. Впрочем, мыслей у него вообще-то маловато.

Уолш повернулся, чтобы идти, но тут его перехватила Лидия Арсентьева, которая издалека бежала к нему, умудряясь на ходу кланяться и делать реверансы.

— Господин полковник Уолш! — вскричала она и взяла Дэна под руку. — Как я рада вас видеть!

— Спасибо.

— Наденька, наша девочка, сказала мне, что вас интересовала моя ворона. — Тут она вдруг хихикнула басом, и Дэн посмотрел на нее с удивлением. — Вас она вправду интересовала?

— Не столько она, — ответил полковник, — сколько открытая дверь на чердак.

— Грешна! — объявила Лидочка и покрепче уцепилась за его рукав. — Бывает, что забываю запереть дверь. Но мне прощают, мне все прощают, хотя, должно быть, меня давно нужно было бы уволить!

— Госпожа Арсентьева, в следующий раз, когда понесете обед вашей вороне, предупредите меня или майора Флеминга. И тогда у службы безопасности не будет к вам никаких вопросов.

— А сейчас есть? — перепуганно спросила Лидочка. Дэн Уолш засмеялся.

— Я прошу прощения. Мне сказали, что меня ждут в баре.

— Так я провожу, с удовольствием провожу вас, господин полковник! — вскричала Лидочка, исполненная энтузиазма. — И все-таки, прошу вас, скажите! Я вне подозрений?

Уолш не мог и не хотел обсуждать с ней какие бы то ни было подозрения, и он промолчал. Он умел оставить вопрос без ответа таким образом, что собеседник понимал, что переспрашивать больше не нужно.

— Надежда просила, чтобы молодой человек непременно дождался вас. Он спрашивал ее, а она хотела, чтобы с ним переговорили именно вы, — произнесла понятливая Лидочка после секундного замешательства. — Я сама не знаю, но наш управляющий утверждает, что это сын нашего русского владельца, можете себе представить? У нашей сети два владельца, господин Фьорини и господин Вавилов. Управляющий просил вас предупредить, господин полковник.

Сын владельца отеля?!

Дэн Уолш моментально вспомнил досье, словно нужный файл открылся в компьютере. Сын не работает в отцовском бизнесе и не имеет к нему никакого отношения, из-за чего находится в постоянном конфликте с семьей. Ему тридцать два года, живет в Москве, служит в системе Министерства внутренних дел.

Выходит, русские докопались быстрее?! Выходит, им уже все известно?! Тогда почему молчит вашингтонское начальство?! Почему полковника не поставили в известность?

Или он наделал каких-то непростительных ошибок?!. И то, что его не поставили в известность, как раз означает, что он в немилости у самого высокого руководства в Вашингтоне?..

У высокого окна, выходящего прямо на памятник тому самому русскому царю, который, кажется, сослал декабристов или казнил брата Владимира Ленина, в общем, сделал что-то не так, сидела Надежда Звонарева и рядом с ней человек в джинсах и майке. Пиджак валялся рядом на красном плюшевом диване. На низком столике перед ними были разложены какие-то бумаги.

— Наденька, я привела к тебе господина Уолша, — пропела Лидочка. — Вот он! А я пока откланяюсь, вы не можете себе представить, сколько у меня дел!

Завидев Уолша, молодой человек поднялся, оказавшись неожиданно очень высоким, и Дэн его узнал. Фотографии были в досье, как и фотографии внучек сэра Майкла Фьорини и прочих родственников.

Надежда оглянулась и тоже поднялась. Вид у нее был растерянный.

— Дэн, — это майор Вавилов из Москвы, — представила она по-английски. Он говорит, что с Катей Самгиной случилась беда. Сейчас, слава богу, все в порядке, но я решила, что лучше вам об этом узнать от самого господина Вавилова.

Уолш протянул ему руку.

— Здравствуйте, господин полковник.

Они синхронно показали друг другу удостоверения и улыбнулись улыбками голодных саблезубых тигров, примеривающихся к добыче.

— Вы говорите по-английски, майор?

— К сожалению, нет.

Дэн удивился:

— Но вы же говорите! И именно по-английски.

— Не настолько хорошо, чтобы вести на нем беседу.

— Я могу переводить, — встряла Надежда.

Дэн не садился, и московский майор не садился тоже, они словно оценивали друг друга, сцепившись глазами, и никак не могли оценить. Надежда переводила взгляд с одного на другого.

Подлетела официантка Галя, спросила, что подать, отошла, оглянулась. Все остальные официантки и бармены что-то делали возле стойки, на которой стоял компьютер и лежали салфетки. Как видно, занятие у них было очень важное и нужное, потому что по местам никто не расходился. Гале крупно повезло, ее выбрали курьером, и она прибыла с новостями потрясающими, сногсшибательными!..

— Прошу садиться, — сказал наконец Уолш, и они чинно расселись. — У вас ко мне какое-то дело, майор?

Напряжение не отпускало. Дэн перестал понимать происходящее, и это было скверно.

— У меня нет. Надежда решила, что наши криминальные дела имеют к вам какое-то отношение, но я не знаю, что вас может заинтересовать.

— Мы звонили в Москву, когда проверяли связи госпожи Звонаревой, но нам так и не удалось переговорить с ее подругой.

— Вы говорили со мной, — буркнул Максим Вавилов. — Почему-то называли Катей.

— Простите?..

— Ничего.

И они опять замолчали.

Солнце лилось в высокие чистые окна, в баре было пусто, если не считать взволнованной стайки официантов и барменов. Красные «маркизы» трепетали на ветру, и плотная тень от них ложилась на горячий асфальт. Купол Исаакиевского собора сиял, и золотые буквы сияли тоже — «Храм мой храм молитвы наречеца».

Надежда объясняла Дэну, что означает эта надпись, а он позабыл. Нужно будет спросить еще раз.

— Екатерина Самгина стала свидетельницей убийства, — сказал Максим Вавилов, приняв решение.

Собственно, скрывать ему было нечего. Он крайне неуютно чувствовал себя в отцовском отеле, да еще в компании какого-то большого американского начальника, похожего на всех кинематографических персонажей чохом, но работа есть работа!.. Пусть это будет... ну как бы определение круга знакомых свидетельницы Самгиной. Вот как!..

— Убийство странное, не бытовое, не уличное. У нас до сих пор нет никаких идей, кто и зачем замочил того типа! Даже личность не установили! Переведете ему, пожалуйста.

— «Он» понимает по-русски, — заявил Уолш. — Но тоже не все. Замочили — значит, налили воды? Труп был мокрым?

— Это на жаргоне значит — убили, — пояснил Максим Вавилов, совершенно не смутившись. — Свидетельница вызвала милицию и остановила мотоциклиста, боялась одна остаться возле трупа. Как только мы подъехали, мотоциклист сразу уехал.

— Вы его нашли?

— Нашли. Пока мы осматривали труп, свидетельница попросилась подняться в квартиру. Она нашла труп у своего подъезда. В подъезде ее пытались задушить и не задушили только потому, что на ней была такая... штука с жестким воротником, похожая на шинель.

Дэн слушал, навострив уши.

Между колоннами пробежал совершенно несчастный управляющий и скрылся в белом зале с колоннами.

Сегодня у него ужасный день, подумала Надежда. Мало того, что кто-то бродил ночью в охраняемой зоне, так еще и сын владельца пожаловал!.. Ну если Таня Наумова не врет, конечно. Впрочем, этого самого сына видели только управляющий и Таня, а она поклялась, что это он.

Господи, да что такое происходит?!.

— Собственно, и убийство, и попытка убийства совершены одним способом, довольно странным.

— Что вы предприняли?

— Ничего особенного. Заявлений о пропаже людей не поступало, и нам некому предъявить труп для опознания. Мы думали, что это начало серии, но ничего похожего больше не произошло. У нас единственный свидетель — Екатерина Самгина. Видимо, она что-то видела, слышала или знает, из-за чего ее хотели убрать тоже! Мы проверяем ее связи, больше нам ничего не остается.

— Понятно.

— Самгина родом из Санкт-Петербурга, утверждает, что в Москве у нее нет никаких знакомых, значит, нужно искать здесь.

— Да некого здесь искать, — воскликнула Надежда, волнуясь, — ну что вы говорите, Максим! Нет у нее никаких криминальных связей!

— Очень жаль, — сказал Максим Вавилов язвительно. — Лучше бы были! Я бы тогда скорей нашел того, кто хочет ее убить!

Дэн Уолш думал.

Что это? Совпадение?.. Случайность?.. Божий промысел?.. Или чья-то игра, в которую его втягивают?

— Вы знаете, что отель вашего отца готовится к визиту президента?

Надежда, которая открыла было рот, чтобы что-то сказать, захлопнула его так быстро, что стало слышно, как клацнули зубы.

Максим Вавилов посмотрел на Уолша оценивающе.

— Вы... меня знаете?

— Лично, разумеется, нет. Но я располагаю информацией о вашем отце.

— Ну конечно.

— Я хотел бы знать, как связано московское преступление и предстоящий визит.

Максим пожал плечами:

— С моей точки зрения — никак. Я приехал, потому что Екатерина Самгина дружит с Надеждой Звонаревой.

— Но именно Самгина нашла труп, из-за которого вы приехали! И именно ее подруга работает в отеле вашего отца начальником службы портье, а отель готовится к визиту!

— Я не террористка, Дэн!

— Ваше московское начальство располагает информацией о том, что Звонарева работает в отеле, где будет жить президент Соединенных Штатов?

— Мое начальство не занимается президентами, — морщась, сказал Максим Вавилов. — Все больше бомжами и проститутками.

— У вас есть фотографии трупа?

Максим Вавилов достал из папки фотографии, но на столе раскладывать не стал, отдал Уолшу в руки.

Тот посмотрел.

Три года назад искали хакера, который взломал личную электронную почту президента. Компьютерный отдел нашел его очень быстро, и оперативная служба получила его фотографию и все данные. А человек как будто в воду канул! Искали везде — по всем адресам, по возможным связям, по школьным друзьям и бывшим герлфрендам. Не нашли, пока Дэн Уолш не столкнулся с ним нос к носу возле автомата с колой в Нью-Йорке.

Теперь самое главное не торопиться, чтобы не испортить дела. Нужно действовать медленно, очень медленно, но верно. Нужно, чтобы детали, которых накопилось так много, не заслонили главного.

Надо крутить, но медленно, медленно, Уолш!.. Давай. Ты профессионал.

Он еще немного посмотрел и вернул фотографии Максиму.

— И у вас нет никаких предположений? — Голос равнодушный, все правильно.

— Я думал, что в Питере хоть что-нибудь станет ясно. Вот Надежде хочу фотографии показать, может, она знает этого человека.

— Фотографии трупа?! — перепугалась Надежда.

— Ну да.

Об этом можно не беспокоиться. Она не узнает. Человек изуродован, узнать его почти невозможно, особенно если в сознании он никак не связан с тем, на кого он похож.

— Думал, в отеле показать. Может, кто-то из сотрудников его опознает, — сказал Максим Вавилов.

А вот этого уже допустить нельзя. Никак.

— Вряд ли это имеет смысл, майор. Самгина никак не связана с персоналом отеля! Она связана с Надеждой, и только. Вы больше связаны, чем она, потому что вы сын владельца!

— Верно, — легко согласился Максим, — а вам все-таки придется взглянуть.

Все получилось, как и предполагал Уолш. Надежда мельком глянула и отвернулась.

— Да нет, я его не знаю, — сказала она быстро. Потом посмотрела еще раз. — А вы его нашли... голого или сами раздели?

Максим вздохнул.

— Посмотрите получше, может быть, узнаете?

— Да нет, точно!

— Вспомните, — настаивал он. — Какие-нибудь дальние знакомые, а? Ну, может, случайно виделись?

— Н-нет, — протянула Надежда. — Кого-то напоминает, но... Нет, я его не знаю.

— И ваша подруга Катя его не знает, — сказал Максим и собрал фотографии. — Она в Москве вообще никого не знает! Пила кофе с бухгалтершей, а больше никуда и никогда не ходила.

— Это на нее похоже, — произнесла Надежда грустно. — Она у нас такая... консервативная! Больше всего на свете любит свою работу и бабушку. Вы, кстати, передайте ей, что с бабушкой все в порядке, я у них была, и еще поеду, наверное, послезавтра. Денег я оставила, переночевала. Кстати, а почему у нее телефон не отвечает? Или вы от меня что-то скрываете?!

— Не отвечает потому, что он у меня, — мрачно заявил Максим Вавилов.

— А где она сама? В больнице?

— Уже нет.

— А где? Кто за ней ухаживает? Небось денег у нее нет!

— Я ухаживаю, — брякнул Максим Вавилов. — И деньги у меня есть.

— Как... вы?!

— Майор, — вступил в беседу Уолш, — вы выяснили фамилию человека, с которым Самгина пила кофе?

— Бухгалтерши? Нет еще.

— С моей точки зрения, это первое, что вам необходимо сделать. Прямо сейчас.

Максим Вавилов живо взглянул на Уолша.

— Я думал об этом, — сказал он. — Но мне показалось, что логичнее искать в Питере, раз у Екатерины Самгиной в Москве нет никаких связей!

— Вот именно, — констатировал Уолш. — У нее нет никаких связей в Москве, тем не менее ее пытались убить именно там! А по вашим словам выходит, что, кроме этой женщины, она ни с кем не общалась. Значит, дело в женщине.

— Возможно.

— Найдите ее и переговорите с ней. Только как можно быстрее и как можно осторожнее. Я дам вам фотографию, вы ей покажете и спросите, кто это. После этого позвоните мне.

— Какую фотографию? — не понял Максим Вавилов.

— Секунду, пожалуйста.

Уолш поднялся и быстро ушел в сторону своего офиса, а Надежда тихонько спросила у Максима, правда ли, что с Катей все в порядке.

— Правда, — сказал он мрачно.

Он никак не ожидал, что в «Англии» все получится так странно. И еще американец этот! Откуда он только взялся!

— А вы правда... сын?

— Я?! Я сын! Я совершенно точно не дочь!

— А почему вы никогда не приезжаете в отель? Мы вас даже не знаем! А давайте я вас с Лидочкой познакомлю, она будет счастлива!

— Нет, — испугался Максим Вавилов. — Меня не нужно ни с кем знакомить! Мне и так хорошо!

Надежда вдруг захохотала.

— Да вы же не должны на ней жениться! Она менеджер по персоналу!

— Все равно я не хочу знакомиться!

— Майор, — окликнул его Уолш, и голос гулко прозвучал между мраморными колоннами. — Можно вас на минуточку?

Максим выбрался из-за низкого столика и подошел.

— Только постарайтесь сохранять спокойствие, — негромко сказал Уолш и открыл папку.

На листке белой бумаги сияла улыбкой фотография задушенного покойника, найденного у подъезда на Сиреневом бульваре. Под фотографией были данные — имя, фамилия, отчество, год рождения.

Максим посмотрел-посмотрел, вздохнул и отвернулся.

— Мать честная! — воскликнул.

Телефон у нее зазвонил, когда она уже поднималась по лестнице.

Лифт не работал, и только на третьем этаже стало ясно почему. Конечно, Колька Пахтусов выскочил из него как ненормальный и плохо захлопнул сетчатую дверь. Лифт сиял огнями и пребывал на площадке третьего этажа.

Надежда очень устала, стерла ноги, потому что полдня пробегала в мокрых туфлях! А в мокрых туфлях она пробегала потому, что наступила в лужу! А в лужу наступила потому, что Пейсахович опять не вовремя пристал со своими шинами и говорил, что он, конечно же, все понимает, потому что он не дурак, но шины нужно бы забрать, ибо покупатель ждать не станет!..

Надежда захлопнула тяжелую сетчатую дверь, огни погасли, и лифт тут же поехал — кому-то, кто шел следом за ней, повезло больше! А Кольке Пахтусову она непременно надерет уши, как только он попадется ей под руку! Подумав так про Кольку, она моментально вспомнила себя, перила и Марью Максимовну в длинном летнем пальто и затейливой шляпке. Как она тогда ее боялась — ух!

Кстати, к соседке надо бы зайти. Печенье куплено, именно такое, как надо, и именно в булочной на Сенной, а утром она точно зайти не сможет. Придется сейчас.

Заходить к соседке не хотелось.

Какой-то странный разговор вышел у них в прошлый раз, когда они толковали о Павле, и вообще о мужьях, которые бросают своих жен! Неприятный какой-то, только Надежда за всеми событиями позабыла, в чем именно состояла неприятность! Кажется, Марья Максимовна тогда сильно разгорячилась и как-то странно говорила о женщинах, которых нужно презирать за то, что от них уходят, что это несмываемый позор и прочие глупости!..

И в этот самый момент, когда Надежда брела по лестнице, тащила в пакете картошку — что-то ей так захотелось пюре, огненного, и чтобы в нем было много масла и молока, и чтоб от него поднимался пар, и пахло, как в детстве, когда ее бабушка толкла картошку в большой белой кастрюле! — как раз этот самый муж и позвонил!

Вот как бывает!

Надежда ждала его звонка день и ночь, она думала о том, как взглянет на телефон, увидит, что это звонит *он*, и ее жизнь повернет вспять, как сибирская река, повернутая бурным воображением коммунистов семидесятых!

И — ничего.

Она долго пристраивала картошку, чтобы не рассыпалась из пакета, потом долго доставала телефон и даже не посмотрела, кто именно ее «вызывает».

— Ты чего долго трубку не берешь? — спросил муж. — На работе, что ль, опять?

Надежда помолчала, а потом отняла телефон от уха и посмотрела в окошечко.

Все правильно. В окошечке было написано «Павел».

— Ты что, не слышишь, Надь?

— Слышу.

— А чего молчишь?

— Да нет, я не молчу. Я домой иду. По лестнице.

— Слушай, — заговорил он озабоченным голосом, как раньше говорил про двери или рамы и про то, что им нужно сделать в ванной ремонт. — Ко мне сегодня какой-то тип подвалил, и я не понял, то ли он прикалывался, то ли он на самом деле американец! Но, в общем, про тебя спрашивал!

— И что он про меня спрашивал?

— Ну... почему мы развелись и всякое такое. Кстати, я решил на развод подать! Ты как? Не возражаешь?

— Да нет.

— Тогда я подам. А что это за тип-то?

Надежда вздохнула и ногой поправила пакет с картошкой, который подозрительно кренился на сторону.

— К нам же американский президент приезжает. А полковник Уолш начальник его службы безопасности. Ну, может быть, не всей службы, но большой начальник.

— А к тебе-то у него какие вопросы? И зачем он ко мне на работу приехал? Мне, знаешь, такие визиты на фиг не нужны!

— Да он всех проверяет, — соврала Надежда, наклонилась и придержала пакет. — Ты не волнуйся.

— Нет, но он прямо в офис заявился! Откуда у него адрес? Ты, что ли, дала?

— Я не давала, — опять соврала Надежда. — Но он есть в моем личном деле.

— Слушай, ты того... ты бы его вытащила оттуда, адрес-то мой! Мы же... развелись.

— Мы еще не развелись. Разведемся, и я вытащу.

— Просто мне не надо, чтобы...

— Да я поняла! — с досадой воскликнула Надежда. — Мои дела не имеют к тебе никакого отношения! Ты лучше скажи, как живешь, Павлуша? Весело?

Он сразу же приготовился защищаться. Ах, как хорошо она знала этот голос, которым он говорил, когда ему казалось, что на него нападают!

— Да все у меня отлично! А что такое-то? Почему ты спрашиваешь?

— Да потому, что я по тебе скучаю, — сказала она зачем-то. — А ты по мне?

— Да я переживу, ты за меня не беспокойся!

— Веселее тебе без меня, Павлуша?

Он начал заводиться, и это тоже она услышала в его голосе.

— А тебе какое дело? Все-о-о, все-о-о, я тебе никто, ты должна это понять в конце концов! Мне твоя мать на прошлой неделе звонила, между прочим! Ты чего, ей не сказала?..

— О том, что ты ушел?.. Нет, а зачем? Она и так все узнает!

— Ты вот сама врешь и меня заставляешь! — Он нашел, зацепился, поймал что-то такое, в чем виновата она, не все же ему одному быть виноватым, право слово! — И что я должен делать?! Она у меня спрашивает, как дела, как работа, когда мы в отпуск поедем?! И чего мне ей говорить?

— И что же ты ей сказал, Павлуша?

— Да ничего не сказал, — буркнул муж. — Объяснил, что я на работе, у меня заказ большой и чтоб она домой звонила. То есть тебе.

— А ты-то что же не признался?

— Надь, я звоню, потому что ко мне из-за тебя какой-то хрен приходил, а не для того, чтобы оправдываться!..

— А ты оправдываешься?

Тут уж он окончательно вышел из себя и положил трубку, а Надежда сунула свою в карман, подняла пакет с картошкой и потащилась наверх.

Она же его... любит? Или уже не любит?

На прошлой неделе любила совершенно точно, а на этой?..

Размышляя таким непостижимым образом, она добралась до своей квартиры, сначала осторожно заглянула в дверь — нет ли повешенных, привидений и не поджег ли кто ее жилище — и только потом уж окончательно вошла.

Если она сейчас разденется и примется варить картошку, к Марье Максимовне она точно не попадет, а та обидится!..

Надежда вытащила из другого пакета коробочку с печеньем, попробовала причесаться перед зеркалом — отросшие волосы висели патлами вокруг лица, и никак их было не уложить красиво!

Надежда посмотрела так и эдак, а потом решила, что наплевать, все равно кардинально лучше она не станет, и позвонила в соседкину квартиру.

— Надя? — произнесла Марья Максимовна удивленно. — Что такое? Еще не поздняя ночь, а вы уже дома! Ну, прошу, прошу!

— Марья Максимовна, я печенье купила. Вот, ваше любимое.

— Проходите, проходите, дорогая! Я сварю вам кофе, а сама буду пить микстуру, которую в этой стране по ошибке называют чаем! Вы пили когда-нибудь настоящий турецкий чай?

У Надежды о турецком чае были самые смутные представления.

— О-о, это нужно знать, девочка! Английский тоже неплох в своем роде, англичане знают толк в чае, но самый лучший, конечно же, турецкий!

Похоже, старуха была искренне рада, что Надежда заглянула к ней, потому что достала свою кофейную машину, налила спирту из большой аптечной бутыли, которую держала за шкафом, а печенье выложила в круглую вазу на высокой ножке — все как всегда.

Надежда не хотела кофе. Слишком много его было выпито за день, так много, что он противно болтался в желудке, подступал к горлу, и все время хотелось чем-нибудь его заесть, чтобы не было так противно.

Вот картошечки бы в самый раз!..

— Самая лучшая заварка для турецкого чая, конечно же, тробзонская. Есть такой город в Анатолии, Тробзон.

— Почему в Анатолии, Марья Максимовна?

— Да потому, Наденька, что именно так всегда называлась земля, на которой нынче расположена Турция! И еще контрабандный иранский чайный лист, но его невозможно достать.

— Погодите, — сказала Надежда, тщетно пытаясь отделаться от мыслей о картошке. — Почему иранская? А Шри-Ланка? Там самый лучший чай, это всем известно!

— На Цейлоне, — поучительно начала Марья Максимовна, по-старинному называя знаменитый чайный остров, — растет чай, который пьют европейцы. Это совсем не то!.. Настоящий турецкий чай не заваривают, а варят!

— Если чай варить, — заметила просвещенная Надежда, — получится чифирь. Его пьют уголовники на зоне!

— Боже, что вы говорите!

Солнце уже совсем свалилось за остроугольные крыши питерских домов, и как-то сразу завечерело, из открытого окна потянуло сыростью.

Осень скоро. Самое скучное и долгое время. Почему лето пролетает мгновенно, а осень тянется бесконечно?..

— Можно, я закрою окно?

— Прикройте, если вам сквозит, Наденька! А я люблю свежий воздух. Воздух Ленинграда — единственное, чем я могу дышать.

Надежде было неуютно, но закрывать окно она не стала.

— Конечно, эти жалкие листья, которые мы считаем чаем, варить нельзя! Они превратятся в отраву, которую вообще невозможно будет взять в рот! Но тробзонский или иранский чай нужно именно варить. Турецкие чайники всегда двухэтажные. В нижнем кипит вода, а в верхний, пока еще сухой, нужно положить заварку. Когда верхний чайничек прогреется, из нижнего в него наливается кипяток, а в нижний доливается свежая вода, и, пока вода в нижнем не закипит, его не снимают с огня! Чай варится примерно полчаса на водяной бане, и уверяю вас, Наденька, что вы никогда не пили ничего подобного!

— Никогда, — согласилась Надежда.

От запаха кофе, запаха, который она так любила, у нее совсем подвело живот. Хоть бы уж кофе поскорее дали! Тогда прилично будет съесть печенье.

Марья Максимовна налила ей кофе в крохотную чашечку, а себе заварила каких-то листьев в большой кружке.

Надежда пригубила кофе, закрыла глаза и, как всегда, сказала, что именно этот кофе удался особенно и

Марье Максимовне нужно открыть собственную кофейню.

— А что? Будь я помоложе! — грустно ответила хозяйка. — И открыла бы! Петербуржцы любят кофе. Даже Анна Андреевна писала, что в петербургских парадных всегда пахло кофе и дамскими духами!

Надежда отпила еще глоток. Марья Максимовна любила помянуть Ахматову, и Надежде иногда казалось, что она словно сравнивает великую петербурженку с собой и находит много общего!..

— Что ваш муж? — вдруг спросила соседка. — Не вернулся?

— Нет, — сказала Надежда и поставила чашечку на такое же крохотное блюдце. — Но он сегодня звонил.

— Он звонил вам?!

— Да. И, знаете, Марья Максимовна, я так ждала его звонка, но почему-то мне наплевать на то, что он сегодня позвонил. Может быть, я его тоже разлюбила? Не только он меня!

— Что за чепуху вы говорите, Наденька?! Какая разница, кто кого разлюбил?! Он ваш муж, и он должен быть с вами! Вы просто обязаны его вернуть!

Надежда промолчала. Она совсем не была уверена, что обязана его вернуть. Она даже вдруг засомневалась, что хочет, чтобы он вернулся!

Нужно будет поговорить об этом с Дэном Уолшем. Интересно, а он хочет, чтобы к нему вернулась его жена, которая считала калории в зубной пасте?

— Звонил... — себе под нос сказала Марья Максимовна. — Это странно!..

— Почему?

— Они уходят не для того, чтобы возвращаться, девочка! Их можно только силой заставить!

Надежде хотелось поскорее домой. В первый раз в жизни после катания по перилам Марья Максимовна вызывала у нее неприязнь и страх.

— А больше никаких происшествий с вами не случалось? Никто не жег фотографий и не рвал одежду?

И Надежда не стала рассказывать ей, как ломилась среди ночи в ее квартиру, обнаружив привешенное к люстре чучело. Кроме того, она была уверена, что соседка знает — Марья Максимовна была в курсе всех дел, которые творились в доме, — и спрашивает именно затем, чтобы она рассказала, а ей не хотелось.

— Нет, — ответила она по возможности беспечно. — Ничего такого.

— Я надеюсь, что ваш американец уже разобрался в этой темной истории!

— Еще только разбирается, Марья Максимовна. Вот сегодня был у Павла на работе.

— У вашего мужа? Американец?! — поразилась соседка. — Зачем?!

Надежда пожала плечами:

— Что-то выяснял. У него ведь такая работа — выяснять.

— Господи, но у Павла-то что он может выяснить?! Вряд ли Павел сам изуродовал свои вещи! Согласитесь, что это странно.

— Марья Максимовна, я пойду. — Надежда поднялась, испытывая почти непреодолимое желание сделать реверанс. — У меня завтра утренняя смена, мне рано вставать. Спасибо вам большое, кофе у вас превосходный.

— А может, вы им увлечены, дорогая?

— Ке-ем?!

— Американцем. Вы доверяете ему свои тайны, отсылаете выяснять ваши отношения с мужем! Может быть, вам кажется, что он заменит вам Павла?

— Марья Максимовна, что вы такое говорите?!

Соседка пожала плечами:

— У меня большой жизненный опыт, дорогая. Но

хочу предупредить вас, что из таких историй никогда ничего не выходит! Вы не можете рассчитывать на американца, нет, нет! Вы должны выбросить его из головы! Ваш муж Павел, и только с ним может быть связана ваша судьба!

— Марья Максимовна! — воскликнула Надежда. — Вы, наверное, чего-то недопоняли! Павел от меня ушел, давно! Сегодня он сказал, что подает на развод! Он не собирается ко мне возвращаться! Американец тут совсем ни при чем!

Марья Максимовна походила по комнате, а потом взглянула на Надежду.

— Вы должны сохранять достоинство. Нет ничего хуже, чем женщина, потерявшая достоинство. Бегать за мужчиной недостойно, дорогая. А мне кажется, что вы как раз бегаете за вашим американцем, — прибавила она с презрением.

— А за мужем? — спросила Надежда. — За мужем бегать можно? Умолять его вернуться? Строить всякие козни, чтобы он пришел обратно, можно?

— И должно! — с силой сказала соседка. — Вы вверяете себя человеку, и, если он оказывается скотом, вы должны научить его, что он человек, а не скот, и вернуть его в человеческое состояние! В этом состоит ваша главная жизненная задача! И вы не вправе перекладывать тяжелую работу на чужих людей и посылать их разбираться с вашими делами! И вы не вправе вертеть хвостом перед другим мужчиной, если вы уже выбрали одного и даже вышли за него замуж!

— Я никого не хочу держать силой! — закричала Надежда. — И я никого не посылала за Павлом! И я никого не просила мне его вернуть!

Воцарилась тишина.

Марья Максимовна тяжело дышала и даже оперлась рукой о стул, как будто ее не держали ноги.

Надежду вдруг поразило, какие у нее страшные руки. Как у ведьмы — со скрюченными пальцами, слоистыми желтыми ногтями, с узлами синих выступающих вен и словно изъеденной чем-то кожей!

— Извините меня, — фальшиво сказала Надежда, косясь на ее руку. — Но мне даже и в голову не приходило, что я... использую американца, чтобы вернуть Павла, или верчу перед ним хвостом! Он просто часть моей работы.

— Я не сомневаюсь, дорогая.

— Извините, — повторила Надежда.

Ей очень хотелось вернуться домой и поскорее запереть за собой дверь.

— Не за что извиняться, дорогая! Это я повела себя несдержанно!

Не зная, что делать дальше, Надежда кивнула соседке, потом осторожно пожала ее холодную уродливую руку, лежавшую на спинке стула, и быстро ретировалась.

И что на нее нашло?! Куда понесло?! На своей работе она давно научилась сдерживаться, что бы ни вытворяли окружающие люди!

Если не можешь себя контролировать, повторяла Лидочка, тогда твое призвание вовсе не гостиничный бизнес, а озимые и пасленовые. Вышел в поле, посмотрел налево, посмотрел направо, ну, если приспичило, высказал им, пасленовым, все, что о них думаешь, послал их куда подальше и пошел на соседнее поле, где озимые. А когда с людьми работаешь, говорила Лидочка, лучше язык себе начисто откуси, но сдержись!

А Надежда не смогла сдержаться! Что-то очень оскорбительное было в речах соседки — то ли то, что она «вертит хвостом» перед американцем, то ли то, что она должна бежать за Павлом и умолять его вернуться!

После того, как он велел ей сегодня изъять упоминание о нем из ее личного дела!..

Картошку варить было уже поздно, и Надежда, трясясь от злости, наелась колбасы с хлебом, от чего в животе стало еще более муторно и противно.

Потом она долго смотрела телевизор и, кажется, заснула, потому что проснулась от того, что тот гудел на одной ноте — требовал, чтобы его выключили.

Надежда выключила телевизор — пульт свалился на пол — и зевнула. Даже поднять с пола пульт у ее не было сил. На часы она старалась не смотреть, чтобы не расстраиваться. Наверняка уже глубокая ночь, утром рано вставать!

Решив, что от всех напастей ей поможет только ванна, очень полная и очень горячая, она открыла воду, от души полила из флакона — пена была нежнозеленого цвета, пахла хвоей и сразу поднялась горой — и улеглась в душистую горячую влагу, как в облако. Воду она не выключала, чтобы она особенно не остывала, и поэтому не услышала, как тихонько приоткрылась входная дверь и как щелкнул замок, когда она закрылась.

Вода лилась, шумела в трубах, и Надежда замурлыкала песенку про тучи в голубом, зачерпнула полную горсть пены и положила ее себе на макушку. Пена тут же потекла, попала в глаза, и Надежда стала лить себе на голову из душа.

Привидение в белом саване бесшумно прошло по комнатам и остановилось перед дверью в ванную, где Надежда плескалась, пела и ничего не слышала. Да и в старых питерских домах толстые стены и массивные двери, вряд ли можно расслышать, как по дому гуляет... привидение.

Надежда даже не поняла толком, что случилось.

Свет погас, перед залитыми водой глазами мелькнуло что-то белое, как будто крылья взмахнули, и она ушла под воду, словно сама по себе.

Она выворачивалась, боролась, но привидение, державшее ее за ноги, было сильнее и не отпускало.

Сознанием Надежда понимала, что вдохнуть — значит захлебнуться, но инстинкты приказывали вдохнуть, и вода полилась в нее, и она перестала сопротивляться.

Жалко, что все кончилось так быстро, успела подумать Надежда Звонарева.

У Дэна Уолша болела спина и слипались глаза. Он сидел перед монитором несколько часов, лениво щелкая мышью и переключая каналы, на которые были выведены изображения всех камер.

Не было никакой необходимости делать такую дурацкую работу, но еще самый первый его начальник говорил, что если подчиненные не справились с задачей, значит, по всей видимости, виноват начальник. Задача может быть или невыполнимой, или слишком трудной, или неправильно поставленной.

Если подчиненные не справились с задачей, есть только один выход — решить ее самому, какой бы простой, тупой или трудоемкой она ни казалась. И только если ее удастся решить самому, тогда можно будет требовать решения от подчиненных, объяснить им ошибки, показать наилучшее и наипростейшее решение.

На то ты и начальник, а они подчиненные!..

Морской пехотинец, стоявший у дверей навытяжку, кажется, начинал время от времени дремать с открытыми глазами, и Дэну это тоже было очень хорошо знакомо. Бывало, и он так дремал во время длинных и бессмысленных дежурств!

Ему было жалко пехотинца, но отпустить его он не мог — как там говорят русские? Взялся нести ношу, значит, неси до конца? Впрочем, там была не ноша, а нечто, за что нужно браться, то ли гуж, то ли буй, какое-то смешное слово, Дэн никак не мог его запомнить!..

Он снова перелистал все каналы. Монитор послушно выдал изображение. Коридор, коридор, коридор, еще коридор.

Пусто, пусто, пусто. И здесь пусто.

Все спят.

Лифты, лифты, центральный лифт. Лестница.

Центральный подъезд, служебный подъезд, въезд на стоянку, ворота. А это... О господи, что это такое?!

Дэн Уолш подскочил в кресле, пехотинец проснулся, со стола с грохотом упала рация.

Дэн никак не мог сообразить, а потом сообразил.

Это физиономия майора Флеминга, который заснул в холле третьего этажа рядом с недавно смонтированной камерой. Майор спит в кресле, а над ним висит камера и снимает.

Неужели у майора такая отвратительная рожа? От нечего делать Дэн Уолш посмотрел так и эдак, а потом вывернул шею и посмотрел еще сверху вниз. Да, ничего не скажешь. Отвратительная.

Да еще спит, как у себя дома! Профессионал называется!

Уолш нашарил на полу рацию, поднял и нажал нужную кнопку.

Майор Флеминг в мониторе подпрыгнул, словно в задницу ему воткнулось шило, вытаращил глаза, замотал головой и стал беззвучно хлопать себя по карманам, не в силах сообразить, откуда идет звук. Наконец сообразил, что звук у него в ухе, и, прежде чем ответить, зачем-то застегнул воротничок. Дэн Уолш смотрел на манипуляции майора с веселым изумлением. Даже пехотинец сзади осторожно хихикнул.

На мониторе майор беззвучно открыл рот, и из рации Дэна рявкнуло:

— Здесь Третий!

— Не спать на посту, Третий!

Изображение майора Флеминга на мониторе подняло глаза и, сосредоточенно сведя их к носу, посмотрело прямо в камеру. Потом рация снова пискнула.

— Не знал, что она уже работает, сэр.

— Вам не повезло, Третий.

— Так точно, сэр.

И, развлекшись таким образом, Дэн стал снова щелкать каналы. Первый, второй, третий... седьмой... одиннадцатый...

И подряд, и вразбивку, и в ритме танго, и снова первый, снова третий, снова седьмой.

Он так и не позвонил сегодня в Вашингтон, решив, что, если начальство им недовольно, оно должно сказать ему об этом первым и по своей инициативе. Если гость из русского Министерства внутренних дел был послан к нему неспроста, так тому и быть!

Он снова обдумал свои действия и снова решил, что все сделал правильно.

Он не разгласил никаких тайн и не открыл ничьих секретов, но если гость сможет подтвердить его подозрения, значит, все правильно! Если опровергнет, все придется начинать сначала.

Странно, что московский милиционер оказался именно сыном владельца отеля, которого никто никогда не видел в лицо!..

Или ситуация еще сложнее, чем кажется, и вся логическая конструкция, возведенная Уолшем, вот-вот разрушится, или это совпадение, которое бывает в одном случае на миллион!.. Это почти невозможно, и тем не менее так оно и есть!..

И снова каналы, и снова подряд, потом вразбивку,

а потом в ритме вальса — пер-р-вый, тр-р-ретий, вось-мо-ой, девя-атый!.. Оборот в кресле и по новой!..

Никого. Нигде. Пустота, тишина, и очень хочется спать, но спать нельзя.

Он уловил шевеление даже не глазом, а седьмым чувством.

В службе безопасности всем было хорошо известно, что у Дэна Уолша чувств немного больше, чем у всех остальных людей.

В коридоре на четвертом этаже, почти у самого поворота, открылась дверь, и из нее вышел человек.

Дэн нашарил рацию, но кнопку нажимать не стал. Нужно ждать продолжения.

Пальцы сами по себе пробежали по клавишам, пехотинец выпрямился у него за спиной.

— Давай, — тихонько сказал Уолш человеку на мониторе. — Давай, двигайся! Ну, куда ты пойдешь? И где второй? Вчера вас было двое!

Тут он вдруг сообразил, что компьютерная служба наблюдения организована очень плохо — все каналы выведены на один монитор, и для того, чтобы посмотреть, что происходит на других этажах, нужно переключить изображение, и значит, потерять человека, который медленно и осторожно двигается по коридору!..

Придется все переделывать! И кто это смонтировал видеонаблюдение таким идиотским образом?!

— Черт бы вас всех побрал!..

— Сэр?

— Готовность номер один.

— Есть, сэр!

Человек двигался в сторону лестницы, и Дэн знал, что камера сейчас его потеряет, но там, у лестницы, его должна подхватить следующая.

— Давай! — поторопил он человека на мониторе. — Мы так долго тебя ждали!

Он выпрямился в кресле, дождался, когда человек пропадет с экрана, и переключил каналы.

Есть!.. Идет к лестнице!

Уолш нажал кнопку на рации.

— У нас движение на четвертом. Направление — лестница. Второго пока нет.

— Ясно, сэр.

Человек сбежал на один пролет и немного постоял возле лифта. Майора от него закрывал лифт.

— Что он там делает? — раздраженно спросил Уолш у пехотинца.

— Не пойму, сэр.

— Не пойму! — передразнил Уолш.

Не отрываясь от монитора, он поправил пистолет в кобуре и быстро засучил рукава — была у него такая привычка. Во время работы рукава ему мешали.

Майор Флеминг беззвучно поднялся и сделал шаг назад, в полумрак, где заранее погасили свет, как будто растворился.

— Второй, сэр!

— Вижу.

Второй человек спускался по лестнице. Он двигался следом за первым, но не приближался к нему. Теперь их вела камера, только сегодня установленная в коридоре третьего этажа лично майором Флемингом. Об этой камере не знал никто, кроме самого майора и Уолша.

— И куда вы идете? — спросил у изображения Уолш. — В президентские апартаменты?..

Первый дошел до люкса, оглянулся по сторонам, постоял, сунул карточку в прорезь электронного замка и потянул на себя дверь. Второй приближался, и вошли они одновременно. Дверь закрылась.

— Пора? — сам у себя спросил Уолш.

Интуиция, а может, восьмое чувство заставило его еще раз прокрутить все каналы.

— Сэр!!

— Я вижу.

И они увидели третьего!.. Третьего, которого не было вчера! Он поднимался по лестнице, почти бежал и по сторонам не оглядывался!

Майор Флеминг уже вышел из своего укрытия, и Уолш быстро проговорил в рацию:

— У нас третий. Поднимается к вам.

Майор прижал наушник, кивнул, сделал гигантский шаг назад и снова растворился в полумраке за лифтом.

Третий пробежал в трех дюймах от майора и ринулся в коридор. Там он повел себя странно — почему-то принялся открывать все двери подряд. Карточка в прорезь, дверь нараспашку, и дальше! Карточка, дверь, и дальше по коридору.

— Майор, он в коридоре!

— Понял.

Уолш выскочил из комнаты, за ним рысью двинулся пехотинец, пронесся по спящему холлу, петляя между мраморными колоннами, вскочил в лифт. Пехотинец за ним.

С третьего этажа доносились какие-то звуки, а полковник Уолш никак не мог найти свою универсальную карточку, которая подходила ко всем дверям и без которой лифт не ехал!..

Как последний болван он выворачивал карманы, пехотинец смотрел, вытаращив глаза, а карточка провалилась как сквозь землю!..

— Что вы стоите?! — заорал Уолш в конце концов. — По лестнице, быстро!!

Они выскочили из лифта и помчались по лестнице, Уолш зацепился за ковер и чуть не упал, на ходу он все шарил по карманам, хотя знал совершенно точно, что карточки нет, пропала, украли!..

На третьем этаже творилось нечто невообразимое!

Все двери были распахнуты настежь, и возле каждой стояли люди в формах, горели все лампы, красная плюшевая банкетка, на которой Дэн пил кофе с Надеждой, почему-то стояла поперек коридора.

В два прыжка Уолш долетел до двери, в которую вошли те двое.

Флеминг, стоявший в проеме, посторонился и дал ему пройти. У него было странное лицо.

У пехотинцев в комнате лица тоже были странные.

— Что здесь происходит?!

Двое мужчин лицом вниз лежали на кровати.

Третий на полу, и тоже лицом вниз.

Уолш подошел и рывком поднял его с пола.

— Вы кто?! — рявкнул он. — Майор, кто это?!

— Компьютерная служба, сэр! — пролаял Флеминг, глядя прямо перед собой. Все до одного пехотинцы тоже смотрели прямо перед собой.

Уолш ничего не понимал.

— Я... меня зовут Ганс, сэр, — прерывающимся голосом простонал тот, которого он держал за шиворот.

— Какого черта вам здесь понадобилось, Ганс?!

— Сэр, он выследил своего любовника, который назначил здесь свидание другому, — пролаял Флеминг. — Его любовник вот тот, слева, сэр! Застал его на месте преступления, сэр!

— Что-о-о?!

У Уолша потемнело в глазах.

— Его зовут Франц, сэр! Отвечай, когда тебя спрашивает господин полковник!

Один из лежащих на кровати поднял голову.

— Я буду жаловаться своему адвокату, — сказал он. — Вы не имеете права! Это вмешательство в частную жизнь!

Пехотинцы стояли с каменными лицами.

Уолш сунул пистолет в кобуру, подошел, присел на край стола и вытер лоб.

— Поднимите их. Кто из вас Франц?

— Вот этот, сэр.

— Объясните мне, что произошло. Как вы оказались ночью в охраняемом коридоре?!

Все молчали, и поэтому Уолш, который чувствовал себя последним идиотом, заорал так, что с телевизора мягко спланировал какой-то листок бумаги:

— Отвечайте, черт возьми! Вляпались в дерьмо, так хоть имейте мужество признаться! Ну, быстро!

— Мы поссорились, — плачущим голосом заговорил тот, первый, которого подняли с ковра. — Мы живем вместе уже три года, и он... он решил меня бросить! И именно сейчас, когда мне особенно тяжело, когда мы в чужой стране! Он нашел другого и тайно ходил к нему на свидания! Как ты мог?! — всхлипнул он, бросился вперед и вцепился в розовую рубаху того, которого звали Францем. — Как ты мог так поступить со мной после всего, что у нас было?!

Майор Флеминг одним пальцем оттащил страдальца от вероломного любовника.

Уолш застонал сквозь зубы.

— Он изменял мне, понимаете, изменял! Он взял на работу нового мальчика, для того чтобы с ним изменять мне! А я догадался, сердце подсказало мне!

— О'кей, — сказал Уолш, потому что говорить больше было нечего, — о'кей. Франц изменял Гансу, а Ганс выследил его с любовником. О'кей. Но почему в президентских апартаментах, черт возьми?!

— Здесь никто не живет, — объяснил вероломный Франц совершенно спокойно. — Здесь нас никто не нашел бы! Я же не знал, что он такой ревнивый, — добавил он почти хвастливо и сложил губы дудочкой и вытянул их, словно собираясь поцеловать безутешного Ганса.

В рядах морских пехотинцев произошло движение и послышался смешок.

— А ключи?! Почему ключи подходят?!

— Мы их перекодировали, — сказал Франц и почесал нос. — Это элементарно. Все равно двери открывает компьютер! Наши ключи теперь открывают все двери в отеле.

— Как ты мог так поступить со мной?! Я любил тебя, я тебе доверял, в прошлом году в Майями я даже не взглянул на того длинноного адвоката, который клеился ко мне! А ты?! Ты растоптал мою любовь! Ты меня предал!

— Флеминг, скажите ему, чтобы он заткнулся.

— Есть, сэр. Заткнись немедленно!

Ганс перестал причитать, но зато начал всхлипывать и вдруг опять кинулся вперед и пнул ногой третьего, который все время хранил молчание.

— Вот тебе, вот тебе, вот тебе! Будешь знать, как уводить чужих любовников!

— Сэр?

— Всех троих под арест.

— В разные помещения, сэр? Во избежание... оргии?

— Идите к черту, Флеминг!

— Слушаюсь, сэр!

— Грубейшее нарушение инструкций и правил поведения. Кроме того, все служащие, если мне не изменяет память, предупреждены об ответственности в случае нарушений! Завтра ко мне начальника компьютерной службы. Этих первым же рейсом в Вашингтон.

— Вы не имеете права нас уволить! Мы ничего такого не сделали! Эти мужланы военные всегда позволяют себе притеснять нормальных людей!

— Молчать!!! — заорал Уолш. — Флеминг, уберите их! Все комнаты обыскать. Предупредить отдел электронной безопасности о том, что ключи можно легко подделать.

— Мы просто их перекодировали, а не подделали!

— Флеминг!!! — взревел Уолш, и тут кто-то из пехотинцев вдруг захохотал.

Какое-то время он хохотал один, в полной тишине, а потом следом за ним захохотали остальные. И в коридоре захохотали тоже, и майор Флеминг, который долго крепился, не выдержал, загрохотал басом, как из бочки, и незадачливая троица любовников начала подхихикивать, и Дэн Уолш в конце концов засмеялся тоже.

Боевая операция закончилась полным провалом.

Оставив троицу на попечение Флеминга, чтобы хоть немного сохранить лицо перед пехотинцами, и понимая, что на многие годы вперед он станет теперь предметом всевозможных насмешек и шуточек, Дэн убрался с места поимки предполагаемых террористов первым.

Он спускался по лестнице, думал о превратностях судьбы, еще о том, что любвеобильному Францу и ревнивому Гансу предстоит не только потеря работы с «волчьим билетом», но еще и многомесячные объяснения с начальством, и вдруг вспомнил.

Ключ. Ключ от лифта.

Он не мог подняться на третий этаж, потому что лифт не ехал! Лифт не ехал, потому что он потерял ключ.

Единственный в отеле ключ, который запускает и блокирует все лифты. Другого нет, изготовить его быстро очень сложно, если вообще возможно, и он, Дэн Уолш, полковник службы безопасности, его потерял!

Если так, значит, он совершил должностное преступление гораздо худшее, чем совершили Франц, Ганс и пока безымянный третий, вместе взятые!..

Он остановился посреди лестницы. Кровь бросилась ему в лицо, загорелись щеки, и шее стало тесно в воротнике рубахи. Он даже оглянулся по сторонам, не видит ли кто!

Он не мог его потерять! Ну это просто невозможно. Это все равно что офицер охраны вдруг потерял бы доверенный ему ядерный чемоданчик.

И тот мальчишка, пехотинец, видел, как он шарил по карманам и не мог найти ключ!.. Он видел, значит, это моментально станет известно всем, если уже не стало!..

Дэн Уолш отлично представлял себе, что будет, как только о пропаже лифтового ключа станет известно. Лучше бы не представлял.

Где он мог его потерять?! Как это могло получиться?!

Он стал медленно спускаться вниз. Ключ был на длинной цепочке и всегда пристегнут к одному из карманов. Теоретически цепочка может оборваться, и тогда ключ может из кармана выпасть. В последний раз он снимал штаны у себя в комнате, и из карманов совершенно точно ничего не выпадало!.. Он живет в отеле, и больше ни разу нигде не раздевался!

Секунду, сказал себе Дэн Уолш.

Шел дождь, я проколол колесо, бросил машину и пробежал под дождем почти милю, Каменноостровский проспект. Я был весь мокрый, и Надежда несколько раз предлагала мне штаны своего мужа.

Хорошо, что отказался, мельком подумал Уолш, вспомнив толстячка и его щечки.

Она настаивала, и я выжимал джинсы у нее в ванной. Если я выронил ключ, значит, он может быть только у нее дома!..

Если до утра он найдет ключ, все можно будет списать на спешку в экстремальной ситуации. Он просто не нашел ключ, который все время был у него в кармане, и что там показалось морскому пехотинцу, который был с ним в лифте, не имеет значения!

Дэн Уолш спустился с лестницы, пробежал под мраморными колоннами, в который раз за сегодняшний день. Выскочил через главный вход — охрана встала по стойке «смирно» и отдала честь — и сел в машину.

Светофор прямо напротив царя, который сделал что-то не то — то ли отпустил народовольцев, то ли казнил взбунтовавшихся стрельцов, — мигал ярким желтым глазом, как будто у него нервный тик.

Конечно, он ее разбудит, и это не слишком удобно! Конечно, Надя будет удивлена, но зато она никогда его не выдаст, а ему ведь придется все ей объяснить! Конечно, нет ничего хорошего в том, чтобы явиться среди ночи в дом русской, к которой он почти неравнодушен, и искать в ее ванной сверхсекретный ключ от лифта, который он потерял, но лучше так, чем утром объяснять, куда девался этот самый ключ!..

Мосты были разведены, и он долго метался по спящему городу, тыкался в разные стороны, пропускал какие-то грохочущие темные трамваи, обгонял одинокие усталые грузовики и вдруг выезжал на залитые светом улицы, где люди сидели в кафе, грохотала музыка и сияли витрины!..

Ему казалось, что все это происходит не с ним.

Этот город заморочил его! Неправильный, странный город, похожий на дырку в небесах. Все здесь было не так, как в других городах, даже этот храм, возле которого стояла гостиница, или все наоборот? Храм стоял возле гостиницы?.. Серое небо, серый камень, серая вода, и золотой кораблик под серыми тучами! И крепкий балтийский ветер, и площадь с колонной, которая вдруг открывалась откуда-то сбоку, не как все остальные площади во всем остальном мире! И затейливая витиеватость фасадов, и убогость подворотен, и ночные призраки-трамваи, и мечеть, до которой почему-то невозможно было дойти, она словно отступала и отступала, — все было по-другому.

И женщина, к которой он едет сейчас и к которой почти неравнодушен, тоже совершенно другая, непохожая на тех, которых он знал!

Он улыбнулся, переезжая Неву — все-таки он нашел мост, по которому можно переехать! Хорошо бы найти ключ, конечно, но мысль о женщине, которая спит и сейчас выйдет к нему, немного сердитая и встревоженная, была сильнее, и он сказал себе, что не станет думать — почему она сильнее!

Просто так получилось. Просто потому, что Надя произошла от дикой степной лошади, а не от обезьяны.

Потому что она не считала калории в зубной пасте, а кормила его среди ночи пастой и хвасталась тем, что это отличные русские макароны, и еще потому, что он сейчас начнет рассказывать ей, как разоблачил было банду террористов, которые оказались поссорившимися «голубыми», а она будет хохотать!..

Дэн Уолш вылез из машины, пальцем поковырял кодовый замок на двери подъезда, открыл и вошел.

Тревога, охватившая его в подъезде, была совершенно необъяснимой, но очень сильной. Он взглянул вверх, где в темноте терялись своды старого питерского парадного, и вдруг побежал по лестнице, не отдавая себе отчета, зачем, собственно, он так спешит!..

Он перепрыгивал через несколько ступеней, считал пролеты, сколько еще осталось до ее квартиры, и уже на площадке вытащил из кобуры пистолет.

Так и есть!.. Дверь в ее квартиру была открыта. В мутном свете, падавшем из подъездного окна, он увидел черную щель, за которой не было ни огонька.

Сдерживая дыхание, он тихонько толкнул дверь, и, качнувшись, она распахнулась настежь.

Там, за дверью, что-то происходило, он слышал движение и неясные звуки, словно лилась вода.

Держа пистолет обеими руками, так, как его когда-то учили, бесшумно и стремительно, он вошел в квартиру. Глаза, еще не привыкшие к темноте, видели только неясные силуэты, но и этого было достаточно.

В комнате никого не оказалось, он заглянул, стараясь держаться спиной к стене, и не увидел никаких разрушений или следов борьбы.

Коридор, в нем пусто. Но звуки слышались именно оттуда.

Дэн Уолш поудобнее перехватил пистолет, продвинулся еще немного и пинком распахнул дверь в ванную, одновременно ударив по выключателю.

Свет вспыхнул и показался немыслимо ярким.

Человек, наряженный в белый саван с прорезями для глаз, завизжал и прыгнул в сторону. Дэн перехватил его.

В наполненной до краев ванне под водой лежала Надежда Звонарева, волосы колыхались вокруг белого лица, и глаза были широко открыты.

Уолшу некогда было думать. Одной рукой за волосы он вытащил из ванны тяжелое и мокрое тело и перевалил его через бортик, а другой слегка сдавил горло человека в саване. Он точно знал, что сильнее не нужно, и человек хрипло вздохнул и осел на залитый водой пол.

Секунды падали, как капли — кап, кап, кап.

Одна, две, три... Десять... Тридцать... Семьдесят.

Надя не приходила в себя. То, что он делал с ней по всем правилам экстренной помощи, не помогало, а никаких специальных средств у него не было!

Ну, еще! Ну, давай! Ну, давай же!..

Одна, две, три... Тридцать... Шестьдесят.

Она жива, он знал это совершенно точно. Он даже знал, что она видит, думая, что уже умерла! Она видит луг до горизонта, море зеленой травы, и по ней несутся свободные и прекрасные дикие лошади!..

Ну, давай! Дыши! Ты не умерла! Это тебе показалось!

Я опоздал, я виноват, но помоги мне! Помоги мне хоть немного!!

И опять секунды, или капли, он уже перестал понимать — кап, кап, кап.

— Ты не умерла, — сказал он сквозь зубы. — Слышишь?!

И ударил ее по щеке, раз и потом еще раз, и голова у нее сваливалась на сторону, как у неживой, но он не мог просто так отпустить ее.

— Дыши! — закричал он, как будто она могла его слышать. — Ну?!

И ударил еще.

Ему вдруг показалось, что веки у нее дрогнули. Ему было жарко, пот заливал глаза, он вытер его и посмотрел еще раз.

Черный от удушья рот вдруг искривился, веки сошлись, и он быстро перевернул ее на бок. Вода выливалась из нее толчками, и, пока Надю рвало, он держал ее на боку, не давал перевернуться, а потом перехватил так, что она свесилась головой вниз, и сдавил ей живот.

Он не мог себе представить, что в обычном человеке может поместиться столько воды! Словно она выпила реку.

Ее желтые пальцы, сведенные судорогой, вцепились ему в руку, и, придерживая ее, он чувствовал, как они теплеют, или ему так казалось?

Потом она дышала открытым ртом, коротко и хрипло, и долго пыталась что-то сказать и не могла, а затем все-таки выдавила:

— Я умерла?

— Нет.

— Мне плохо.

— Я знаю.

Телефон был в нагрудном кармане, и Дэн никак не мог достать его. Он вынул его зубами, а потом перехватил свободной рукой.

— Майор?

— Здесь, сэр.

— Привезите доктора Бенвика на Каменноостровский проспект, сорок три. Пусть захватит реанимационный набор.

— Сэр?!

— Нападение на русскую, начальника службы портье.

— Она... жива, сэр?

— Да. Поторопитесь, майор.

— Мне не надо в реанимацию, — прохрипела русская. — Ты мне уже сделал искусственное дыхание.

Дэн Уолш взвалил ее на плечо и понес в комнату, зажигая по всей квартире лампы. Из нее все еще текла вода, и за ними оставался мокрый след. Он положил ее на диван и прикрыл первым, что подвернулось ему под руку — скатертью со стола. Когда он сдергивал скатерть, на пол посыпались какие-то чашки, на которые он не обратил никакого внимания.

— Я не знаю, что случилось, — выговорила Надежда с усилием. — Какой-то белый саван... и свет везде погас...

— Я знаю, что случилось, — сказал Уолш. — Не разговаривай.

— Дэн? — вдруг хрипло удивилась Надежда Звонарева. — Это ты?! Ты меня спас?

— Сейчас приедет врач.

Она кивнула и несколько секунд лежала молча,

подняв к потолку восковой нос. Он смотрел на нее. На голых лодыжках, куда не доставала скатерть, у нее проступали синяки.

— Я жива? — спросила она, не открывая глаз.

— Да.

— Ты меня спас?

— Я вытащил тебя из ванны, в которой тебя топили.

Она открыла глаза и посмотрела на него.

— Я плохо соображаю, — пожаловалась она.

— Я тоже, — поддержал Уолш.

— Кто меня топил, Дэн?

— Показать? — спросил он с яростной любезностью и раздул ноздри. — Сейчас, одну минуту.

И ушел в ванную.

Сегодня очень плохой день. Сегодня день сплошных неудач.

Говорят, что так бывает, но у него это в первый раз.

Он ловил террористов и поймал не в меру резвых гомосексуалистов. Впрочем, одно другого стоит!

Он потерял ключ, который существует в единственном экземпляре.

Если бы он его не потерял, Надежды Звонаревой, о которой он романтически мечтал в машине, пробираясь по спящему городу, не было бы в живых.

Он знал, что ей угрожает опасность, и знал, какого рода эта опасность и от кого исходит, но ничего не предпринял.

Он был уверен, что у него есть время, не слишком много, но есть, и просчитался!.. Раз за разом он ошибается, и его ошибки чуть было не стоили жизни человеку. Женщине, к которой он был почти неравнодушен!

Полковник Уолш за шиворот поднял с пола убийцу в мокром белом саване — тот послушно поднялся — и повел его в комнату.

Надежда, прикрытая скатертью, лежала на диване, и глаза у нее были крепко зажмурены.

— Ты хотела посмотреть, — грубо сказал Уолш по-русски. — Я могу тебе показать.

И он сдернул саван.

Медленно-медленно Надежда повернула голову и взглянула. На лице у нее не отразилось ничего, она только с трудом сглотнула.

— Марья Максимовна, — выговорила она устало. — Но зачем вы?..

Дэн подвинул стул и приказал старухе:

— Сядьте. Если вы упадете, я не стану вас поднимать!

Да где этот чертов Флеминг с доктором Бенвиком?!

Старуха медленно опустилась на стул. Первый раз в жизни Надежда видела ее без шали. На ней были вполне современные тренировочные штаны с завязками и майка с короткими рукавами. Она выглядела как самая обыкновенная бабка, которая тащила с рынка покупки и попала под дождь.

Обыкновенная, но не до конца, подумала Надежда, однако у нее не было сил разбираться, что не так. Она снова закрыла глаза. Марья Максимовна тяжело дышала.

Дэн Уолш молчал.

— Почему? — не выдержала Надежда. — За что? Мы же с вами дружили. Вы меня с Лидочкой познакомили. Я вам печенье покупала!..

Тут она заплакала, закашлялась и прижала скатерть ко рту, чтобы не вырвало.

— Грехи отцов, — сказала старуха мрачно. — Грехи отцов падут на детей. Так оно и вышло.

— О чем вы говорите, Марья Максимовна?! Какие грехи?! Мой отец давно умер!

— Да у тебя и не было никакого отца. Твоя мать принесла тебя в подоле, когда ей только что исполнилось восемнадцать лет! Несмываемый позор для всей семьи. Впрочем, так и должно было случиться.

— Позвольте мне, — сказал Уолш громко. — Если ты действительно этого хочешь, Надя.

— Да, — выговорила Надежда. — Да, хочу.

— Твой дед Михаил Осипович был много лет женат на... госпоже соседке. Она объездила с ним весь мир, и у них было то, что называется... как сказать по-русски... счастливый брак.

Надежда Звонарева заскребла рукой по обшивке дивана, судорожно пытаясь сесть. Скатерть свалилась с груди, и она натянула ее на себя.

— Дэн?..

В голосе у нее был ужас.

— В соседней с ними квартире жила молодая девушка, ставшая впоследствии твоей бабушкой. Твой дед влюбился в нее, она забеременела, и он ушел от своей жены. Это стоило ему карьеры, но ребенок, по всей видимости, был ему дороже. Его прежняя жена приложила очень много усилий, чтобы ее бывший муж потерял все. Он и потерял все, кроме квартиры, в которой они жили с твоей бабушкой.

— Дэн!

— Бывшая жена твоего деда даже пыталась покончить с собой ужасным способом. Она облила себя кислотой. Ей сделали несколько операций, пересадили кожу, твой дед навещал ее в больнице и договаривался с врачами, но так и не вернулся к ней.

Надежда исподлобья взглянула на Марью Максимовну. Так вот в чем дело! Кожа на руках и в вырезе майки казалась изъеденной, сожженной — и на самом деле была изъедена и сожжена! Она облила себя кислотой из-за того, что от нее ушел муж!..

Муж — Надин любимый дед, который так много знал, так смешно рассказывал, так весело катал ее на санках вдоль Невы!

— Я уверен, — продолжал Уолш, как общественный

обвинитель на процессе, — что тогда у нее начались проблемы с психикой, которые только усугубились к старости. Я не утверждаю, что она сумасшедшая, но все же явно нестабильна.

Марья Максимовна смотрела на него, и было понятно, что она абсолютно нормальна, только отчаянно ненавидит. Отчаянно ненавидит... всех.

— Теперь трудно установить, почему твой дед не переехал из дома, где жил с бывшей женой. Для меня этот вопрос так и остался неразрешенным. Но так сложилось. Твоя мать выросла у нее на глазах, и ты тоже выросла у нее на глазах. И вот, когда дедушка и бабушка умерли, а мать переехала в другую страну, она решила, что пришло время мести.

— Грехи отцов, — повторила старуха, качая головой, — всегда падают на детей! Твоя мать родилась от шлюхи, и ты истинная дочь своей матери! Я бы просто избавила мир от еще одной гадины. И в мире стало бы чище.

— Да нет, — равнодушно сказал Уолш. — Не так все красиво. И вряд ли вы в вашем возрасте точно знаете, как нужно играть невменяемость. Вы нестабильны, но вменяемы, и не морочьте мне голову.

— Я бы давно тебя убила, — продолжала старуха, не слушая его. — Почему ты не сломала себе шею, когда каталась по перилам?!

— С твоим мужем работает внучатая племянница госпожи Марии Максимовны. Внучка сестры — это и есть внучатая племянница? Именно с ней у Павла роман. Я видел ее, когда приезжал к нему в офис. Ее тоже зовут Маша.

Старуха вдруг подняла на него глаза, которые загорелись, как у Вия в театральной постановке.

— Замолчи! — приказала она. — Не лезь не в свое дело, американский тупица!

Надежда все глубже пряталась под скатерть, и теперь оттуда торчали одни глаза, испуганные и несчастные.

— Твой муж разлюбил тебя, потому что получил много писем, где было сказано, что ты на своей работе занимаешься проституцией, — сказал Дэн.

— Что?!

— Проституцией, — повторил Уолш терпеливо. — Он отдал эти письма мне. Он сказал, что брал их из почтового ящика, но при этом, насколько я понял, ты никогда не видела этих писем.

— Господи, какие письма? — пробормотала Надежда из-под скатерти.

— То есть, конечно, он не поэтому разлюбил тебя, но для того, чтобы уйти, ему нужен был какой-то повод. И госпожа Мария Максимовна придумала для него повод. Она стала писать ему, что в отеле ты оказываешь сексуальные услуги. Твой муж недалекий человек, и он во все сразу поверил. Я не проводил экспертизу, но уверен, что письма написаны рукой твоей соседки. Можно провести, это несложно.

— Зачем?!

— Таким образом муж поступил в полное распоряжение двоюродной внучки — внучки in law, я правильно говорю? А госпожа Мария Максимовна получала полную возможность отомстить всей твоей семье. Она собиралась тебя убить. Сделать это, когда в квартире муж, не так удобно, чем когда в квартире никого нет. Избавившись от тебя до развода, она обеспечивала внучке квартиру. Твой муж получил бы ее по наследству, а твоя мать живет в другой стране, и эта квартира ей не нужна.

— Ты просто тупая скотина, — сказала Марья Максимовна. — Ты полез не в свое дело, и мне теперь придется убить и тебя.

— Бросьте, — перебил Уолш. — Я не верю в то, что вы сумасшедшая. Павел отдал вам ключи, и вы решили действовать. Вам было необходимо, чтобы Надя не узнала, кому он отдал ключи, и вас подстраховывала внучка in law, которой вы постоянно внушали, что ее возлюбленный ни в коем случае не должен звонить своей бывшей жене, и если она хочет удержать Павла, то должна контролировать все его переговоры. Но все равно когда-нибудь этот вопрос выяснился бы, и вам нужно было успеть раньше! Вы разрезали его вещи и разорвали его фотографии именно в расчете на то, что Надя кому-нибудь об этом расскажет. Вы же отлично знали ее характер, для того и привечали много лет.

Он повернулся к Надежде и спросил, подумав:

— Привечали — это правильное слово?

Она кивнула.

Он обратился к Марье Максимовне:

— Вы были уверены, что она расскажет Лидии Арсентьевой и подругам и тем самым возбудит подозрение, будто из-за потери мужа у нее помутилось сознание. Так, как оно помутилось у вас, когда ваш муж ушел к молоденькой соседке.

— Она была шлюха. С ней можно было спать, а он решил на ней жениться! Как будто я ему запрещала таскаться к ней!

— В следующий раз вы подвесили к люстре чучело и написали «Павел» с тем же расчетом. Надежда перепугается, позовет на помощь, и станет ясно, что никому, кроме нее самой, не придет в голову мысль вешать на люстре чучело собственного мужа! Потом вы при первом удобном случае ее убили бы, инсценировав самоубийство от горя. Так?

Старуха молчала.

И Надежда молчала тоже.

— Так, — сам себе ответил Дэн Уолш. — Вы оговорились, когда беседовали с Надеждой. Она не упоминала о разрезанных фотографиях, а вы сказали, что они были разрезаны. Узел, которым вы привязали чучело, называется юрюкский. Так его завязывают на Ближнем Востоке. Этот узел удобен тем, что его можно затянуть только снизу. Завязать его нельзя. Вы не могли залезть на стол и именно поэтому накинули на люстру веревку, подтянули чучело и затянули узел снизу. Вы много путешествовали по Востоку, и в вашем доме полно восточных редкостей, оставшихся от мужа. Вы понятия не имели, что утопить человека в ванне не так-то просто, хотя держать его за лодыжки, не давая всплыть, — самый верный способ. Надя сильная и молодая женщина. Вам пришлось держать ее изо всех сил. У нее остались синяки, и ваша инсценировка все равно провалилась бы!

— Кто ты такой, жалкий иностранец, чтобы судить меня?! — спросила Марья Максимовна с презрением. — Остаться без мужа и без гроша в кармане, когда тебе под сорок! Ты знаешь, что это такое изо дня в день наблюдать, как он возвращается домой, но не ко мне, а к ней, которая была на пятнадцать лет моложе?! Ты знаешь, каково это — сознавать, что отдала все, и он взял все, а потом оказалось, что этого мало! Что ему нужно такое, чего я никогда не смогу ему дать?! Ребенок! Маленький, отвратительный, вонючий ребенок! Ему было под пятьдесят, и он захотел этого ребенка и променял меня на него!

— Меня это не слишком интересует, — сказал Дэн Уолш.

Должно быть, майор Флеминг вместе с доктором Бенвиком так и не нашли мост и утонули в Неве при попытке переправиться на лодке.

Марья Максимовна тяжело поднялась и вытянула изуродованные руки:

— Я была красавица! — закричала она. — Я была самой красивой женщиной в посольстве, и все говорили мужу, как ему повезло, что я принадлежу ему! Меня хотели султаны и министры! А он посмел... отказаться?! Отвернуться от меня?! Как раз когда моя красота начала увядать, он бросил меня, как ненужную вещь, как использованную тряпку!

— С тех пор прошло много лет, — произнес Уолш. — Успокойтесь.

Марья Максимовна, выставив руки вперед, пошла на него, и это было страшно. Так страшно, что он поневоле сделал шаг назад.

— Не-ет! Я сожгла собственное тело, я выжгла ненавистью душу, и я почти победила! Если бы не ты, я бы истребила его отродье, и от него на земле не осталось бы ничего, а у меня есть Маша! Я не могла родить, но моя душа живет в моей внучке! Моя внучка осталась бы в его доме, а его внучка захлебнулась бы в ванне, голая и страшная! Во-от, это была бы месть! За все, что он со мной сделал! За все мои мучения! За его предательство и подлость!

— Марья Максимовна! — прохрипела Надежда. — Остановитесь!

Старуха развернулась и взглянула на нее.

— Ты только посмотри на себя, жалкая, страшная обезьяна! — сказала она с презрением. — Ты не женщина! Ты хаврунья!

— Кто?! — удивился Уолш.

— Ты жрешь как свинья, — продолжала Марья Максимовна. — Ты работаешь как лошадь и жрешь как свинья! Ты даже не смогла удержать мужчину!

— Вы тоже не смогли, — прохрипела Надежда. — Хотя вы были женщиной! Вы были женщиной, а сейчас вы чудовище! И я сочувствую вам.

Старуха завыла и бросилась к дивану, но Уолш перехватил ее и легко толкнул на стул.

— Откуда ты узнал? — равнодушно спросила Надежда.

— Сведения о твоем дедушке можно быстро получить в Министерстве иностранных дел, и я их сегодня получил. Ты мне сказала, что он был дипломат, и это все очень упростило. Про ключи мне сказал твой муж. Про внучку in law я догадался, когда встречался с ним, кроме того, я ее видел, и она сказала, что может его позвать. Когда у людей особенные отношения, это сразу видно. То, что она родственница твоей соседки, я выяснил, когда собирал данные на него. Письма, которые он получал и которые ты никогда не видела, опускали в почтовый ящик в тот момент, когда он входил в дом, чтобы Павел мог их забрать, а ты нет. Значит, человек, который опускал их, видел, как он входит. Ни на одном из них нет почтового штемпеля. Образца ее почерка, — он кивнул на Марью Максимовну, — у меня нет, но и так все ясно.

Надежда с трудом кивнула. Старуха прикрыла глаза.

— И что теперь? — спросила Надежда после долгого молчания.

— Теперь я должен найти в твоей ванной ключ от лифтов, — сказал Уолш. — Я его потерял, а без него президент Соединенных Штатов никак не может приехать в гостиницу «Англия».

Максим Вавилов достал из коробки очередной носовой платок и сунул в руки плачущей женщине. Она плакала, наверное, уже минут сорок, а он только и делал, что подавал ей платки.

— И вы представляете, — заговорила она, громко высморкавшись, — вы представляете, ничего! Ни звонка, ни письма! И ребенок спрашивает, а я? Что я ему могу сказать?! Уехал в командировку наш папочка! Один раз только и позвонил! Я ему — с ребенком поговори, уродина! А он мне — некогда! Некогда ему!

Она опять заплакала, и Максим достал из коробки следующую салфетку. Скомканные мокрые салфетки она складывала в кучку, и кучка выросла уже довольно значительная.

— Значит, с тех пор, как в начале лета вы расстались с мужем, он не приезжал и позвонил только один раз?

— Ну да! — горестно сказала бухгалтерша Ира. — Скотина он последняя!

Она посмотрела на Максима Вавилова и неожиданно выпрямилась, а до этого все сидела сгорбившись. Она вдруг выпрямилась, поймала свое отражение в стекле посудного шкафа и зачем-то поправила букли. У нее были сильно накрученные светлые волосы, яркокрасная помада и оранжевый лак на ногтях.

Наведя таким образом красоту, она вдруг улыбнулась Максиму и спросила, не хочет ли он кофе. Он сказал, что не хочет.

— Слушайте, а вы правда по алиментам?..

— Я?! — переспросил оперуполномоченный. — Я, конечно, по алиментам!

— А как же вы по алиментам, если мы даже на развод не подавали?

— А я заранее, — объяснил Максим туманно и добавил быстро: — А вот в тот единственный раз ваш муж сам вам звонил или вы ему?

— Да что же это я ему буду звонить, когда он, кобелина, с какой-то лахудрой от меня гулял?! Не стану я ему звонить! Ни за что не стану!

— Значит, он звонил?

— Он.

— А что он сказал?

— Сказал, что все у него нормально и чтоб я ему не звонила. Он на новом месте вроде бы уже, и все у него хорошо! У него-то хорошо! А я тут одна с ребенком! — И она опять собралась заплакать. Красная помада чуть

размазалась вокруг рта, и она вытирала губы осторожно, берегла помаду.

— Ну, ну, — глупо сказал Максим Вавилов. — Вы
так не переживайте.

— Да я за ребенка переживаю! Муж-то мне что?
Я себе таких сколько хочешь найду! — И сквозь слезы
она улыбнулась зазывной улыбкой.

Максиму было ее жалко. Он не очень понимал, каким образом Катя Самгина могла подружиться с такой
несуразной девкой, как эта бухгалтерша, а в том, что
она несуразная, он нисколько не сомневался.

Невыглаженное белье было свалено в кресле, и она
скинула его на пол, когда предлагала Максиму сесть.
Унылая пыльная штора висела прямо посередине окна,
и таким образом получалось, что окно как бы и не от-
крыто и не закрыто, и света попадало мало, скудно. Из
пепельницы торчали обведенные помадой окурки, которые туда не помещались, и их приходилось заталки-
вать. От обилия помады казалось, что их курил вампир.
В открытую дверь спальни была видна разобранная постель, а возле нее на полу чашка и дамский роман. На
диване были разложены какие-то бумаги и валялась
выпотрошенная сумка. Содержимое ее было раскидано
вокруг — видно, хозяйка что-то в ней искала и никак
не могла найти.

— Да мне и мать говорит, чтоб я его бросила на
фиг! — бодрым тоном сказала Ира после короткого
молчания. — А я и думаю, чего я так страдаю-то?

— А вы страдаете?

— Вот когда вы своими глазами увидите, как ваш
родной муж другую в постель укладывает, вот тогда я
посмотрю на вас! Впрочем, вы, мужики, все кобели! У
вас есть жена?

— Нет, — признался Максим Вавилов. — А с Катей
Самгиной вы хорошо знакомы?

— С девчонкой-то этой питерской? Да ничего, хорошо. А почему вы спрашиваете? Или... она тоже?! С Колей моим?! Нет, вы говорите, все говорите, всю правду, не жалейте меня!

— Да ничего подобного! — возмутился Максим Вавилов. — Просто она у нас тоже... на алименты подала, вот я и спрашиваю.

Бухгалтерша посмотрела на него недоверчиво и махнула рукой. Прямо перед его носом.

— Ой, да ладно! Какие у нее алименты, у нее и детей-то нет никаких! Она молодая еще! И с мужем она давно развелась, он ей тоже изменял, она мне сама рассказывала! Только ей фоток не присылал никто, она своими глазами увидела! Приехала домой, у них там на телевидении монтаж, что ли, ночной отменили. Ну, она и вернулась неурочно, а там — на тебе! Лежат голубки в ее постельке! — Она помолчала и добавила с некоторой гордостью в голосе: — Мы ведь все на телевидении работаем, вы знаете?

— Знаю. — Картина Катиного возвращения домой очень ясно представилась ему, и, спеша от нее отделаться, он задал следующий вопрос: — А фотографии, которые вам прислали? Они у вас?

— У меня. Такая гадость! Но я специально оставила, чтобы на суде было что предъявить!

Максим подумал.

— Вам... в первый раз такие прислали?

Женщина окинула его насмешливым взглядом.

— Вы что, товарищ судебный исполнитель? Думаете, что мне каждую неделю шлют?!

— Нет, нет, — заторопился Максим, — просто я не понимаю, зачем их вам прислали.

— Как зачем?! — поразилась бухгалтерша. — Чтоб я знала, кто такой мой муж из себя! Чтоб я знала, какой он кобель безродный и скотина неблагодарная!

— Да это все понятно, — согласился Максим. — Вы мне их покажете?

— Да смотрите сколько хотите! А кофе точно не будете?

Максим сказал, что совершенно точно.

— Ну, как хотите. А гадость эту я сейчас принесу.

Она вышла из комнаты, а он потер лицо.

Фотография, которую ему дал в Питере полковник Уолш, лежала у него в портфеле, и он еще не придумал, в какой именно момент лучше всего ее показать.

Значит, муж ушел в начале лета и с тех пор она его не видела. Он звонил только один раз и ничего толком не сказал. Во время ссоры он упомянул о том, что уезжает на работу в Питер. Кто-то прислал ей фотографии, из-за которых они насмерть рассорились.

И чем все это можно объяснить?

Объяснение могло быть только одно, и оно казалось совершенно невероятным.

Вернулась хозяйка и шлепнула на захватанный стеклянный стол перед Максимом пачечку снимков в файловой папке.

— Ну вот они. Любуйтесь, если хотите!

Максим взглянул на нее, потом открыл пачку и одну за одной пересмотрел все фотографии. Женщина сидела отвернувшись и грызла и без того обкусанный оранжевый ноготь.

— Понятно, — сказал Максим Вавилов.

— Что-то вы быстро управились!.. — заметила она с иронией.

— Это очень качественная работа, — скорее себе, чем ей сказал старший оперуполномоченный. — Сделанная профессиональной аппаратурой.

— Какой аппаратурой?

— Неважно. Так вы показывали эти снимки Самгиной?

— Катьке-то? Показывала! А она говорила — выбрось ты их! Чем больше будешь смотреть, тем больше они тебе будут душу рвать!

— А гдé вы их ей показывали? На работе? В Останкине?

— Да на работе разве я могу?! У нас там, знаете, не люди, а волки! Тигры! Одна эта Катька и была порядочная! Мы с ней кофе пили, там у нас кафе есть, шикарное такое, все начальство туда обедать ходит. А нам обедать дорого, так мы просто посидеть ходили, кофейку попить среди приличных людей.

— И в кафе вы показывали ей снимки?

— Ну да, говорю же!

Максим секунду подумал и достал из портфеля фотографию, полученную от полковника Уолша.

— Посмотрите, пожалуйста, Ира.

— А это что такое?

— Вам известен этот человек?

Она только одни раз глянула и сразу же сказала:

— Не-ет! Только... ой, господи, как он на Колю похож! — Она еще посмотрела, а потом пожала плечами. — Да вроде и не очень похож! Так, есть что-то общее. А кто это такой-то?!

Максим Вавилов поднялся.

— Значит, вам придется подъехать к нам на опознание, — жестко сказал он, чтобы не раскиснуть от жалости.

Она охнула и зажала рот рукой.

Не давая ей опомниться, он раскрыл удостоверение и сунул его ей под нос.

— Убойный отдел, — выговорил он привычное словосочетание, — майор Вавилов. Вот эти фотографии я заберу с собой.

Женщина отняла руку ото рта и сказала тусклым голосом без всякого выражения:

— Да что же это такое делается-то?

Максим Вавилов вышел из квартиры, побежал было по лестнице вниз, потом остановился, достал телефон и набрал номер, который дал ему полковник Уолш.

— Где он?

— В отеле нет, сэр. Может быть, на складе. Сейчас проверяем.

— Если вы его упустите, майор, я сам лично разжалую вас в сержанты.

— Да, сэр.

— А второй?

— Арестован.

— Сопротивлялся?

Плечи Флеминга чуть заметно дрогнули:

— Нет, сэр. Слишком хлипок.

Дэн помолчал.

— Найдите Санькова, майор!

— Ищем, сэр.

Тревогу объявили, как только поступил звонок из Москвы.

Нужно спешить. Как только Саньков узнает об арестах, он постарается немедленно исчезнуть, а допустить этого никак нельзя. Слишком большую они проделали работу, и русские, и американцы.

Рация ожила у Дэна в руке, и он нажал кнопку.

— Сэр, он едет на машине. Наши его ведут.

Дэн чуть не упал с кресла, в котором крутился из стороны в сторону.

— Куда едет?!

— В сторону отеля.

— Откуда едет?!

— Сэр, с ним в машине Звонарева. По всей видимости, он забрал ее из дома и везет в гостиницу. Наши подхватили его на Невском. Если едет сюда, через минуту будет.

— Понятно. Будьте готовы.

— Да, сэр.

Звонарева?! Откуда она взялась в машине Санькова?! Она должна сидеть дома и зализывать раны, а ее куда несет?! Диких мустангов все время тянет на приключения, будь они неладны!

Если все будет нормально, сейчас они его возьмут. Они профессионалы, и все должно быть нормально! Только бы в четко отработанную схему не влезла Звонарева!..

А она уже влезла!

Профессионалы не теряют ключи от лифтов, сам себе сказал Дэн Уолш, чтобы немного успокоиться. Не теряют и не находят их потом под ванной в малознакомых квартирах! Это все потому, что профессионалы всегда точно знают, где снимают штаны!

Рация опять пискнула.

— Сэр, он подъехал. Выходит из машины.

— Все готовы?

— Да, сэр.

Полковник Уолш не спеша поднялся, засучил рукава, медленно вышел из комнаты и пошел в сторону лестницы.

Если все нормально, к тому моменту, когда он спустится, игра будет окончена.

Он шел по коридору, ковер заглушал его шаги, а он шел и считал: раз, два, три.

Вот лифт, а вот и лестница, по которой однажды скатилась менеджер Звонарева. Никого нет в холле — всех сотрудников разогнали, как только поняли, что Санькова в отеле нет.

Пять, шесть, семь, восемь. Не спешить. Спешить сейчас некуда.

Он вышел из-за белой колонны и все понял.

Звонарева стояла, разинув рот и прижав к груди обе руки.

Николай Саньков с заломленными назад руками лежал щекой на стойке портье.

Уолш подошел и кивнул майору Флемингу. На Надежду он даже не взглянул.

— Поднимите его.

Пехотинцы встряхнули Санькова, и, когда тот распрямился, Уолш сказал совершенно спокойно:

— Давайте договоримся сразу, господин Саньков. Я вас ни с кем не путаю и не принимаю за другого. Попытка покушения на президента США — это серьезная история.

Коля Саньков повел головой и усмехнулся.

— Какое покушение? — спросил он весело. — Что вы!

— Ваша террористическая группа готовила покушение на президента США, — продолжал Уолш, как будто Коля ничего и не говорил. — Вы начали в Москве, когда убили настоящего господина Санькова, который ждал перевода в гостиницу «Англия». Вы убили его, чтобы занять его место. Вы знали, что подготовка таких акций — дело не быстрое, и для того, чтобы его никто не хватился, вы серьезно поссорили его с женой. Ваши люди следили за ним, фотографировали и прислали фотографии жене. Вы были уверены, что жена его выгонит, и не ошиблись. Некоторое время вы держали его у себя, а потом убили. Для того чтобы труп невозможно было опознать, вы сняли с него одежду и обручальное кольцо. Да, да, вот это самое, которое у вас на пальце. Вы убили его там же, где держали, в квартире на Сиреневом бульваре в Москве, но увезти не смогли — вам помешали гаишники, которые неожиданно встали на перекрестке. Вы или ваши сообщники оставили труп возле подъезда, уверенные, что вам это ничем не грозит, потому что квартиру вы все равно решили бросить. Совершенно неожиданно возле трупа оказалась девушка. Вы ее несколько раз видели в обществе жены Санькова, за которой вы тоже следили. Жена Санькова показывала ей фотографии мужа, и девушка могла опознать труп. Вы решили от нее избавиться, даже несмотря на то, что милиция к тому времени уже приехала. Убить ее раньше вам помешал мотоциклист, который был рядом с ней до приезда милиции. Вы проникли в подъезд через чердак, подождали, когда она войдет в подъезд, затем предприняли попытку ее задушить. Ушли вы точно так же, через чердак и крышу.

Уолш перевел дух и посмотрел в окно, на Исаакиевский собор. Коля Саньков — или как там его звали — уже почти его не интересовал, но Дэн должен был договорить до конца:

— В отеле у вас был сообщник, Гарри Уилсон, о котором нам было известно еще в Вашингтоне. Поэтому все бутылки с минеральной водой мы заменили еще на границе.

Коля Саньков чуть заметно поморщился.

— Нет, господин Саньков, это именно так. Смерть уборщицы не имеет никакого отношения к тому, что она пила именно эту воду. Она умерла от инфаркта, только и всего.

Дэн помолчал немного.

— Мы знали Уилсона, но не знали вас, хотя и подозревали с самого начала. Вы единственный человек, который пришел на работу в отель после того, как было официально объявлено о визите. И оружие вы спрятали не слишком удачно. Швейцару понадобились шины, и госпожа Звонарева нашла ваш пистолет. Когда московский милиционер показал мне фотографии трупа, который так и не был опознан в Москве, все стало ясно. Нужно было проверить все до конца, и выяснилось, что господин Саньков с начала лета не показывался у себя дома и разговаривал с женой по телефону лишь один раз. Труп она опознала. Какие-нибудь неясности?

— Да! — раздался вдруг тихий голос. Майор Флеминг дрогнул лицом, а Уолш в изумлении обернулся.

— Простите, — сказала Надежда Звонарева, — а Гарри Уилсон — это наш главный по компьютерам?

Уолш кивнул.

Русские женщины всегда нарушают правила, по которым живут все остальные люди! Потому что они произошли не от обезьян, а от диких мустангов. Ну, по крайней мере эта!..

— А что было в бутылках?

— Жидкость, которая при соединении с воздухом превращается в сильный отравляющий газ. Что-нибудь еще?

Все молчали, и Уолш снова повернулся к Коле Санькову.

— Вы взялись не за свое дело, — сказал он. — Ваша специальность — банальные заказные убийства, а вы решили, что способны на международный терроризм!

— Откуда вам известно, на что мы способны?!

— Президент Соединенных Штатов не приезжает в Россию. Это блеф, от первого до последнего слова. Игра спецслужб. А вы поверили и попались. Это непростительно для террористов, даже начинающих.

И Колю увели, и, уходя, он еще оглядывался на Уолша и щерился, как волк.

«Осенний поцелуй, сок рубиновой вишни, как жаль, что ничего у нас летом не вышло...» — распевал приемник, а Максим Вавилов мелким почерком описывал место происшествия. Это нужно было сделать, собственно, как раз на месте, но он не сделал, поленился, вот и приходится теперь выдумывать, художественную беллетристику сочинять.

Теперь он писатель. Как, дай бог памяти, его фамилия-то?! Того, кто сочинял из жизни крокодилов?

Ах да, Галапагосский! Впрочем, он, Максим Вавилов, тоже в своем роде писатель и тоже когда-то сочинял из жизни крокодилов. Насилу бросил.

Осенний поцелуй, значит.

«Тело потерпевшего было освещено электрической лампой и светом, падавшим из окна, таким образом, осмотр проводился при смешанном освещении. Тело расположено между столом и окном, головой к окну, см. приложение номер один». Вот мы сейчас его приложим, это самое приложение!

Впрочем, ни убитый, ни убийца никакого интереса у Максима Вавилова не вызывали. Убитый лежал на полу, убийца мирно спал рядом на диване, мертвецки пьяный. Его растолкали, свезли в КПЗ, вот и вся история про «русский сыск»!

— Макс!

— М-м?

— Ма-акс?

— Чего?!

— Макс, ты спишь, что ли?

— Я работаю! — рявкнул он в сторону двери. — Не видно?!

В дверном проеме появился Вова Бобров, который привычным жестом поправлял кобуру под мышкой, как будто штаны подтягивал.

— Чего ты сидишь-то?! — И Вова скорчил страшную рожу. — Поехали, поехали, у нас происшествие!

— Труп?

— А черт его знает! Соседи говорят, что труп, но, может, еще и не труп!

— А где? На улице?

— На улице.

С утра шел дождь и было холодно, и Максим Вавилов, который никогда не ездил на работу на своей машине, чтобы ее видом не смущать коллег, подчиненных и — хуже всего! — начальство, сильно вымок, а потом еще в метро какой-то дядька напустил со своего зонта целую лужу, и прямо ему в ботинок. Подвинуться было некуда, дядька все время виновато на него косился, и Максиму было жалко и его, и себя, и весь народ, который трясло, качало, мотало из стороны в сторону. Люди досыпали на ходу, кто сидя, кто стоя, а остальные, сдавленные со всех сторон чужими мокрыми телами, пытались хоть как-нибудь пристроиться, чтобы было не так неудобно, и зонты оттягивали руки, и под ногами стояли лужи, и поезд — подземное слепое чудовище — выныривал из мрака, выплевывал одних и пожирал других, и снова проваливался во мрак, грохочущий и смрадный.

Ботинки за день так и не высохли, ноги были волглые, противные, и снова вылезать на улицу, трястись в Серегиной «Волге», а потом стоять возле трупа — а может, там еще и не труп! — ему не хотелось так, что словами не выразить.

А может, и выразить, только нецензурными.

— Макс, пошли! Ерохин три раза спрашивал, выехали мы или нет!

— Да чего ты врешь! Ерохина нет сегодня!

Бобров засмеялся уже из коридора, и Максим Вавилов встал, натянул куртку, которая тоже была мокрой, и пошел к машине.

Завтра суббота, повторял он себе. Завтра я буду спать, сколько захочу. Я приеду домой, а там тепло и сухо, и можно налить ванну, и сидеть в ней, пока не прогреются все кости, которые от холода стучат друг о друга, как у скелета в биологичкином кабинете. А потом можно лежать на диване, читать газету «БизнесЪ» и медленно засыпать, а назавтра можно проснуться в два часа дня.

Или в три. Завтра же суббота!..

Можно проснуться в три, в тихих и мутных октябрьских сумерках, покормить колбасой ежа, который еще не залег в спячку, надеть резиновые сапоги, дождевик с капюшоном и побродить по участку, а потом выйти через дальнюю калитку в лес, пахнущий осенью, дождем и прелыми листьями, и вдруг найти под облетевшей березой толстый и важный поздний гриб и, вернувшись в дом, жарить с ним, единственным, картошку! И есть ее прямо со сковородки, а она будет пахнуть летом, травой, листвой и солнышком.

А потом можно долго сидеть на веранде, смотреть в темнеющий сад, где мягко шуршит дождь, слушать, как топает его еж, потягивать виски и ни о чем не думать.

Он вообще в последнее время старался ни о чем не думать.

Все изменилось с тех пор, как уехала Катя Самгина. Она уехала и ни разу ему не позвонила. А он — что же? Зачем он будет ей звонить, если сразу было понятно, что продолжения не будет.

Соседка Ольга еще как-то в сентябре сказала, что Олег, ее муж, дал Кате интервью, и его показали по Первому каналу, хорошее интервью, толковое. Максим выслушал ее, кивнул и пошел было к своей машине, но Ольга его остановила, спросила, нет ли у него Катиного телефона. Олег хочет поблагодарить и все такое.

Максим дал телефон и потом весь вечер ходил по дому, даже сидеть не мог.

Почему-то ему казалось невероятным, что Ольга может просто так взять и позвонить Кате, и услышать ее голос, и задать какие-то ничего не значащие вопросы, и, может быть, над чем-то вместе с ней посмеяться или чем-нибудь поделиться.

Для него Катя Самгина была пришелицей с другой планеты — звездолет улетел навсегда, и связи нет и больше никогда не будет.

Впрочем, он старался об этом не думать. Он вообще старался поменьше думать.

Мужики ждали его на улице, и они уселись в холодную и промозглую «Волгу», и всю дорогу Максим дремал, а Серега нудно хвастался дачными успехами. Его жена в этом году вместо одного ведра баклажанов собрала то ли два, то ли четыре, а перцу сколько накрутила, и еще помидоров!..

«Дворники» натужно елозили по стеклу, дождь шел, листья летели, и встречные фары казались размытыми и неясными.

Потом они долго возились с трупом, ждали прокуратуру, «трупоовозку», по очереди ходили греться в ближайший подъезд, и рация хрипло разражалась непонятными звуками, и очень хотелось, чтобы все это поскорее закончилось, а закончилось только часам к одиннадцати, и нужно было еще заехать в дежурку, чтобы передать по смене всю информацию.

— С тебя причитается, — сказал ему дежурный, когда Максим Вавилов расписался в журнале. Телефон у него на столе звонил не переставая, он снял трубку и прижал к пузу. Было слышно, как в пузе у него отдаленно кричат глухим голосом: «Але! Але!.. Милиция?! Але!!»

— За что с меня?..

— В управление, говорят, уходишь!

— Да это когда еще будет!

— Все равно причитается! А уж когда будет, еще раз поставишь!

Потом Максим опять ехал в метро, кутаясь во влажную куртку и пряча в воротнике холодный нос. Народу в этот час было мало, только какие-то припозднившиеся работники да пара гуляк, которые спали, привалившись друг к другу.

Он забрал со стоянки машину, и ее европейский комфорт после метро, трупа и подъезда, в котором они грелись, вдруг показался ему оскорбительным и ненатуральным.

Впрочем, об этом он тоже старался не думать. Зачем?! Все равно изменить ничего нельзя.

По пустой Ленинградке он долетел до поселка за двадцать минут, и горячая ванна и кусок мяса уже были совсем близко, и сознавать это было утешительно. Въехав на территорию поселка, он сбросил скорость и открыл окно.

Дождь шумел в опавших листьях, и шины тихо шуршали по гравию.

У соседей на участке горел веселый желтый свет, лаяла собака и, кажется, музыка играла — наверное, гости приехали по поводу завтрашней субботы!

Вавилов нашарил в «бардачке» пульт от ворот, въехал на участок и возле сторожки посигналил, чтобы Таня с Петром знали, что он дома.

Фонари сияли между мокрыми стволами, и на террасе тоже был свет. Таня всегда его оставляла, чтобы Максиму было не так грустно возвращаться.

А ему и не грустно!.. У него все хорошо!.. Подумаешь!..

Он вылез из машины, постоял, вдыхая запах прелой осени, и побрел к дому.

Конечно, ему хорошо. Жизнь не кончается завтра, у него есть дом, еж, книжка, и выходные впереди. Может, кто-нибудь заглянет, и тогда у него на участке музыка будет играть, и мясо будет жариться, как у соседей! Сплошное веселье!..

Держась за перила, он поднялся на террасу и вдруг остановился. Что-то такое ему почудилось... Что-то странное вдруг померещилось ему...

— Максим, не пугайся, — сказал из темного угла хриплый голос. — Это я.

У него сильно сдавило горло, так сильно, что он сразу не смог ничего сказать.

— Катя Самгина, — счел нужным пояснить голос. — Не узнал?

— Ну почему же, — выговорил он, протолкнув через горло то, что мешало ему говорить. — Узнал.

В темноте скрипнули петли, гамак качнулся, и неясный силуэт приблизился и стал рядом с ним.

Он решил, что не будет на нее смотреть. Вдруг окажется, что это не она?

Он смотрел в сад, и она тоже смотрела в сад, и они долго молчали

— Я тебя еле нашла, — сказала она наконец. — Тут осенью все не так, как летом.

— Не так, — согласился он.

— А я знаю только, что по Ленинградке, а больше ничего не знаю! Даже названия поселка!

— А позвонить? Слабо?

Она повернулась и взглянула ему в лицо.

— У меня нет твоего телефона. — Она пожала плечами. — Ты мне не дал. И номера твоей оперативной дежурки я не знаю.

— Какой... дежурки?

— Ну, в которой ты работаешь!

— А-а.

Они еще помолчали.

— А еж? Жив?

— Жи-ив, — сказал Максим Вавилов. — Здоров и счастлив. Наверное, даже поправился. Как же ты... приехала?

Она пожала плечами.

— Взяла в Шереметьеве такси. Они там стоят каких-то бешеных денег.

— Должно быть, только ты одна и взяла! Кто же ездит из Шереметьева на такси!

— А как мне было ехать?! — вдруг рассердилась она. — Я даже не знаю, есть здесь электричка или маршрутка! Ленинградку помню, поворот с нее помню, а больше ничего не помню! Да еще стражники не хотели меня пускать, слава богу, Ольга была дома, она позвонила, и меня пропустили!

— Ольга? Какая Ольга?

— Соседка твоя! Жена Олега Комарова, вице-спикера Госдумы!

— Ну да, конечно, — язвительно сказал Максим Вавилов. — Телефон Ольги у тебя есть, а моего, конечно, нету!

Она покачала головой.

— Ты мне не оставил, — повторила она твердо. — Не буду же я сама просить! А когда ты мне не оставил, я решила, что ты больше... ну, не хочешь меня видеть, и это логично, потому что я просто эпизод бурной столичной жизни сына богатых родителей!

Все это она выпалила в один заход и опять стала смотреть в сад. По саду бродил дождь, шуршал в ветках.

— Ты что? — спросил Максим Вавилов. — Дура, Кать?!

— Мне нужно с тобой поговорить, — так же твердо продолжала она. — Я не навязываюсь, но мне очень нужно, правда.

Тут вдруг он понял, что происходит.

К нему приехала Катя Самгина. Из Питера.

Она взяла в Шереметьеве такси, долго искала поселок, нашла его, а потом звонила соседке, потому что охрана не пускала ее на территорию. Она приехала, и ждала его, Вавилова, на террасе, и наверняка придумывала, что скажет, когда он приедет, и боялась, что он может сегодня вовсе не приехать, и медленно подмерзала, и вспоминала про ежа, и все сочиняла сценарий разговора — она же журналистка!

А теперь она стоит рядом с ним на террасе, и они вместе смотрят в сад.

И еще он вдруг понял, что... жив.

Жизнь действительно не кончается завтра, потому что сегодня к нему приехала Катя Самгина.

— Ты замерзла?

— Конечно, — просто и грустно сказала она. — И у меня бабушка умерла. Я теперь одна. То есть почти одна.

Он не услышал слова «почти», вернее, услышал, но

ему было наплевать на «почти». Кто там у нее? Писатель Галапагосский?! Композитор Керосинов? Танцор Спиноза?! Да наплевать на всех! Сейчас-то она здесь, рядом с ним!

На террасе.

— Бедная моя, — произнесс он и потянул ее за рукав, будто боялся, что она скажет, что ей срочно понадобилось обратно в Питер и она уезжает. — Пошли в тепло.

За рукав он привел ее в дом, мельком удивившись, что она такая красивая, он и забыл про это. На ней были джинсы и свитер с высоким горлом, должно быть, она все стеснялась своего шрама, и ему очень хотелось ее поцеловать, но он не знал, можно ли.

Он вообще больше ничего не знал.

Она скинула ботинки, сунула куда-то куртку и пошла по дому, трогая руками стены и странно улыбаясь, словно здоровалась со старым знакомым.

Он ушел на кухню, но тут же вернулся. Ему было страшно, что она исчезнет, пока он будет возиться с мясом.

— Хочешь, камин затопим?

— Хочу.

— Я сейчас.

Она оглянулась от раздвижных дверей, которые выходили на другую сторону дома.

— Ты камин, а я сделаю ужин. Давай?

Он сосредоточенно кивнул.

Он укладывал в камине дрова и все время прислушивался к звукам, которые раздавались у него за спиной. Вот стукнула крышка. Зазвенел стакан. Вот вода полилась, а вот холодильник закрылся.

Она возится у него на кухне. Она приехала и теперь собирает им ужин.

Он устроил шалашик из щепок, щелкнул зажигалкой, подождал, пока деловитое пламя не взберется наверх сухого поленца, поднялся с корточек и проверил вытяжку.

— Подожди, и нечего холодеть. — Это было сказано сердцу, которое холодело. — Подожди, еще ничего не известно.

— Максим, ты со мной разговариваешь? — издалека спросила Катя.

— Нет.

Она подошла и стала у него за спиной.

— Через пять минут все будет готово, — сказала она. — Разогревается.

Он покивал.

Пламя в камине разгоралось все веселее, и где-то в отдалении по деревянным полам громко протопал еж. Катя Самгина вдруг сзади обняла Максима, стиснула сильно-сильно и положила голову ему на плечо.

— Я не думала, что это будет так трудно, — выговорила она, и он услышал, что она плачет. — Ужасно трудно!

— Кать, ты что?!

Он перехватил ее руки и сделал попытку повернуться, но она не дала.

— Подожди, не смотри пока на меня, — попросила она жалобно. Он никогда не слышал у нее такого жалобного голоса. — И не обращай внимания, я теперь все время плачу.

— Катя!

— Я не хочу навязываться! Я не могу! Но я должна тебе сказать! Только ты знай, что тебя это ни к чему не обязывает, и вообще, это мое личное дело, и больше ничье! Но ты должен знать... — Тут она запуталась и остановилась, и он все-таки повернулся и взял ее за плечи.

— Не смотри на меня! — сказала она быстро.

Конечно же, он смотрел во все глаза. У нее было бледное лицо с темными кругами под глазами, и глаза зажмурены крепко-крепко.

— У меня будет ребенок, — выпалила она так же быстро. — От тебя. И не говори мне ничего, не смей ничего говорить! Я уже все решила, я сама, сама!..

— Как... ребенок?!

Должно быть, у него был очень дурацкий вид, и вопрос, разумеется, был дурацким, и она сердито сказала:

— Макс, как у всех бывают дети, так и у меня будет ребенок.

И вытерла слезы о его водолазку. Он зачем-то пощупал то место, о которое она потерлась, — мокро от ее слез.

— Да, но мы... всего один раз, а с первого раза не бывает, и ты была только что из больницы, и я думал, ничего, обойдется...

— А я и не думала, — она улыбнулась ему, и по ее лицу он понял, что это чистая правда, — я так тебя хотела, что мне было все равно. И вот видишь, что получилось! Получилось, что я беременная!

В виске сильно и равномерно стучало, и сердцу было совсем невмоготу.

— И... что дальше? — спросил он осторожно.

— У меня будет ребенок, — твердо ответила Катя Самгина. — Ты только должен понять, что я тебе рассказала, потому что считаю, что, раз ребенка делают двое, отец имеет на него такое же право!

— Отец, — повторил Максим Вавилов.

— Ну да. Ты его отец. Или ее отец, смотря кто получится!.. Говорят, у них пол определяется на восьмой неделе, но я еще на УЗИ не ходила. — Она улыбнулась. — Мне ничего не нужно, у меня все есть, и деньги, и дом, все! И от твоих родителей мне ничего не нужно! Честное слово! Я просто очень хотела тебе сказать. Ну... мне просто больше некому об этом сказать, кроме Надежды. А он... или она... в общем, это же твой ребенок! И мой тоже.

Максим Вавилов отошел от Кати Самгиной, решительным шагом направился в сторону террасы и вышел из дома. Хлопнула дверь.

Катя проводила его глазами.

Он вернулся через тридцать секунд с другой стороны.

Она сидела на корточках возле камина и думала, что зря все это затеяла. Вон как он испугался, чуть не до слез! Впрочем, испугаешься тут — три месяца спустя, из другого города является однодневная пассия в дом, который тянет на миллион баксов, и заявляет, что беременна от хозяина!

Красота! Куда там сериалу «Любовь Вирджинии-Альбертины»!

— Катя, — спросил он от двери, — ты не станешь делать аборт?

Она быстро оглянулась на него и поднялась.

— Нет, конечно.

— То есть ты хочешь родить ребенка?!

— Да. А что в этом такого?! Ты только не думай, что я навязываюсь!

— Я не думаю! — рявкнул Максим Вавилов. — Я ничего такого не думаю, черт возьми!

Она помолчала. Кажется, опять собралась плакать.

— Почему ты кричишь на меня?

— На кого же мне кричать, черт возьми?! Почему ты уехала тогда, в августе?! Я чуть не умер, когда ты уехала!

Он подошел к ней, злой как собака, взъерошенный и немного мокрый, на улице все шел дождь. Он подошел и схватил ее за плечи.

— Вернее, я умер! А сейчас ты являешься и говоришь, что хочешь родить ребенка, которого я тебе сделал! Как это понимать, черт возьми?!

Она попятилась было, но он ей не позволил. Он даже слегка потряс ее, так был зол!..

— Никак не надо понимать, — испуганно забормотала она, рассматривая его лицо, очень бледное, с очень темными бровями и вылезшей за день щетиной. — Мне ничего от тебя не нужно! Что ты так испугался?!

— Я?! Я испугался?!

Он оттолкнул ее от себя. Она быстро отошла.

— Я жить без тебя не могу, — выговорил он с отвращением. — Я ничего не могу, я превратился в неврастеника, вчера какому-то алкашу на улице по роже дал за то, что он к бабе приставал, потому что у меня сил никаких нет! Я думаю только о тебе и о том, что все потерял! Что больше ничего никогда не будет!!! — Он вдруг заорал так, что еж испуганно хрюкнул под своим диваном. — Тебе это в голову не приходило?! Я только что нашел, я только что понял — и сразу же потерял!! Ты понимаешь, каково это — знать, что ничего и никогда?! Что все пропало?!

Он орал, а она уже улыбалась сквозь слезы, и он все еще продолжал орать, когда она подбежала к нему, прыгнула и кинулась на шею.

Он поймал ее и прижал к себе.

— А как мы его назовем?

— Мы даже не знаем, девочка там или мальчик!

— Да какая разница.

— А и вправду никакой.

— Значит, девочка будет Катя, как ты.

— Ну что ты глупости говоришь! Зачем нам две Кати, у нас уже есть одна!

— Ну ладно, хорошо, значит, девочка будет Маша. Или Катя.

— Макс, отстань от меня со своей Катей. И не надо так, мне щекотно!

— А мальчик будет... мальчик... если будет мальчик...

Она хохотала и отбивалась.

— Мальчик будет Фемистоклюс! Или Алкид! Макс, ты просто маньяк!

— Евгипий тоже хорошее имя.

— Кто?!

— Евгипий Максимович. Раз он мой сын, значит, будет Максимович!

— Это точно. А откуда ты взял этого Евгипия?

— Был такой в пятом веке. Он тиснул мемуары про святого Северина. Собственно, про Северина известно как раз от Евгипия. На левом берегу Сены есть собор святого Северина. Я тебя туда отведу.

— Па-адумаешь, какой умный, про собор знает! А вот я тебя укушу!

— Там колонны, как пальмы.

— Что значит «как пальмы»?

— Как будто каменные пальмы подпирают свод. Там витражи и по субботам играет орган.

— Ты бывал там именно по субботам?

— Ну да. Я же учился в Сорбонне, в юридическом колледже. И к Северину всегда ходил пешком, по бульварам и вниз, к реке. Сначала по Сен-Жермену, а потом по Бульмишу. Так студенты называют бульвар Сен-Мишель.

— Ты учился в Сорбонне?!

— Да. Давно.

— Боже мой, с кем я связалась?!

— Там кругом ресторанчики, которые держат греки, и можно было купить за десять франков все, что угодно: шляпу, сумку, шарф или три картинки с видом Парижа. А за тридцать вполне приличные ботинки!.. А у греков всегда людно, потому что дешево, чад, мясо жарится. Там нужно есть сыр, пить красное вино или бельгийское пиво и заказывать жареную утку или свиную ногу. Я тебя там покормлю.

— Ты не волнуйся так. Что ты волнуешься?

— Я не волнуюсь. Я просто слишком тебя люблю.

— Не люби меня... слишком, Максим. Люби меня просто так.

— Я люблю тебя просто так, но немножко слишком. А в Париж мы поедем на следующей неделе, ладно? Мы поженимся и сразу поедем. Осень — мое любимое время в Париже. Или ты не хочешь?..

— Я хочу! Я хочу все, что хочешь ты! Париж так Париж. Тамбов, значит, Тамбов.

— Ты выгодная жена. В Тамбове-то оно подешевле будет!

— Ты жадный?

— Я жадный, отвратительный тип. Я куплю тебе самый большой бриллиант, который ты только захочешь. Хочешь большой бриллиант?

— Кто же не хочет большой бриллиант, Максим Вавилов?

— А потом у тебя вырастет живот, и ты уже никуда не сможешь ездить, и тебе придется сидеть дома, а я буду приезжать поздно, и ты будешь меня пилить и подозревать в том, что я был в бане с девочками!

— Я?! Тебя?! Подозревать?! Да у тебя на лбу все написано. Вот здесь. Как только ты приедешь из бани, все сразу станет понятно.

— Боже мой, с кем я связался?!

— А моя работа?! Я хочу работать!

— Ну работай. Только где-нибудь не слишком далеко от меня.

— Очень близко.

— Это самое главное. Ты будешь работать, я буду работать, мы будем редко видеться и, таким образом, никогда не станем ссориться.

— Или будем каждый день.

— А у меня будут разъезды, командировки, отели, иностранцы, иностранки...

— Подожди, какие отели?! Ты что, уйдешь из своей дежурки?!

— Ну конечно. Мой отец ушел из науки, потому что у него были мама и я, маленький, и нас надо было кормить! У меня ты и Евгипий, вас тоже надо кормить!

— Макс, ты же так не хотел! Нет, подожди, это все нужно обсудить! Макс, не лезь ко мне!

— Ничего не нужно обсуждать. Все понятно. Мне просто больше никому ничего не надо доказывать, поняла, глупая?! Все-о-о! Все доказано! Я на это угрохал много лет. Господи, ну неужели ты не понимаешь?! Я теперь такой же, как он! Я знаю, что такое деньги в кассе в день зарплаты. Я знаю, что скажу сыну, чтобы он не был такой же придурок, как я, и не мотал мне нервы, как я мотал отцу! Сын получит от меня не просто королевство, он получит от меня империю, и я его, поганца, заставлю учиться в Сорбонне!

— Максим...

— У меня теперь семья, и я должен ее кормить. Давай родителям позвоним.

— Максим, ты сошел с ума. Сейчас полшестого утра.

— Наплевать. Нам нужна какая-нибудь сложная подготовка? Ну, платье, смокинг, кольца, это все покупается в один день. Ресторан, сто пятьдесят гостей, катание на пароходе, тройки, цыгане?

— Максим, ты что?!

— Значит, ресторан и билеты в Париж я закажу. Платья, кольца и всякую ерунду купим. Цыгане и пароход отменяются. Самое главное, чтобы родители были в Москве. А у тебя? Бабушки нет, кого зовем?

— Надежду и ее американца.

— Отлично. Американец и Надежда. Ну, мы все решили. Значит, в пятницу, да? Что ты смеешься?

— В пятницу отлично! Пятница — хороший день.

В пятницу Максим Вавилов женился на Кате Самгиной.

Пока ехали из загса, где толпились брачующиеся в галстуках из негнущегося атласа под цвет невестиного платья, мамаши в кружевных оборках и подружки невесты в разноцветных шелках, и где все их смешило, Максим все время смотрел на свое кольцо. Просто глаз оторвать не мог.

— Послушай, — в конце концов удивленно сказал он своей жене Екатерине. — Что такое?! Мне тридцать два года, а я радуюсь, как мальчишка!

— Это потому, что ты меня любишь, — сообщила ему жена Екатерина, которая тоже глубокомысленно рассматривала свой палец. — И я тебя люблю! Это очень просто.

Почему-то в Москве не было пробок — такой особенный выпал день, — и даже солнышко выглянуло, и они немного полюбовались на Кремль и храм Христа Спасителя, который сиял вечным куполом в просветах рваных осенних туч. А небо, которое смотрело на них оттуда, было высоким и очень синим, холодным, осенним.

Она замерзла в своем элегантном платьице и потом долго грела в машине озябшие руки.

В ресторан они приехали раньше всех, и вдруг им очень захотелось есть. Кругом была еда, и пахло вкусно.

— Отец не переживет, если мы сейчас налопаемся, — сказал Максим, провожая взглядом очередную тарелку. — Он такой гурман. Вернее, научился быть гурманом! Картошку с селедкой ест тоже с удовольствием. Если бы ты знала, как я по нему соскучился!

— Давай мы понемножку, — жалобно попросила Катя Вавилова, бывшая Самгина. — Нас надо вовремя кормить, а то мы не вырастем!

Метрдотель был знаком с ее мужем Максимом, и ей

все это казалось невозможным, нереальным, странным — роскошь и благолепие ресторана, бронза и севрский фарфор на столах, собственная необыкновенная красота, приобретенная утром в салоне, куда ее привезла Татьяна Ильинична и где они долго шушукались и советовались друг с другом, как самые настоящие красавицы, у которых впереди самый настоящий бал! Платье, купленное в магазине, похожем на Вестминстерский дворец, с приказчиком, похожим на принца Чарльза, два кольца, одно и вправду с бриллиантом, а второе гладкое — венчальное и обручальное, сказал ее новоиспеченный муж, надевая оба ей на палец. Да и сам муж, в смокинге и лакированных ботинках, все время волнующийся, немножко смешной и нервный, — самый лучший человек на земле!

Знакомый метрдотель вступил с ними в заговор, выдал по тарелке и отправил в какой-то другой зал, где тоже было очень красиво, но уже как-то по-другому. Там играл струнный квартет и из фарфоровых и хрустальных чаш можно было набрать себе фруктов.

Они долго бродили вдоль мраморных прилавков, заглядывали в чаши, смотрели, как огоньки свечей плещутся в хрустале и отражаются от серебряных канделябров и льняных скатертей, и все никак не могли положить себе еды, потому что для этого нужно было бы разойтись или хотя бы разнять руки, а это никак невозможно!

Какая-то странная парочка, очень сердитая, тоже бродила вокруг еды, и Катя Вавилова все время на них посматривала. Они ее немного смешили, потому что выглядели как из анекдота, и еще ей было их жалко. Она никак не могла понять, отчего же люди могут быть сердиты друг на друга, ведь все прекрасно, и впереди только светлое и счастливое будущее!

Мужчина был уже далеко не молод, лыс, грузен и

красен апоплексической краснотой. Девушка была молода, прелестна, белокура и румяна нежным румянцем.

Ее портило сердитое выражение лица и еще то, что она, не замолкая ни на секунду, ныла в спину мужчине, который почему-то все время шел впереди нее:

— Папа, ну положи мне клубнички, ну папа!.. Ну сколько можно сердиться! Ну я же попросила у тебе прощения! Папа, почему ты не хочешь со мной разговаривать!

Мужчина как будто ее не слышал. Он заглядывал во все чаши, фыркал, крутил головой, нюхал, отчего его лысина собиралась складками, и шел дальше.

— Папочка, постой!.. Ну поговори со мной!.. — Девушка тащилась за ним, зудела, вздыхала, встряхивала длинными белыми волосами и в конце концов чуть не уронила тарелку.

Максим Вавилов, с которым она столкнулась, тарелку подхватил.

— Извините.

— Ой, это вы меня извините, я просто не видела... Макс?! Это ты?!

— Здравствуй, Катя.

Надо же. А он и забыл, что *ту* тоже звали Катя. Вернее, зовут, она же не умерла! Вот она, жива-здорова, пожалуйста!

Катя Вавилова посмотрела с интересом и улыбнулась, но у ее мужа сделалось странное выражение лица, и она перестала улыбаться.

— Ма-акс, как я рада тебя видеть! Что ты здесь делаешь?! Бо-оже, какой ты красивый! Что такое с тобой случилось? В звании повысили? Ты теперь капитан?

— Как был, так и остался майором.

— Слушай, я очень рада тебя видеть, правда! И ты совсем пропал куда-то и не звонишь, не пишешь! Ты бы хоть объявился!

Максим Вавилов кивнул:

— Извини нас, мы должны идти. Нас сейчас будут искать.

— Ва-ас? — Беловолосая обшарила Катю Вавилову глазами, как будто мерку сняла, и наблюдательная журналистка Катя могла поклясться, что все, что на ней надето, включая бриллианты, уже оценено с точностью до одного евроцента, как в банкомате, и сейчас из некого отверстия выползет прейскурант с подсчетом. — Это твоя девушка? Да?

— Это моя жена, — сказал бывший оперуполномоченный.

Почему-то он так их и не знакомил, и Катя Вавилова, будучи девушкой умной, понимала, что это неспроста.

Беловолосая вдруг как-то мигом сдала лицом, словно завяла, и даже отступила немного.

— А это мой муж, — собравшись с духом, провозгласила она. — Папочка, иди, я тебя познакомлю!

«Папочка», который как раз проплывал мимо, даже не взглянул в их сторону, только пырнул носом и украсил свою тарелку куском арбуза.

Беловолосая махнула рукой:

— Он сегодня не в духе. У него большие дела, и он не всегда...

— Максим Петрович, вас спрашивают ваши родители.

— Извини нас. — Максим подхватил под руку Катю Вавилову и повернулся, чтобы идти с ней, но беловолосая пристроилась рядом. Ее боров был уже далеко впереди, у самого выхода из зала.

— Когда ты женился? — спросила она самым обыкновенным голосом самой обыкновенной женщины, сделавшей неправильный выбор и вдруг осознавшей это.

Ни серебра, ни меда, ни журчания ручейка не было в этом голосе, только безмерная усталость.

— Сегодня.

— Поздравляю.

— Да. Спасибо.

— Ей повезло, ты хороший мужик. И по дорогим ресторанам стал ходить!..

— Я всегда по ним ходил.

Подлетел метрдотель, заранее округлив глаза:

— Максим Петрович, ваши родители желают вручить цветы лично вашей супруге и в зал не проходят...

— Цветы в зал не проходят? — осведомился Максим Вавилов. — Это похоже на моих родителей.

У высоких двустворчатых дверей, увитых золочеными гирляндами виноградных листьев, происходило нечто.

Небольшая толпа официантов в смокингах стояла, вытянувшись во фрунт, и еще какие-то люди вносили корзину цветов, увидев которую Максим Вавилов сказал:

— Ого!

Мать улыбалась и что-то говорила хозяину ресторана, который вышел встретить гостей, давешний неразговорчивый боров, собрав красную лысину складками, подобострастно тряс отцу руку. Отец милостиво выносил рукопожатие, и у него было немного насмешливое лицо.

Максим остановился, чуть-чуть не дойдя до них.

Про борова и ту, которую когда-то звали Катей, он начисто забыл.

Отец отвернулся от борова и посмотрел на сына. Секунду ничего не происходило, а потом они шагнули друг другу навстречу.

Они оказались поразительно похожи, и Катя Вавилова, тихонько улыбаясь, вдруг подумала, что теперь знает, как ее муж будет выглядеть через тридцать лет.

— Привет, — сказал Максим. — Папа, это моя жена Катя.

— Катя! — громко и весело воскликнул отец. — А где-то тут моя жена Таня! Тань, ты где?! Родная мать вашего супруга, Катенька!

Боров сладко улыбался, кланялся и все совался к отцу, пока тот досадливо не отстранил его рукой.

— Познакомьтесь, мой сын Максим, — так же громко, на весь зал, провозгласил он. — Максим работает со мной. По всем вопросам теперь к нему, к нему, а нам, старикам, и на покой пора!..

И, отпустив совершенно борова, он по-гусарски подхватил с одной стороны Катю Вавилову, с другой собственную жену, провожаемый батальоном официантов, метрдотелем, хозяином и корзиной цветов, которую тащили четверо, повлек их за собой, к другим высоким двустворчатым дверям, которые стали как бы сами по себе открываться перед ним. Свита двигалась следом, а он еще что-то успевал нашептывать своим дамам, а Катю потрепал по щечке, и, когда он вдруг оглянулся на сына, Максим увидел его смеющиеся глаза.

— Надежда! — закричала Лидочка и замахала рукой. — Беги, девочка, там Наумова совсем зашивается, дура такая! Опять она китайский язык не выучила, хотя я ей говорила, сто раз говорила — учи китайский!

— Сейчас, Лидочка. В четыреста восемнадцатом горничная унитаз разбила, представляете?

— Как разбила? — поразилась Лидочка. — Она из него пила и уронила?

— Она на него залезла, чтобы пыль протереть за зеркалом, а он треснул! Нам туда людей селить, а унитаз разбился.

— Поставь горшок, — посоветовала Лидочка. — И давай, давай быстрей на ресепшен!

Надежда побежала в сторону главного входа, но остановилась и оглянулась.

— Лидочка, вы не знаете, зачем управляющий совещание собирает?

— Знаю, но не скажу, — ответила Лидочка загадочно и махнула рукой, чтобы Надежда бежала быстрее.

Она добежала до центрального холла и ринулась к стойке портье, возле которой не было никаких китайцев. Тани Наумовой тоже не было видно, и вообще никого из портье, хотя был вечер пятницы, самый разгар веселья — именно вечером в пятницу собиралось особенно много народу.

Высокий мужик посторонился, когда Надежда подлетела, и она на ходу пробормотала:

— Извините.

— Not at all, — ответил вежливый мужик, и она подняла на него глаза.

Дэн Уолш смотрел на нее сверху вниз и улыбался во все свои триста шестьдесят пять зубов.

Как во сне, она подошла и потрогала рукой его куртку.

— Зачем ты приехал?

— Привет, — сказал он и перехватил ее руку.

— Зачем ты приехал?

Он засмеялся:

— Президентский визит через два месяца.

— Как?! — вскрикнула Надежда. — Опять?!

Полковник Уолш кивнул.

— На этот раз все по-настоящему.

По-прежнему никого не было возле центральной стойки портье, и только Пейсахович улыбался из-за стекла хитрой улыбкой.

— Послушай, — сказал Дэн Уолш, — когда меня выпроводят на пенсию и я стану парижским таксистом, ты будешь жить со мной в крохотной мансарде на Больших Бульварах?

— Что? — переспросила она серьезно.

— Я все время в разъездах, — тоже очень серьезно сказал он. — Я даже не знаю, имеет ли право офицер федеральной службы безопасности США состоять в связи со всякими русскими! А если меня выгонят с работы, я не смогу купить тебе дом в тридцать шесть комнат.

— А ты хочешь состоять со мной в связи?

— Ничего в жизни так не хотел.

Надежда потянулась к его уху и прошептала:

— Значит, все в порядке. Шалаш и корка хлеба с вами, Ричард!

Полковник Уолш захохотал, подхватил ее под мышки, как маленькую, и поцеловал на виду у всего отеля, на виду у Лидочки Арсентьевой, Тани Наумовой, которая выглядывала из-за перегородки, и целой делегации китайцев, ввалившейся в высокие стеклянные двери!

И когда он ее поцеловал, Пейсахович торжественно заявил последнему из китайцев, который вежливо остановился, чтобы послушать, что скажет ему швейцар:

— Вот теперь в наш отель может пожаловать сам Моисей! Я бы лично ему ни одного слова на это не возразил! Я бы ему так и сказал: уважаемый Моисей, добро пожаловать!..

Литературно-художественное издание

Татьяна Устинова

ОТЕЛЬ ПОСЛЕДНЕЙ НАДЕЖДЫ

Ответственный редактор *О. Рубис*
Редактор *Т. Семенова*
Художественный редактор *Д. Сазонов*
Технический редактор *О. Куликова*
Компьютерная верстка *Е. Попова*
Корректор *Е. Самолетова*

В оформлении переплета использован рисунок *А. Яцкевича*

ООО «Издательство «Эксмо»
127299, Москва, ул. Клары Цеткин, д. 18/5. Тел.: 411-68-86, 956-39-21.
Home page: **www.eksmo.ru** E-mail: **info@eksmo.ru**

Оптовая торговля книгами «Эксмо» и товарами «Эксмо-канц»:
ООО «ТД «Эксмо». 142700, Московская обл., Ленинский р-н, г. Видное,
Белокаменное ш., д. 1, многоканальный тел. 411-50-74.
E-mail: **reception@eksmo-sale.ru**

Полный ассортимент книг издательства «Эксмо» для оптовых покупателей:
В Санкт-Петербурге: ООО СЗКО, пр-т Обуховской Обороны, д. 84Е.
Тел. отдела реализации (812) 365-46-03/04.
В Нижнем Новгороде: ООО ТД «Эксмо НН», ул. Маршала Воронова, д. 3.
Тел. (8312) 72-36-70.
В Казани: ООО «НКП Казань», ул. Фрезерная, д. 5. Тел. (8435) 70-40-45/46.
В Самаре: ООО «РДЦ-Самара», пр-т Кирова, д. 75/1, литера «Е». Тел. (846) 269-66-70.
В Екатеринбурге: ООО «РДЦ-Екатеринбург», ул. Прибалтийская, д. 24а.
Тел. (343) 378-49-45.
В Киеве: ООО ДЦ «Эксмо-Украина», ул. Луговая, д. 9. Тел./факс: (044) 537-35-52.
Во Львове: Торговое Представительство ООО ДЦ «Эксмо-Украина», ул. Бузкова, д. 2.
Тел./факс (032) 245-00-19.

Мелкооптовая торговля книгами «Эксмо» и товарами «Эксмо-канц»:
117192, Москва, Мичуринский пр-т, д. 12/1. Тел./факс: (495) 411-50-76.
127254, Москва, ул. Добролюбова, д. 2. Тел.: (495) 745-89-15, 780-58-34.
Информация по канцтоварам: **www.eksmo-canc.ru** e-mail: **kanc@eksmo-sale.ru**

Полный ассортимент продукции издательства «Эксмо»:
В Москве в сети магазинов «Новый книжный»:
Центральный магазин — Москва, Сухаревская пл., 12 . Тел. 937-85-81.
Волгоградский пр-т, д. 78, тел. 177-22-11; ул. Братиславская, д. 12, тел. 346-99-95.
Информация о магазинах «Новый книжный» по тел. 780-58-81.
В Санкт-Петербурге в сети магазинов «Буквоед»:
«Магазин на Невском», д. 13. Тел. (812) 310-22-44.

По вопросам размещения рекламы в книгах издательства «Эксмо»
обращаться в рекламный отдел. Тел. 411-68-74.

Подписано в печать 22.08.2006.
Формат 84×108 $^1/_{32}$. Гарнитура «Таймс». Печать офсетная.
Бумага тип. Усл. печ. л. 18,48.
Тираж 230 100 экз. Заказ № 4563.

Отпечатано в полном соответствии
с качеством предоставленных диапозитивов
в ОАО «Можайский полиграфический комбинат».
143200, г. Можайск, ул. Мира, 93.

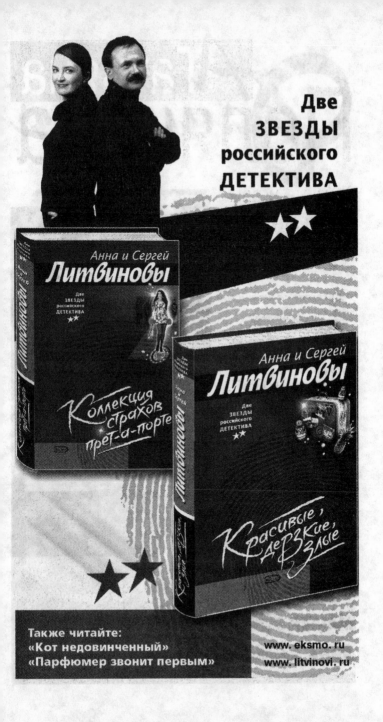